至高(しこう)の鳥膳

料理人季蔵捕物控

和田はつ子

角川春樹事務所

本書は、時代小説文庫（ハルキ文庫）の書き下ろし小説です。

目次

主な登場人物

季蔵 日本橋木原店「塩梅屋」の主。元武士。裏の稼業は隠れ者(密偵)。

三吉 「塩梅屋」の下働き。菓子作りが大好き。

瑠璃 季蔵の元許嫁。心に病を抱えている。

おき玖 「塩梅屋」初代の一人娘。南町奉行所同心の伊沢蔵之進と夫婦に。一児の母。

烏谷椋十郎 北町奉行。季蔵の裏稼業の上司。

お涼 烏谷椋十郎の内妻。元辰巳芸者。瑠璃の世話をしている。

豪助 船頭。漬物茶屋みよしの女将おしんと夫婦。

田端宗太郎 北町奉行所定町廻り同心。岡っ引きの松次と行動を共にしている。

松次 岡っ引き。北町奉行所定町廻り同心田端宗太郎の配下。

嘉月屋嘉助 季蔵や三吉が懇意にしている菓子屋の主。

長崎屋五平 市中屈指の廻船問屋の主。元二つ目の噺家松風亭玉輔。

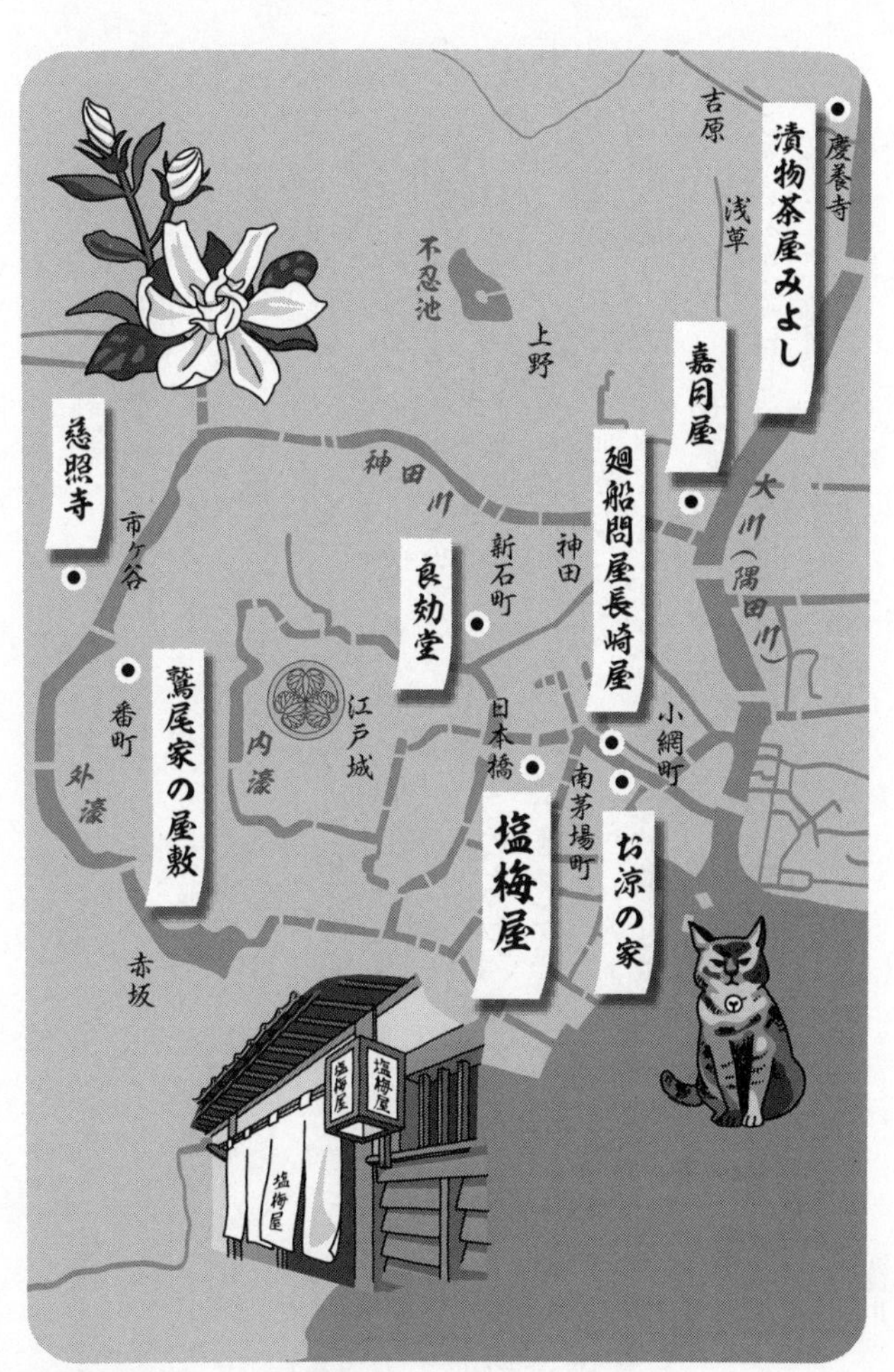

地図製作／コンポーズ　山崎かおる

第一話　振り塩イサキ

一

江戸の夏は往来から砂埃が上がる度に暑さが増した。加えてこの年の暑さは、ぴたりと風が止む夜は殊更凌ぎにくかった。

日本橋は木原店の一膳飯屋塩梅屋の主季蔵はこのところ、掛行燈の灯を落とした後、長屋に帰ってもどうせ眠れぬだろうからと、店の離れに籠って先代長次郎の遺した日記の類を読み返して夜を明かしている。

そんな季蔵の元に弟分である豪助から夕刻、文が届いた。

こちらへ来てほしい。用件はその時わかる。心配な向きではないが、とにかく少しでも早く――。

豪助

季蔵兄貴へ

心配な向きではないというのでこの夜は安心して客をもてなし、翌日、季蔵は手伝いの三吉と共にその日の仕込みを終えて、八ツ時（午後二時頃）今戸の豪助のところへと足を向けた。

季蔵の弟分を自負している豪助は、船頭として働きつつ、妻おしんの漬物茶屋を手伝っている。

町娘たちから追いかけられるほどの男前だった豪助と、容姿に自信がなく、一生独り身かもしれないと女の幸せを諦めていたおしん。この二人はおしんが身籠ったのがきっかけで夫婦になった。それもあってか、その後、漬物茶屋の女主として成功をおさめつつも、とかくおしんの心は不安定なまま揺れ動き、自ら好んで波風を受けているかのような時もあった。しかし、今では一粒種の善太を中心に豪助一家は、紆余曲折を肥やしにして、しっくり落ち着いている。まさに子はかすがい、肉親の縁が薄かった豪助とおしんは、真から我が子の成長を見守る親の喜びを分かち合っていた。

「あらあら、〝市中料理屋十傑〟さんがおいでなすったわ」

おしんが声を上げた。

〃市中料理屋十傑〃はその名の通り、これぞと思われる料理屋十軒が入れ札で決められる。これには奉行所が後押しをしていて、江戸八百八町、さまざまな職種の者たちのうち、食通とされている代表が一票を投じる。塩梅屋の常連の一人である喜平(きへい)はつい最近まで履物屋講の頭(かしら)であったから、毎年これに加わっている。

「いつも日本橋は木原店の塩梅屋、主の名は季蔵と書いてるんだけどね、なかなか――。なにぶん、〃市中料理屋十傑〃はお高く留まっているばかりで、気にくわん」

瓦版(かわらばん)で〃市中料理屋十傑〃が発表されるたびに、喜平はバツの悪そうな顔をした。

「いったい何の話です？」

季蔵は困惑顔になった。

「これこれ」

船着場から帰っていた豪助が酒器の載った盆を恭(うやうや)しく持って出迎えた。

「兄貴、おめでとうございます」

頭を下げて礼をする。

「本当におめでたいわ。あたしたちの知り合いが〃市中料理屋十傑〃に入るなんて、世の中捨てたもんじゃないわね」

おしんは涙声になった。

「何が何だか、わからない。豪助、説明してくれ」

季蔵は狐につままれたような気分だった。

「今年の〝市中料理屋十傑〟がそろそろ瓦版に載る頃だっていうのは兄貴も知ってるよね」

「そういえばそうだな」

例年季蔵は気にもしていなかった。〝市中料理屋十傑〟という言葉を聞くと、喜平のバツの悪そうな顔が頭に浮かぶ。喜平らしい憤慨口調で、何も自分に謝る必要などないのに謝ってくれるのが申しわけなくなり、今年もそんな時期になったかと思う程度である。八百良をはじめとする名だたる料理屋が選ばれて居並ぶ、〝市中料理屋十傑〟などそもそも自分とは無縁なものだと思ってきた。

豪助は大きく息を吸って、

「兄貴の塩梅屋は今年の〝市中料理屋十傑〟の三傑に選ばれてるんだ」

言葉を吐き出した。

「悪い冗談は止めろ」

もちろん季蔵は俄かには信じられない。

「冗談なんかじゃあるもんですか」

おしんが瓦版を渡してきた。それには〝市中料理屋十傑〟という文字が躍っていて、富裕な商人や将軍家大名家御用達の高級料理店が一位、二位を占めている後に、塩梅屋の名があった。常連の八百良は十位でかろうじて滑り込んでいる。

「信じられない」

正直季蔵は息が詰まりかけた。

「信じるために、まあ一杯いこうや、兄貴」

豪助に勧められるままに季蔵は盃を傾けた。

――これからまた仕事だというのに――

なぜか止めようとしても止まらず、

「とっておきのお茶請け兼昼酒の肴をお出ししますよ」

おしんが胡瓜の甘露煮を小鉢に盛りつけて箸を添えて供してくれた。

「これはね、この時季大きくなりすぎて売り物にならない胡瓜を、知り合いから分けてもらって作ったのが病みつきになった代物。親指の長さくらいに切り揃えて鍋に入れ、醤油とお砂糖を加え、焦げ付かないよう煮詰めて仕上げるだけ。やや濃い目の甘辛味と柔らかさが絶妙。お客さんたちにも喜ばれて、今年の夏、一番人気はこれなんですよ。これが大人気なのもうれしいけど、季蔵さんの〝市中料理屋十傑〟入りはこんなもんの比じゃないわ、もう――」

ついにおしんは前垂れで顔を覆い、

「こんな顔に涙は似合わないってわかってるんですけどね」

言いわけをして泣き出してしまった。

おしんはしばらく泣き続け、

「もうそのくらいにしといてくれ。あんまり泣くと、まるで兄貴がおまえの想い人みたいじゃないかよ。そりゃあ、ないぜ」

豪助は妬いてみせた。すかさず季蔵が、

「ご馳走様」

三人で笑った。

店に戻った季蔵がこれを告げると、

「やったあー」

三吉は驚くほどの身軽さで土間を跳ね回り、

「おいら、精一杯のお祝いしたい」

季蔵と思われる料理人姿の者を真ん中に置き、上部に〝祝　塩梅屋〟と書いた大旗を得意な練り切り細工で作ると張り切っている。そして、次々に常連客をはじめとする親しい人たちから祝いの品が届いた。季蔵が何か礼をしたいと思っていた矢先、角樽を二樽贈ってくれた北町奉行烏谷椋十郎から以下のような文が舞い込んだ。ちなみに烏谷は先代から引き継いだ塩梅屋主の裏の顔、隠れ者業の雇い主である。季蔵は料理人であるだけではなく、市中の治安維持にも密かに関わっている。

流行風邪禍がもたらした疲弊から市中は完全には立ち直っていない。食べ物の値が上がって暮らしにくい。このような折に塩梅屋が〝市中料理屋十傑〟の誉に輝いたのは誠にめでたいことだ。世のため人のため市中の者たちのため、安くて美味い腹が膨れる料理を頼む。それが、皆への礼だ。是非とも〝市中料理屋十傑〟となった塩梅屋の昼賄いを働く者たちのために望む。力がついてため息が出るほど旨い昼賄いを、「食らう喜びの醍醐味」と共に――。

烏谷

塩梅屋季蔵殿

これを読んだ季蔵は、

――たしかに仰せの通りだ。ただし安くて美味くて力がつくとなると魚か鶏を使うことになる。どちらも値は以前の倍近くに跳ね上がっている。鶏は安いものを探せそうもないから、何とか沢山獲れて安くて旨い魚を見つけたいものだが――

思い当たる魚がなかった。

――鰯や鯵はそう高くはなっていないが、日々どこの家の膳にも並ぶ魚で、お奉行のおっしゃる「食らう喜びの醍醐味」にはあたわない。焼き秋刀魚を使ったかど飯は安くて鰻丼に引けをとらない美味さで、人気の昼賄いだったが、今は夏で秋刀魚の時季ではない。鯛ならば文句はないのだろうが、目の玉が飛び出るほど高い鯛は、塩梅屋では無理だ――

そんなある早朝、常のように油障子が開いた。

「ふーっ」

入ってきたのは薄く白い着物に青と白のだんだら模様の三尺帯を締め、手ぬぐいでほっかむりをしている男であった。

「やりきれねえ」

全身から潮と魚肉が混じった臭いを発している。その元は着物の上からでも分かる、逞しく盛り上がった筋骨が背中に載せている、黒光りしている大荷物だった。それをどさりと土間に下ろすと、やにわに帯をほどき、着物を脱ぎ捨て、ふんどし一丁になり、ふーっと大きく息をついた。

「朝から暑いですね」

季蔵が急いで汲みたての井戸水を湯呑に入れて差し出すと、一気に呷って、

「身体ばかし暑くてもな、こっちの方は寒くてなんねえ」

男は腹のあたりで掌を上に向け、親指と人差指で輪を作り、三度目のため息をついた。

年齢の頃は四十歳ほどで鬢にわずかだが白髪が粋に見え隠れしている。顔立ちは意外にも整っていて、身体つきとは反対に少しもいかつくはないものの、表情に厳格な気品が漂っている。経験を積んだ頭格の漁師であった。

「わざわざ来ていただいてすみません」

季蔵は丁寧に頭を下げた。

――この男には前に一度会っている――

二

塩梅屋ではもてなし料理に欠かせない海産物を魚屋や海産物屋で間に合わせず、漁師たちから直取引で日々仕入れてきた。口をきいてくれたのは豪助であった。漁師との直取引は料理の価格を保つための苦肉の策である。その際、仲介した豪助に、頭に会って自分の顔を立ててほしいと言われて、季蔵はわざわざ佃島まで挨拶に行ったことがあった。

「その節は――」

「俺はあの時の海助だ。いつもの奴に代わって届けに来たんだが、覚えててくれたようだな」

海助は真っ黒な顔に白い歯並みを見せて笑いかけてきた。ほっかむりをねじり鉢巻きに替えた。全身の汗はまだ引き切っていない。

――頭自らが持参した今日の漁は何なのだろう？――

季蔵は常よりかなり大きな荷が気になったが、

「もう一杯いかがです？」

と勧めた。

「貰おうか」

相手が頷くとすぐにまた井戸へと走った。これがもう一度続いて、

「やっと人心地ついた。ありがとよ」

礼を言った海助は、

「今日、俺がここへ来たのは塩梅屋さんとやら、あんたに助けてもらいたいからだ。この通り――」

腰を下ろしていた床几からバッタのように飛び降りると土間に跪いた。

「そんな。止めてください。起きてください。床几を遣ってください。でないと、事情も話も聞けません」

季蔵は海助の腕をとって床几に腰掛けさせようとした。すると、

「まずはあれを見てほしい」

相手は背中から下ろした大荷物を見遣った。

「わかりました。中身を拝見します」

季蔵は海助の前で開いた。

「これは――」

一尺半（約四十五センチ）以上はある大きなイサキが十五尾並んでいた。イサキと

いう名の由来は磯魚、または幼魚では身体に縞模様があることから班魚と呼ばれたためとも言われている。春から初夏までが旬であったが真夏でも充分美味な白身魚であった。

――たしかに今時分はこれがあったことはあったな――

季蔵は鯛ほどもあるイサキの大きな魚体をじっと見つめた。締めたばかりとわかる活きのいい目をしている。

「こいつは図体も立派な魚で毎年、夏場の味は最高だが売りにくい魚だ。いつもの夏はこいつが網にかかるとかかあを言いくるめて自分のところで腹に入れた。食い物だけじゃなく、漁に入り用な道具のあれこれまで、何もかも高値になっちまって、そんな時に限ってこいつが大漁だ。それで今年はこいつを何とか売りたいと思うのさ。聞いた話じゃ、あんたの料理は人気で皆に知られて喜ばれてるという。それに俺にはよくわかんねえんだが、ここは〝市中料理屋十傑〟とやらに選ばれたそうじゃないか。それでこれらをここへ預けにきたんだよ。銭は要らねえ。あんたの料理の力で何とか、こいつを売れるようにしてくれ。この通りだ」

海助は深々と頭を下げて帰って行った。

――そうは言ってもこれはむずかしい、無理すぎる――

見送った季蔵がイサキを前に思案していると、

「おはようっ」

三吉の声がした。慌てて季蔵は、

「おはよう」

と応(こた)えた。

「何、それ？　まさか今日の魚じゃないよね」

イサキを見つめる三吉の丸い目がさらに丸くなった。

「実はな」

季蔵は海助の頼み事を話した。

「それ、いくら何でも酷(ひど)いよ、酷すぎる」

三吉は唇を尖(とが)らせた。

「何せ、これ、鍛冶屋(かじや)殺しなんだからさ。到底おいらたちじゃ、歯なんて立ちっこない」

鍛冶屋殺しというのはイサキの異名である。イサキは鱗(うろこ)と骨が固い。鯛も固いがそれ以上である。捌(さば)くのに使った後の包丁の手入れに鍛冶屋が苦労するからそう呼ばれるとも言われている。また、イサキを捌いていてうっかり鱗や骨で指を傷つけると、その傷は深く治りが悪い。喉に刺さると食い込んでしまい死ぬこともあるとされていた。上方からそのようなことも伝わってきていて、江戸市中でのイサキの人気は低かった。

「鯛に似た白身だけど、臭いっていう人もいるよ」

三吉の言葉に、

「それは違う。磯近くにいる魚なのでたしかに皮に藻などの青臭さ、いわゆる磯臭さがあるが身にまでは染みていない。臭うのは内臓の始末がきちんとされていないか、鮮度が落ちたものかのどちらかだ」

応えた季蔵は一度だけ、亡き先代に連れられてイサキづくしの店に行ったことを思い出していた。

「こんなに美味い夏魚があまり売られず食べ方も知られていないのは残念ですな」

と長次郎に話しかけられた店主は、

「お大名方とか、将軍家でも昔からイサキは好まれてきています。鯛にはない独特の甘い旨みがありますからね。しかし表向きイサキは捌きが命、まかり間違えば負った傷が元で包丁人が命を落とすとさえ言われてきました。とはいえ、少々工夫すれば誰でもできることなんですけどね。それができないことになってるおかげで、わたしたちはこうして代々、雨露凌げるというものなのですよ」

穏当に応えていた。

――あの時の店主の言葉によればイサキは何とか捌けるはず。しかし、なぜ市中であまり売られてこなかったのだろうか――

季蔵は長次郎が遺した日記とは別に書かれていた、『世のつれづれ』という随想が鍵（かぎ）のかかる引き出しにしまわれていたことを思い出した。前に読んだ時はぱらぱらとめくっただけで元に戻しておいたのだったが、

――たしか、あの中にイサキの異名、鍛冶屋殺しについての考察もあったな――

離れへ行って再び取り出してみると以下のようにあった。

イサキの鍛冶屋殺しという異名について

イサキの鱗や骨は本当に鯛のものより固いのだろうか。実はわたしはこれを試したことがあった。あれほど美味いイサキをお客に供したいという一念からである。

鱗引き、骨切り、骨抜き等捌くのに必要な物は上方の鍛冶屋から買い揃えてある。これらは鯛を捌く時にも欠かせない。これらを使えばイサキなど鯛同様なのではないかと思われた。そしてその通りであった。イサキ捌きなど少しも怖くはないのだ。

だから上方では盛んに食されている。

ならばこの市中における禁忌とも言える毛嫌いの理由は何なのか？　わたしなりに考えてみた。江戸に鯛という一番の看板魚がある以上、イサキが鯛と同等か、それ以上に美味い魚でも鍛冶屋殺しでなければならないからなのだ。

鍛冶屋殺しの謂れは紀伊の鍛冶屋がこれを食べて骨が喉に刺さり死んだからだと、まことしやかに伝えられているがわたしは信じない。古来、鍛冶屋は魚を捌く道具を作り続けてきている。それゆえ、その鍛冶屋の作った鱗引きや骨切りが役に立たないほど、イサキの鱗や骨が固いというのならわかる。だがどう考えても、鍛冶屋が打った鉄製道具がイサキの鱗や骨に敵わないはずはない。これは明らかに目的のある詭弁だ。

ではその目的とは何か？　手掛かりは鍛冶屋殺しの名の発祥地紀伊と関わりがあるように思う。魚の一番は関東同様鯛でなければと、ご公儀が上方のイサキ人気を快く思わずに広めた噂が鍛冶屋殺しだったとする説。あるいは紀伊は有徳院（徳川吉宗）様を国守として仰いだ御三家ゆえ、ご公儀の意向に添わねばとイサキを鍛冶屋殺しの悪者にしてしまったとする説。

ともあれ、たかが食べ物、されど食べ物、食べ物一つとっても政と無縁ではいられない。イサキの美味さを広く伝えたいという気持ちはあるものの、ご公儀には逆らえない。くわばら、くわばら、大っぴらのイサキ食いだけは封印するしかあるまい、残念。何かのきっかけでこの封印が解ければと切に願う。これぞ世のため人のためでは？

ここで一句、

河豚（ふぐ）ならぬ食っても無事なイサキ食い

なお、あまりに惜しいので生きているうちに何度か食したイサキ料理を以下に記しておく。

白子酢
お造り　振り塩刺身の湯通し、塩添え
煮付け
塩焼き
卵煮

握りずし　白子醤油(しょうゆ)添え

イサキ飯

三

――これらはあの店で味わったものだな――

季蔵は長次郎と共に食したイサキの味をなつかしく思い出していた。ただし、拵(こしら)え方は書かれていない。

――鍛冶屋殺しゆえ諦めたので、とっつぁんはあえて記さなかったのだろう。だが今こうして預かったからには、無駄にはするまい。何としても捌いて料理にしてみせる――

「よしっ、やってやろうじゃないか」

独り言(ひとりご)ちて、季蔵はイサキを捌くために離れを出て勝手口へと向かった。

季蔵の覚悟を聞いた三吉は、

「わかったよ」

イサキを捌くことを嫌がらなかった。

「おいらさ、ここいらで魚の達人になりたいんだよね、〝市中料理屋十傑〟に入った塩梅屋に恥ずかしくない料理人になるって決めた。それにはお菓子だけじゃ駄目、難儀なことやり遂げてこそ男でしょ。それと魚料理は料理の本道だし、捌きあっての魚料理だもん」

不似合いにも大人びた口のきき方をした。

「それじゃあ、早速始めるぞ」

季蔵は三吉にイサキの鱗取りを任せた。

「合点承知」

と元気よく請け負ったものの、鱗引きを手にすると、

「これかあ」

ふうとため息をついた。

木の柄の先に突起がいくつもついた鉄製の部分があり、その突起で擦って鱗を掻き落とす道具が魚の鱗引きである。

「たいていの魚の鱗、包丁の背でちょいちょいとやれば落ちるからさ。鯛と同じかもっと固い、これだけの数のイサキの鱗を落とすの、やっぱり大変だろうな」

鱗引きを手にしたままの三吉を、

「男でなくとも大人は弱音を吐かないものだぞ」

季蔵はぴしりと叱った。

「はあーい」

不承不承鱗取りを始める三吉に、

「よそ見をすると指をやられるぞ。鱗に毒はないが傷んだ指が膿んでその毒が全身に廻ることもある。目を離すな、気をつけろ」

注意も怠らない。大きさのあるイサキの両面の鱗取りを終えたところで、

「ああ、やっと一尾」

三吉が鱗引きを置くと、

「次は包丁の背」

季蔵は指示した。

「えっ？　もうこれで仕舞いじゃないの」

三吉は頓狂な声を出した。

「仕舞いかどうか確かめてみよう」

季蔵は五本の指の爪を、三吉が鱗を取った後のイサキの裏表の皮に用心深く這わせた。爪に当たるものの感触を得て、

「まだ鱗が残ってる。並の魚の鱗を取る時のように包丁の背を使って残らず取るよう

に」

と三吉に言った。

いつにない季蔵の厳しさに怖気(おじけ)づいた三吉は、無言のまま丁寧に包丁の背をイサキの裏表に使った。再度確かめた季蔵は、

「よし。一尾終わった。これを残りのイサキにも続けてやるように」

と言い終えると、その先の仕事をはじめた。

まずはイサキが完全に締められているかどうかを見る。イサキは目だけを見て鮮度を判断することはしにくいというのも、イサキ料理を振舞ってくれた主の言葉であった。

「鯛より実は脂があって甘味があるイサキは傷みやすく、とにかく新しさが命なんです。濁りがちな目に惑わされてはなりません」

幸いなことに目の前のイサキは鰓(えら)の急所が切られ、逆さに吊(つ)るされて見事に血抜きされていた。

――さすが漁師の仕事だ――

安心して捌くことができるとほっとした季蔵はささらを取り出した。ささらは竹や細木を束ねた、茶筅(ちゃせん)を長くしたような形の魚捌きの道具である。振ると実をつけた稲

穂が擦れ合う音がする。それがささらの名の謂れであった。ささらは何百年も前には芸や語りの伴奏として使われたが、今では三味線にとって代わられて、魚を捌く際の便利な道具として使われるようになっていた。

季蔵にこうした謂れを教えてくれた長次郎は、

「こいつに気持ちがあったら、暮らしに役立つようになってよかったと喜んでるのか、魚の血にまみれて格下げで面白くないのか――。いつからこいつが魚の肝取りに使われるようになったかは、とんとわかんねえなあ」

などと笑ってもいた。

季蔵はイサキ三尾ばかりを頭を落として刺身や握りにする三枚おろしに、残りは頭を付けたまま焼き物や煮物にすることに決めた。三枚おろしは胸びれの付け根と腹びれの付け根を結んだ線に切り込んで頭を落とし、切り込んだ部分を開く。頭を残す場合は鰓辺りに包丁を入れると腹が開ける。

ここまでは多少異なるが後の腸(はらわた)の始末は同じである。イサキの雌(めす)は卵を雄(おす)は白子を抱いている。これらを傷つけたりしないよう慎重に腹から剝(は)がすようにして取り除く。

「ちょっと見ておけ」

季蔵は鱗との格闘を続けている三吉の手を止めさせた。

「わかってるよ、肝の類に傷をつけたりすると臭みが白身の肉にも移っちゃうっていうんでしょ。それ、何もイサキに限ったことじゃない。他の魚の時だってそうだよ。魚捌きの肝は肝にありってね」

茶化した三吉は手を止めずに言った。

「そうか、ならばいい。後の分はおまえにやってもらうことにするが、いいだろうな」

季蔵が念を押すと、

「ええっ」

思わず手を止めた三吉は、

「それかあ」

季蔵が手にしているささらを見て、、

「おいら、まだそれ、使ったことないや。鯛捌きの時、季蔵さんが使ってるのちらっと見たことがあるだけ。それって、鯛の腹掃除に使う道具だよね。こいつ、そんなめんどうな奴だったんだ」

目を伏せると、

「おいらにできるかな」

自信なげに呟いた。

「何だ、どうしたんだ？　はじめはたいそう張り切ってたぞ」

「だって――」

三吉の目は恨めしそうにイサキとささらを交互に見て、

「しくじったら誰も食えない酷い味になっちゃうんでしょ」

泣き声を出した。

「できる」

季蔵は断じた。

「その気があればできる」

「そ、そうだよね」

やや青ざめて固まっていた三吉の顔が僅かに緩んだ。

「だから、わたしがやるささら使いをしっかり見ておくように」

三吉を励まし、季蔵はささらを開いたいさきの腹に使った。鯛捌きの時、腹に少しの血合いも残さないようにするにはこれしかないと、長次郎に教えられて以来、季蔵はささらを使い続けている。ささらは数本用意されていて、茶筅に似たささらの極細の竹の色が赤く染まると取り替える。鯛は捌きからして道具に金がかかる上魚なのだ。たしかに血合いがほんの僅かでも残ると鯛の白身の味が悪くなる、わずかな臭みでも感じることができる舌の持ち主はいて、調理の杜撰(ずさん)さが見破られてしまうゆえ、徹底的なささら清めが要るのだと長次郎は季蔵を厳しく指南した。

「ふう」

一尾目だというのに季蔵は珍しく吐息をついた。

四

――イサキは鯛に比べて少々だが血合いが多いような気がする――

季蔵は目を皿のようにしてささらを使った後の腹の中を見据えた。

「このまま三枚におろしても、刺身や握りのネタで、臭みなく食せる。そこまで清めたつもりだ」

そう言い切った季蔵は用意しておいた盥(たらい)の井戸水で腹の中をさらに流し清めた。

「鯵とか鰯、鰹(かつお)なんかの大きな魚をお造りにする時でも、ささらなんか使わないで、水でよく流すだけだよね」

三吉は季蔵の真剣そのもののイサキ捌きにしばし見惚(みと)れた。

水を使った後は余分な水を取り除くために手拭いを当てた後、三枚におろして骨を抜いてサクどりをする。

「これで刺身、握り、白子酢、卵煮ができる。今日の昼賄いはこれでいこう。後でおまえにもやってもらうからよく見ておくように。いつものように自分にあてがわれた仕事だけをしていては進歩はないぞ」

季蔵のさらなる厳しい言葉に、

「ん」

三吉は唇を噛み締めた。

「イサキの卵煮から拵える。まずは腹から取り出した卵を見極める。小さく細いが血の管が絡まりあって多い。これには針を使う」

季蔵は針を血の管に刺して穴を開けて血を押し出すと、酒に四半刻（約三十分）ほど浸けた。その間は三吉の鱗取りを手伝った。

四半刻浸け終えたところで鍋に酒と針生姜を入れ、落とし蓋をして卵を煮る。煮上がったら砂糖、醬油、味醂を加え、さらに煮て煮汁を煮詰めて味を染み込ませて仕上げた。

次は白子酢であった。白子は熱湯で二十数える間、湯通しする。これを柚子皮の香を酢に移したゆず酢大さじ四、醤油同量、味醂大さじ三で和え、白髪葱と紅葉おろしを薬味に添える。

後はお造りと握りずしだった。握りずしはすしネタ用に切ったものを酢飯に載せて食する。

――たしか、お造りの方は並みの刺身ではなかった――

季蔵は記憶を頼りに、長次郎が書き記した、振り塩刺身の湯通しを再現してみる。こちらは刺身に振り塩をしてしばらく置いてから、湯を張った鍋にそっと落としていき、三つ数えて引き上げ、冷たい井戸水に浸し冷まして供する。塩添えとあるのは醤油ではなく、たぶん塩をつけて食したのだろうと、曖昧な記憶の中で季蔵はとっておきの赤穂の塩を添えた。

飯が炊きあがり、

「昼賄いで一休みしよう」

季蔵は三吉に声を掛けて試食を兼ねた昼餉をとることにした。白子酢、振り塩刺身の湯通し、握りずし、卵煮の順番で食していく。

白子酢を一口啜るように味わった三吉は、

「えっ？　何、このとろとろとした口当たり。あるある、こういうの他にも――」

しばし箸を止めて、

「わかった。もう何年も口に入らない生ウニ、あれに似てる」

目を細めた。

箸を取った季蔵は、

――しかし生ウニほど風味がきつくない。舌に載ったとろりとした濃厚さは同じなのに、こうもあっさりしているとは――、そうだ、思い出した、そうだったな――

長次郎と食した記憶を呼び戻した。振り塩刺身の湯通し、塩添えは白子酢とは正反対に、コリコリした食味に深く魅せられたのは季蔵の方で、三吉は、

「こいつ、スルメとまでは言わないけど、わざわざ湯に浸けて固くしなくったっていいだろうにさ。おいらは普通の刺身の方がいいや」

これには一箸つけただけで、もっぱら生の刺身が載っている握りずしを十五個ほど食べてまだ足りず、

「すしってどういうわけか、どんどん入っちゃうんだよね。えっ？　もう酢飯ないの？　おいら、まだお腹空いてんだけどな」

情けなさそうに訴えた。

「次の飯が炊きあがるまで、これで凌ぐんだな」

季蔵は酢で和えていない、さっと茹でたままの白子を醤油と合わせた白子醤油を三吉に勧めた。

「極楽、極楽。おいら、今、とっても幸せ。白子醤油って凄いっ。満足、満足。これだけ掛けてもきっと、飯、たらふく食えちゃうんだろうな」

三吉はおおいに堪能した。

――やっと白子醤油の醍醐味も思い出したぞ――

季蔵はまた舌の記憶に行き当たった。

二回目の飯が炊きあがると、

「きっとこれもおまえの気に入る」

イサキの卵煮を炊き立ての飯に載せた小丼を三吉の前に置いた。

「うわっ、おいらの大好きな甘辛味ここに極まれりだね。白子のとろとろもいいけど、卵ぶつぶつの甘辛も最高。たしかにこれって別腹だよ」

三吉は三膳ほどお代わりした後、

「この卵煮を中に入れて、握り飯拵えていい？　鱗取りはまだまだ先が長いだろうからさ。腹が空いては戦はできないもん。おいら八ツ時（午後二時頃）も休まずにやり遂げるよ。お願い」

季蔵に手を合わせた。

「まあ、いいだろう」

応えた季蔵は卵煮の握り飯を拵える三吉をそのままに、イサキの刺身と振り塩刺身の湯通しの違いが気になって、ここは一つじっくり食べ比べてみようと思い立った。

各々を皿に盛りつけて盆に載せ、離れへ入った。


刺身と振り塩刺身の両方を食べ比べた季蔵は、

――ささらで腹の中を清めつくして三枚におろしたイサキの刺身は、微かではあったが魚ならではの臭いがした。鯛であってもこの程度のクセは残る。だが、振り塩刺身の湯通し、塩添えでは魚臭さが、独特の風味に変わっている。これは塩の威力だ。振り塩をした湯通しを塩で食するという、二重の塩遣いの絶妙さでもある――

深く感じ入った。

店に戻った季蔵は三吉の鱗取りを手伝い、預かったイサキ全てを捌いた。

――この魚の料理の真骨頂はただの臭い消しではなく、匂いと旨みの追求だ――

そう考えるとどうしても頭が必要な焼き魚と、頭から鰓の部分や骨と皮との間の魚肉の旨みも味わう煮魚の他は、三枚おろしにして頭や骨、尾をアラ出汁として使うことに決めた。

――アラ出汁からどれほどの旨みを引き出せるかわからないが――

塩梅屋が暖簾をかける暮れ六ツ（午後六時頃）が近づいていた。

「焼きと煮はおまえに任す。お客様がおいでになってからやってくれ」

季蔵は三吉に指示するとイサキ飯に取り掛かった。実はこれについてはまるで拵え方の見当がつかなかった。ただしあの繊細な旨みだけは舌が覚えていた。

――イサキ飯の旨みは、振り塩刺身の湯通し、塩添えに似ていた。これを元に自分流に拵えてみるしかない。よく秋の賄いに拵えるかど飯は酒、醤油、味醂で濃い目に味付けして炊いた飯に、焼き秋刀魚の身をほぐして混ぜ、好みで山椒の粉をふりかけて供する。珍重される鯛飯はごく薄味に味付けして水加減した米に昆布を載せ、その上に焼き上げた真鯛を丸々一尾載せて炊き上げる。縁起も姿もいい桜色の真鯛はそのままにして、まずは眼福を満たした後、昆布を取り除き、鯛の身をほぐして飯と混ぜ、切り三つ葉を添えて供する。イサキ飯は濃い薄いの別はあっても、ただの出汁で飯を炊くかど飯や鯛飯とは異なる。果たしてイサキ飯ならではのあの素晴らしい旨みがアラ出汁から出るものだろうか？――

季蔵は不安を抱えながらイサキ飯に取り掛かった。

まずは大鍋に水を張り、昆布を入れて水出しをし、アラ出汁の元になる出汁を作る。昆布は水出しすることで特有の匂いが抑えられ、すっきりした味わいの昆布出汁になる。

イサキのアラ、頭や骨には塩を多めに振ってしばらくそのままにする。水が出たら布巾でよく拭う。

別の大きな鉄鍋で湯を沸かしてイサキの三枚おろしを皮つきのまま、アラ、頭や骨と共に浸けて五つ数えた後、冷水に取り出す。振り塩刺身の湯通し、塩添え同様の霜降り処理である。最も効果的に魚の臭みを抑える調理法であった。

それでも、これをそのままにすると後で臭みの因になる、皮のぬめりや汚れをよく取り除いておく。

昆布出汁に酒を加えて煮立たせ、霜降りしたアラを入れる。煮立ったら火から離して四半刻弱煮だしてからアラを取り出し、よく冷ます。

味見をして醤油、塩を適量入れて調味し、水切りした米を加えて半刻（約一時間）ほど浸す。

煮魚の要領で飾り包丁を入れたイサキの皮つき三枚おろしをこれに加え、蓋をして加熱し、沸騰したら火から少し離し、さらに四半刻煮る。ようは飯炊きとほぼ同様である。最後に鉄鍋の底の水気を飛ばす。香ばしい匂いがしてきたら火から下ろして蒸らす。この時、火に近づけるとお焦げができる。お焦げは得も言われぬ味わいと食味で皆に好まれている。飯とイサキをほぐして混ぜ、飯茶碗(めしぢゃわん)に盛りつけて供する。時節柄、季蔵は塩茹でして刻んでおいた隠元(いんげん)をぱらぱらと加えて色どりにしてみた。

「いい匂いだよ」

三吉は鼻をひくつかせた。

「早速食べてみよう」

二人はイサキ飯の入った飯茶碗と箸を手にした。

「美味(も)すぎる」

一言洩らした三吉の箸を持つ手は止まらない。

――まさにあの味だ――

季蔵は長次郎と分かち合った思い出の味を堪能した。

五

するとそこへ、

「お邪魔しまーす」

先代からの馴染み客の一人、指物師の勝二が顔を覗かせた。

「あ、喜平さんや辰吉さんはまだでしたか？　申し遅れました。〝市中料理屋十傑〟に選ばれたとのこと、おめでとうございます」

と言い、

「何かお取り込み中でしたか？　急な御用とか――」

常のようには片付いていない店内を見廻した。親方の娘に惚れられて指物師の婿になった勝二は、婿養子の窮屈な立場を愚痴っていた若い時から、他人への気遣いを怠らない性質であった。親方亡き後、女房子どもの糊口を凌ぐべく、指物師として腕を上げてきた今でもそれは変わらない。

「いいえ」

季蔵は手拭いで額の汗を拭いながら、

「このたび祝いに立派な箸置きをいただきありがとうございました」

まず礼を言った。

「とんでもない、心ばかりです」

勝二は慎ましく応えた。

「今晩の肴や菜を拵えていたところです。なかなかはかどらずこのような始末です。

どうか小上がりで待っててください。今、麦湯でも淹れさせます」

説明し終えるか否かの頃合いで、

「何だ、こりゃあ？」

喜平が顔を覗かせた。喜平は履物作りの腕はいいものの、女好きが祟って早くから隠居の身となって久しい。もっとも喜平は女の他にも美食にも淫していて、こちらの方ではまだまだ現役、誰もが羨む気楽な暮らしぶりである。

「いったい、このざまはどうしたっていうんだよ」

続いて入ってきたのは大工の辰吉である。辰吉は大食い競べで知り合って一目惚れした恋女房、おちえに今も首ったけである。贔屓の役者にさえも嫉妬するほどで、とかく酒を飲み過ぎると喜平の言葉尻を捉えて喧嘩を売る。その根には喜平がかつておちえの容姿を、〝女ではない、褞袍だ〟とふと洩らした事実があった。

ちなみに辰吉は風で吹き飛ばされかねないほど細く、塩梅屋で酔いつぶれてしまうと、体格のよいおちえが迎えに来て、ひょいと抱き抱えて長屋へ連れ帰る。

以前、喜平が流行風邪で生死の間を彷徨ったり、暮らしに窮した勝二が加わらなくなったことがきっかけで、二人の喧嘩は治まったかのようだったが近頃、勝二がまた加わるようになって再燃していた。

喧嘩の仲裁は一番若いが気遣いに長じた勝二が引き受けてきたのだが、勝二はこんな風に二人の喧嘩を評していたことがあった。

「喧嘩の流れはご隠居の小股の切れ上がったいい女好きと、恋女房一筋の辰吉さん、各々の女の好みが噛み合わないことですよね。それって、二人ともずっと若い気持ちで、男でいたいんじゃないかって。ご隠居はいい女たちとの夢につかのま酔っていたいし、辰吉さんの方はおちえさんに迎えにきて、抱きかかえてもらいたくて悪酔いするんですよ、きっと。どっちも幸せをもとめて喧嘩してるんでしょうね。わたしはやっぱり仲裁してしまうんですが、まあ、こんなのは芝居の合いの手みたいなもんですよ」

これを聞いた季蔵はなるほどと感心する一方、まだ指物師として未熟だった勝二が、突然一家を背負うことになって、如何に言うに言われぬ苦労をしたかを切実に感じた。

「〝市中料理屋十傑〟に選ばれたもんだから、どこぞのご大家の通夜振舞いの料理の注文でも入って、今晩は店を開けないってわけかい」

あけすけに訊いた辰吉の言葉を、

「そりゃあ、違う。いい匂いがしてる。こりゃあ魚だよ、それも上等なやつ。通夜振舞いは精進料理と相場が決まってるだろうが」

喜平が打ち消して、イサキ飯の入った鉄鍋に目を向けて、

「白身魚と隠元、白と緑、色どりもいいが何と言ってもたまんないのはこの匂いよ。まさかとは思うがひょっとすればひょっとする。ずばり訊くよ。季蔵さん、こいつは今市中で評判のイサキなのかい？　さすが〝市中料理屋十傑〟の塩梅屋は目の付け所が違う。そうそう選に入っておめでとう。まあ、そもそも塩梅屋は先代の頃から、とっくに〝市中料理屋十傑〟の上を行ってるんだがな」

と言い、

「俺も忘れてた、おめでとう」

「イサキのことでしたらわたしも瓦版で読みました。姿も味も鯛に似ているイサキがどんどん網にかかるんだとか。これは物価高で苦しんでいるわたしたちには朗報ですよ。とはいえまだ魚屋は売り歩いていませんね。どうしてなのかな――」

勝二が首を傾げ、

「そりゃあいいや。どんどん獲れるんじゃ、安く買えるしな。鯛に似た味なら美味いに決まってる。いいこと尽くしだよ。これで俺たちも魚にありつける。おちえは魚、特に鯛が好きなんだ」

笑顔の辰吉は大きく頷いた。

「ってことはこれからイサキ飯が出てくるのかい？」

喜平は飯台の中の白と緑が鮮やかなイサキ飯を見つめた。

「白子酢に振り塩刺身の湯通し、煮付け、塩焼き、卵煮、握りずしの白子醬油添え、そしてお褒めいただいているイサキ飯を順を追ってお出しするつもりです」

季蔵が応えると、

「尽くしじゃないか」

辰吉が感嘆した。

「さあ、あちらの支度が整いましたのでどうぞ」

季蔵は三人をいつもの席に落ち着かせた。

まずは冷酒が振舞われる。

「尽くしといえば季蔵さんが配っている作り方の紙は、たいした人気ですよ。うちのもどなたかがお持ちだったのを写してきて、〝家でもこんな美味しい料理ができるなんて〟と喜んでいました」

勝二が差し障りのない話を始めると、

「うちのおちえも、たしかそんなこと言ってたな。これなら贔屓の役者に差し入れする弁当になるだろうってな」

辰吉の機嫌が悪くなった。

「倅（せがれ）の嫁も同じように浮かれてた。とはいえ配った紙に作り方が書いてあった料理を、わしはまだ食わせてもらってない」

喜平の言葉に、

「それはうちもです」

「子どもの話じゃ、役者に届けている様子もない」

勝二と辰吉はそれぞれ同時に応えた。

イサキ料理が供されていく。

井戸から冷やした白子酢が運ばれてきて、卵煮とともに肴として供される。

「これぞ涼にして芳醇（ほうじゅん）の極みだ」

喜平は二口目から目を閉じて味わった。

「俺みたいに男の中の男の味だ。そのうちおちえにもわかる」

辰吉は本音を洩らした。

「もちろん白子酢は大変結構ですが、わたしは卵煮が好きです。子どもみたいに甘辛味がたまらないんですよ」

勝二の言葉に、

「とにかくこれは飯によく合います。どうか皆さん、お土産にお持ちください」

季蔵は微笑んだ。

塩焼きと煮付けも賛否が分かれた。

「俺は絶対塩焼き。飾り包丁を入れた中に振りかけた塩がいい案配に染み込んでる。皮はぱりぱり、中の身はふわふわで程よい塩味。たまんねえ。これも男だ、醍醐味だ」

辰吉が熱弁をふるうと、

「ずいぶんといい男が大勢いるねえ。わしは酒と醤油、味醂で味付けした煮付けを勝ちとするよ。味の深さは塩焼きなんて足元にも及ばない。そもそも醤油使いの一番料理に入るのが魚の煮付けだ。じっくりゆっくり飲む酒にだってこいつの方が合ってるしな。ねえ、勝二さん」

喜平は異論を唱えて同調をもとめられた勝二は、

「わたしはただ甘辛味が好きなだけで――」

困惑気味に声を潜めた。

この後、季蔵は振り塩刺身の湯通し、塩添えと、握りずしの白子醤油添えを一緒に供した。

「これはどういう趣向だい？」

喜平は怪訝そうだったが、

「振り塩刺身、握りずしの順でも、その逆でも結構です。二種を召し上がったところで、次に箸が振り塩刺身、握りずしのどちらに向くかです」

季蔵は応え、

「ようはどっちが美味いかってことだな」

辰吉は得心して、素早く箸を動かすと、

「そりゃあ、あんた、間違いなく握りずしさ。醤油に入ってんの、あれ白子だろ。そもそも俺は握りが好きなんだ」

と言い切り、一方の喜平は、

「水を差すようで悪いが握りなんてもんが好みだなんて呆れるよ。昔から伝わってる、振り塩刺身に使う霜降りっていうやり方は、余った刺身を傷ませないためのものだと先代から聞いたことがある。だがこれは違う。振り塩と霜降りで、この魚でなければ出せない旨みがこれでどうだと言わんばかりだ。これにはどんな魚の刺身だって負ける。どーんと来てわしは一瞬、長年親しみ、大好きだった鯛の味を忘れそうになったほどだ。長く生きて来て、こんな稀有なことは滅多にあるもんじゃない」

感動の余り、あろうことか、涙ぐんで声を掠れさせかけた。

「わたしはどちらもただ美味すぎて、上手く言葉にもならず比べもできません」

勝二はひっそりと呟いた。

「最後になります」

イサキ飯が飯椀に盛られた。

「これはいい」

涙を堪えている喜平はそれだけ言い、

「多少冷めてもいい味だよ」

喜平が見せた涙に辰吉はしんみりとしてしまい、

「本当に」

勝二も短く応えた。

――これだけは皆さんの評が一致したな――

「それではこれも卵煮と共にお土産にお包みしましょう」

季蔵は三人を見送った。

翌朝から大ぶりのイサキが運ばれ続けた。運んでくるのは、はじめて目にする若い

漁師で、

「イサキ、お届けっ」

ぶっきらぼうにそう告げると、さっさと背を向けてしまい、とりつくしまもなかった。

――なにゆえ、頼んでもいないのにあれからイサキが運ばれ続けるのか？――

その漁師に訊いてみようとしたのだが、相手は声を掛けても振り向くことなく、逃げるように去っていく。そして、とうとう相手の姿を見なくなった。戸口にイサキの大きな包みだけが放り出される日々が続いている。

――これは少しおかしい。そのうち豪助に確かめてみよう――

季蔵は漠とした不安が黒い雲となって頭の中を漂うのを感じたが、

〝たとえつくし一本でもな、料理は生きとし生けるものの尊い命をいただくのだ。これを忘れちゃなんねえ〟

という先代の言葉を思い出すと、

「今日もやるぞ」

三吉に声を掛けて、鱗引きを渡してささらを使った。このまま腐らせたり、捨てたりすることはとてもできなかった。

こうして捌かれたイサキは昼は賄い飯、夜は振り塩刺身の湯通し握りずし、塩添えまた白子醤油添えとして供された。賄い飯は人の口から口へと伝わって、三日後の塩梅屋の昼時には長蛇の列となり、美味の最高峰などと称されて、江戸中の美食家が夜の席取りを争った。届けてくれと熱望する富裕な者も多かったがこれは断った。湯通しはしているものの、陽が沈んでもそよとも風が吹かない、この暑さでの傷みを案じてのことである。

六

そんなある寝苦しい夜のことであった。どんどんと油障子を叩く音がして季蔵が出ると、烏谷椋十郎が立っていた。眉間に皺を寄せて丸く大きな目をかっと剝いている。怒りと緊張が入り混じった表情が固まっている。そして無言だった。中へ足を踏み入れようともしない。

――これはただ事ではない――

季蔵はすぐに身支度して外へ出ると、

「お連れください」

一言だけ待っている烏谷に言った。

日本橋から北へ向けて烏谷は黙々と歩みを続けていく。季蔵は従う。

途中、

「どこへ行くのかと聞かぬのだな」

と烏谷は洩らし、

「いずれわかりましょう」

季蔵は応えた。

「ここだ」

烏谷が立ち止まったのは一軒の屋敷の前だった。厳めしい門壁がなかったので、贅(ぜい)を尽くした粋造りの庭が見渡せた。富裕な商人の別宅の趣きがある。

「まあ、囲い女でも出迎えてくれればよいのだが――」

烏谷が庭から屋敷へと歩く。

――これは――

続く季蔵の全身にさっと緊張が走った。濃い血の臭いがした。

――一人、二人の血の量ではないな――

烏谷は玄関から上がり、すたすたと廊下を歩いていく。血の臭いがいっそう濃く感じられる。立ち止まった烏谷は障子を開けた。

阿鼻叫喚（あびきょうかん）の地獄絵図がそこにあった。

「ここで斬（き）られて血まみれで死んでいるのは市中の鳥屋（とりや）の主たちだ。わしも呼ばれていた。遅れてきてみればこの様だ。ここで骸（むくろ）になっている者たちは皆よく知っている者たちだ。長い話をして酒を酌み交わしたこともある。それゆえさすがのわしもあっという驚きがまだ続いていて少々、頭が混乱して判断に狂いが出ている。この惨事を受け止められないでいるのだ。とても信じられないという気持ちが先行しているからだな」

目を伏せたままでいる烏谷に、

「わかります」

季蔵はそっと相づちを打った。

――地獄耳、千里眼のお奉行は人好きで情味のある八方美人の一面もある――

「だから今わしはここでの出来事を詳しく見て、下手人探しの手掛かりを摑（つか）む自信がない。それともとよりこの事実は他には、たとえ北町の連中であっても明かせない。それほどの重大事なのだ。それゆえそなたにここの検分、始末を任せたい」

「わかりました」

「では頼む」

そう告げた鳥谷は廊下に出て座り込んでしまった。

季蔵はまず、骸の傷を調べた。六体の骸のうち背後から一太刀で仕留められている骸の数が三体。逃げようとして肩を斬られ、たじろいだところに致命傷を受けている骸の数が一体。素手で応戦した結果、掌や腕等に傷を負い、最後に首筋を斬られて絶命した骸が二体。応戦した骸の髷はどちらも白かった。

――敵は多勢、廊下と縁先から押し入って凶行に及んだのだろう――

応戦した骸の一体の懐から血まみれの巻いた紙が出てきて以下のようにあった。

鳥商いと料理屋開業占有の嘆願書

わたくしども、鳥あずま講は江戸開府の頃から、鳥商いと料理屋をご公儀の厚きお計らいとご指南により生業としてまいりました。ところが昨今、廻船問屋鞍馬屋伊平、またの名をよろづ天神と名乗って、不埒にもこの江戸に門付き、池、庭付きの豪壮な魚鳥料理の店を出す計画を進めている上方者がおります。

もとより数多い鳥商い仲間の中で、公方様にお運びいただいても恥ずかしくない料理屋を兼ねるお許しをいただけるのは、鳥商い一筋に専心、精進してきた、選ばれしわたくしどもだけです。これについては御定法に定められてから久しいはずです。

この御定法の基本は漁師は猟師を兼ねてはならず、また魚と鳥の両方の売り買いをしてはならぬというものです。

よろづ天神はかつて鳥商い法が定められた時、鳥も魚もお構いなく商っていたことが発覚して、鳥商いを差し止められた罪人同様の者たちが先祖です。その者たちは仕方なく逃れるようにして上方へと移り、時が流れました。そして、金が一番、命は金だというような、上方流の強引な商いで財を築き、廻船業で成功した子孫の伊平を頭にこの江戸に戻ってきたのです。

これは悪しき報復です。ですからこうしたよろづ天神にだけは、わたくしたちの特権を侵されたくないのです。

どうかこの旨をご配慮いただき、鞍馬屋伊平ことよろづ天神が願い出ている、料理屋開業の嘆願を破棄していただきたくお願い申し上げます。

嘆願書の末尾には以下のようにあった。

鳥あずま肝煎　日本橋屋七兵衛
瀬戸屋甚兵衛
神田屋三郎兵衛
須田屋喜兵衛
上野屋次郎兵衛
室町屋吉兵衛

江戸町奉行様

季蔵は廊下にいる烏谷に襲撃の様子を報せた後、嘆願書を渡した。

七

嘆願書を読み終えた烏谷は、
「この者たちはこの江戸の鳥屋六人衆、鳥屋の元締めたちだ。御老中差配の勘定方の命を受けた町奉行の采配で、代々鳥商いを行ってきている。さぞかし無念であったろう」

　立ち上がってそこに賊がいるかのように縁先を睨み据えた。

「嘆願書に書かれていた廻船問屋鞍馬屋主伊平とよろづ天神について、鳥屋六人衆との関係をくわしくお話し願えませんか？」

　季蔵は訊いた。

「大権現（徳川家康）様は鷹狩を徳川将軍家の特権であると定められた。徳川家に許された者たちだけがこの特権の裾分けを受けてきた。それは親藩、譜代の大名家、大身旗本家、婚姻で徳川家と縁戚になった外様大名等だ。山間部での狩猟についても大っぴらに許しているわけではなく、売り買いを禁止するという建前で見逃してきただけだ。これでわかるように完璧に取り締まることなどできはしない。たとえば鳥害は常に起きる。稲等が豊作の年には大事だ。食べきれぬほどの雀が網にかかればこれを売ろうとする。買いたい者は大勢いる。雀の串焼きが美味だからな。雀だけではなく、とにかく鳥は旨い。身体が大きくて脂の乗った鴨や雁等渡りの水鳥は雀の比ではない珍味だ。これらの野鳥食いには飼って食うことが許されている鶏とは別ものの醍醐味がある。そう思うだろう？」

「たしかに」

「そこに鳥屋六人衆と廻船問屋鞍馬屋主伊平の闘いの火種がある」

「嘆願書では鞍馬屋主伊平の先祖を罪人と見做していましたが真ですか？」

「入牢してお白州で裁かれたわけではないが、江戸を追われた感は否めない状況だったとされている」

「鳥も魚もお構いなく商っていたからでしょうか？」

「これは遠く有徳院（徳川吉宗）様の頃のことだ。鳥屋六人衆の先祖にあたる市中の鳥屋は水鳥屋と呼ばれていた。鶏の他に人気のある水鳥を主に商うのでそう呼んだのだろうが、水鳥屋たちは川辺を熟知していて、水鳥と一緒に鮒や鯉、鮎、鰻等の川魚も獲っていた。川魚は海の魚とはまた別に珍重される。水鳥屋は食べ物にしては値の張る水鳥と川魚で左団扇の商いができた。どちらも皆の垂涎の的だからな。しかし、有徳院様は快く思われなかった。このまま水鳥屋の商いを膨らませてはならないと一計を講じられた。それが嘆願書に書かれていた、鳥と魚を共に商ってはならぬという厳命だった。幸い川魚漁に携わる者たちの中に、三河から移ってきた佃の漁師のような、権現様肝煎りの者たちはいなかった。どこからも横槍が入らぬままこの厳命は徹底して続けられた」

「当時、鳥屋六人衆の先祖たちだけが鳥だけを獲り、魚を獲らずにいた証があったのですか？ それで市中での商いを許されたのですか？」

季蔵は思わず口走った。

「そちはそう思うか？」

「わたしは鳥屋六人衆の先祖たちも、追われた鳥屋たちも共に水鳥だけではなく、川魚を商っていたはずだと思います。そうでなければ今でも、時折、魚河岸で野鳥が売られているのを見かけるはずはないのです」

「そうだな。腹に入れてしまえば消えてなくなるゆえ、食い物に関しての禁忌や御定法はなかなか守られぬものだ。それゆえそちの思った通り、あの時追われなかった者たちも鳥と魚の両方を売っていた。だから一方がお上から兵衛の名を賜って市中にある町の名を屋号とし、商いを続けていいとの許しを得、もう一方は罪人のごとく江戸を追われたのはたしかに理不尽だ。だが、公儀としては従順な者たちだけを選んで残し、商い上手の抜け目ない者たちは追い出した。叶うことならそのまま野たれ死んでほしかったろうが、そうはいかず、中の一人は上方に根を下ろして血を繋ぎ、大きな財を蓄える廻船問屋鞍馬屋伊平を出した。これまではたとえ有徳院様が生きておられても敵わぬ流れよな」

「鳥屋六人衆は鞍馬屋伊平を宿敵と見做しているようですが、伊平の方でも先祖の恨み晴らしと思っているのでしょうか？」

「はてな」

烏谷は親指と人差し指で分厚い顎を挟んで思案した。

「人にもよるだろうが、わしなら、まあ、先祖の雪辱を旗印にはするだろうが、今、江戸に乗り込むのであれば商いを広げるのを目的とする。今や江戸は富裕な者たちも多く、上方を凌ぐ勢いゆえ、うんと高く値を取って美味い物をどんどん食わせる、そんな料理屋業も悪くはあるまい。それにその昔、江戸を追われた先祖は伊平にとっては曾祖父か高祖父だ。会ったこともないであろう。商人は売り買いが肝心で、ようは家名などに拘らぬものだ。鳥屋六人衆とて伊平の先祖をあしき者のように言っておるが、本心は自分たちが当たり前のことのように見做していた代々の特権が、今、脅かされるのを恐れてのことだろう」

「この江戸では鳥屋六人衆と町奉行が認めた鳥屋のほかは、格式ある料理屋を開いてはならないという特権ですね」

「左様。その中にはあの名店八百良も入っている。八百良は開業の折、相当の金子を鳥屋六人衆に開業差配御礼として渡しているはずだ」

「それでは鳥屋六人衆は鞍馬屋伊平からも開業差配御礼を取る腹づもりだったのでし

ょうか？」

「その通り。遠い過去のいざこざなど戯言にすぎぬとわかっていて書いている嘆願書よ。わしを呼びつけたのは、いったいいくら鞍馬屋伊平からせしめることができるのかという相談だったはずだ。有徳院様の厳命以降、鳥屋六人衆は川魚の商いは断念してきた。ご公儀への少なくない上納もあり、鳥だけの商いでは苦しい。金子の入る当ては注文に応じて、常に鳥を出せるほどの料理屋の認可なのだが、流行風邪の禍がまだ残っている今日日、なかなかそこまでの商いは育たない。鞍馬屋伊平が江戸にての開業を名乗り出てきたのは恰好の狙い目であったのだろう」

「今まで伊平に許されていなかった高級料理屋商いが許されるのですか？」

「どのような御定法にも抜け道はある。今の江戸の窮状、時の流れが鞍馬屋伊平に味方しつつある。といっても手放しで認めはするまいな」

「ところで鳥屋六人衆は世襲なのでしょうか？」

「そうだ。鳥屋六人衆が死んでもその特権は後継ぎに引き継がれる」

「であるならば今回のことは――」

「そうだ。鞍馬屋伊平が江戸流の法外な開業差配御礼を懸念して、対価を払いたくないがために、六人衆を手に掛けたとは考えにくい。だがそのように見做したい向きもあろう。市中で何か起きる度に、鳥あずま講と鞍馬屋伊平の仕切るよろづ天神との対決のせいだ、とばっちりだと皆が信じては困る。商人が謂れなき暴徒扱いされる世の中は闇だ」

と烏谷は言い切り、

「これらの骸を何とかしなければならぬ。ここは鳥あずま講頭、日本橋屋七兵衛の別宅で幸い、人払いしてあった。ここに六人衆が集まっていたことを知る者はいない。わしはまず、八百良に掛け合って鳥屋六人衆とわしとの間で会合が持たれたことにする。そちはこの文を浅草の弾左衛門に渡してくれ。このような惨事が起きたことを市中に知らせぬためだ。今、日々物価高の折、市中の皆に厳しい暮らしぶりを強いているさなか、要らぬ不安をあおりたくないのだ」

その場で文を書いて季蔵に渡した。

季蔵がこの場所を離れたのは空が白む頃で、黒いカラスが鳴きながら飛び立つのが見えた。時季を問わず見慣れた光景ではあったが、

――そういえば、信濃ではカラスのろうそく焼きが食されていると出稼ぎの椋鳥（信濃者）のお客さんから聞かされたことがあった。カラスの肉を骨ごと叩き、オカラ、刻み葱、山椒、おろし生姜、味噌、片栗粉、酒とよく混ぜて、小判状につくねのよう

にし、串にさして炉端で焼いて食べるのだという。当地ではカラスの田楽とも言うのだとか――

カラスを食材の一端と見做したのは今が初めてであった。

――おそらくあまり味を確かめていないだけで、カラスも含めてほとんどの野鳥が美味しいのだ。それゆえ古くからこのような競い合いが行われてきたのだろう――

季蔵は普段何気なく店の前を通っていて、賑(にぎ)わいを見せている鳥屋の深い闇に触れたような気がした。

それから十日ほどが過ぎた。相変わらずイサキは届けられている。

この日も外に出してある昼賄いのイサキ飯を売り切って、行列も途絶えたところで、

「邪魔するよ」

岡(おか)っ引(ぴ)きの松次(まつじ)が戸口から入ってきた。常より四角い顔と鰓張りが目立った。松次は空腹に長く耐える時、奥歯を噛み締める癖があり、結果もともと四角い顔がより四角くなるのであった。

「イサキ飯、あるんだろうな。今日は、こいつにも食わせてやってくれ。丁太(ちょうた)っていうんだ」

丁太と呼ばれた若者はぺこりと頭を下げ、

「松次親分のところで下っ引きを務めることになりました。丁太です」

と挨拶した。

「こちらこそ。松次親分にはお世話になっています」

季蔵が挨拶を返したところで、北町奉行所同心田端宗太郎が入ってきた。田端が床几に腰掛けるのを待って松次と丁太も腰掛けた。田端と松次の二人からも〝市中料理屋十傑〟の祝いにと布団が一組届いていた。松次の一人娘の嫁入り先が布団屋なのである。

「〝市中料理屋十傑〟に選ばれた折には有難いお言葉をありがとうございました。そのお礼にと、このところ、昼餉いの時には松次親分の分は別に用意してあります。ご安心ください。お暑いのでまずはいつものを」

季蔵が言い終わらないうちに、素早く三吉が冷や酒の入った湯呑を田端に、松次には甘酒を供し、

「えーと。丁太さんは何を？」

と愛想笑いを浮かべると、丁太はちらと松次を見遣り、

「親分と同じものを」

控え目に応えた。

「いつ飲んでもここの甘酒は格別だ」

松次が甘酒で一息ついたところで、季蔵はイサキ飯を盛りつけた飯茶碗を二人の前に置いた。田端は駆けつけの湯呑酒を三杯ほど呷った。ちなみに酒豪の田端は肴を一切摘ままず、下戸の松次だけがひたすら菜と飯、時に菓子の類(たぐい)を堪能している。

「お疲れのようですね。何か市中によほどのことでもございましたか?」

季蔵は訊かずにはいられなかった。惨殺された六体の骸の行方(ゆくえ)が気になっていた。

第二話　薄荷ようかん

一

——骸の主は旅人や芸人、流れ者等ではなく、鳥屋六人衆という身分の持ち主たちだ。密かにどこかに葬って惨殺の事実を糊塗したくても、揃って行方知れずにはできまい。お奉行はいったいどう始末をつけられたのだろう——

「この暑さが禍したのか、常にはない事件があちこちで起きやしたよね、旦那。たとえば酔って屋形船より転落して溺れ死んだ須田屋喜兵衛。あれは暑さが祟ったのか、大酒飲みが禍したのか——それから——」

続けかけた松次はちらと横目を、五杯目の湯呑酒を楽しんでいる田端に走らせて、

「あ、いけねえ」

慌てて口をつぐんだ。

すると田端は、

「商用の旅から戻ってきた瀬戸屋甚兵衛が、市中に入る前に追いはぎに遭って身ぐるみ剝がれて殺された。また神田屋三郎兵衛は囲っていた妾に子ができず、諦めていた妻に子ができて大喜びしていたところ、嫉妬に狂って思い詰めた妾に無理な相対死（心中）を仕掛けられて死んだ。これらは暑さとは関わりない。どんな時季でも起きる。甚兵衛は三十歳、三郎兵衛は三十四歳、死ぬにはやや若すぎる」

淡々と松次の話を修正した。

「とはいえ、五十歳を越えてすぐの鳥あずま講頭の日本橋屋七兵衛が心の臓の発作で、そして、この七兵衛に講の頭を譲ったばかりで還暦を迎えた上野屋次郎兵衛が、中風をこじらせて死んだのはやはり暑さ負けでしょう？　二人とも暑いさ中、七兵衛は金魚屋を廻り、次郎兵衛は盆栽いじりをしてたっていう話ですから。趣味もいい加減にしないととんだ年寄りの冷や水になりますね」

「なるほど」

季蔵は感心して相づちを打ち続けている。

「お二人とも皆様の通夜にはいらしたのでしょう？」

「行ったよ。知らぬ相手ではないからね、ねえ、旦那」

松次の言葉に、

「いささか供養の酒も続きすぎたな。こればかりは続くと美味くない」

田端は率直に応えた。

「五人もの通夜に行かれたのですね」

念を押した季蔵は、

——あとまだ一人いる——

残り一人が気になった。すると、

「行かなかった一人がいるよ。いいや、行かなかったというより、行けなかったね、とてもじゃないけど」

松次が思い出した。

「室町屋吉兵衛、首を括って死んだんでさ。五十歳になってたから死ぬのに若すぎるってこたあねえけど、店がずっと左前でね、嵩んでたのは借金ばかり。家族だけで通夜と野辺送りをしたら、上の娘は借金のかたに身売りすることになってるって聞いた。首を括りたくなる気持ちもわかろうってもんさ」

——酒飲みを誤って船から落ちたことにし、若い二人は襲われて死に、年寄り二人は暑さ負けによる持病の悪化、借金が嵩んでいた室町屋吉兵衛を自死にするとは、念には念を入れた隠蔽工作だ。おそらくお奉行が自ら家族たちを説き伏せて完璧な芝居を打たせたのだろうが——

　季蔵は烏谷の周到さに舌を巻いた。その時、心ならずも、

「たしか続いて亡くなられた方々は鳥屋六人衆と呼ばれていたのでは？」

　洩らしてしまった。

「その通り」

　田端は七杯目の冷や酒を飲み干して、扇子を取り出すと自分の膝をぴしゃりと打った。

「このように鳥屋六人衆が揃って同じ時期に亡くなるとはな。出来過ぎた話だと俺は思っている」

　田端は共感をもとめるかのように季蔵を見つめた。

「とはいえ、死の因は明らかで骸検めも終わっているのでは？」

　季蔵は言った。

「骸を検めたのは追いはぎに斬り殺されたという瀬戸屋甚兵衛のものだけだ。江戸市中に君臨している鳥屋六人衆は選ばれし鳥屋の元締めたちゆえ、奉行所役人も強い詮議はできかねる。病死したという日本橋屋七兵衛、上野屋次郎兵衛は言うに及ばず、神田屋では残された女房の腹の子に差し障りがあるからと、妾のも含めて三郎兵衛の

骸は見せてはくれず、溺れ死んだ須田屋喜兵衛の骸は見る影もなく膨れ上がっている上に、魚の餌になった痕もありとても見せられないと家族たちから断られた。仕方のないことだとは思いつつも不審すぎると俺は思う。塩梅屋、おまえはこれをどう見る？」

「骸検めのお役目が廻ってこなかったのですから、やはりこれは偶然が重なっただけなのではないかと――」

季蔵が応えると、

「そうか」

田端は黙り込んでしまった。

こうして鳥屋六人衆惨殺の事実は完全に揉み消された。

――いっそ、全ては無かったことだと思いたい。しかし、予期せぬ襲撃に斃れた者たち、必死に闘い破れた骸六体のそれぞれの悲惨な様子を忘れることなどできはしない――

季蔵はのしかかってくる重い記憶を束の間封じたくなると、店の裏手にある猫の額ほどの畑に立った。冬場はたいていここにもとめた根付きの葱をさしておいたりするが、夏には胡瓜や茄子、青紫蘇等の夏青物を育てることもある。

三月ほど前、季蔵が今年の夏はどんな青物を育てようかと考えあぐねて、

「どうしたものかな」

ふと洩らすと、

「塩梅屋の胡瓜や茄子、どういうわけかそんなに実がつかなかったよね。長屋で育てるのだって、うちのよか沢山実がついて大きかったし――」

下働きの三吉が言い、

「どうしてかなあと思って、長屋で育ててる爺さんに聞いたら、胡瓜や茄子にはそこそこ肥やしが要るんだって。うちのは肥やしやってなかったでしょ。長屋じゃ、厠も庭のうちだから、それに限っちゃ、不自由しない、だから立派に沢山育つんだってさ」

と続けた。

――そうは言っても塩梅屋は食物屋なのだから、厠はあっても長屋のようにはいかない――

季蔵がやや渋い顔をしていると、

「その爺さん、青物作りにそりゃあ詳しくて、肥やしの要らない美味い青物もあるんだって。要らないだけじゃなくて、そいつを育てると痩せた土もいい具合に肥えるら

しい。いいでしょ。それって何ーんだ？」

三吉は思わせぶりに告げた。

「それはまたいい話だな。もったいぶらずに早く教えてくれ」

季蔵に急かされた三吉は、

「じゃーん、それは枝豆でーす」

得意げに答えた。

「それはいい」

塩茹でした枝豆は夏場の酒の肴に最適であった。後を引く美味さで女子どもにも人気がある。天秤棒を担いで廻っている棒手振りが売り切れの悲鳴をあげることさえあった。また前日の余り物の枝豆は鮮度が落ちていて、ただで貰い受けても客の膳には載せられない。鮮度が命の枝豆なのだ。

——肥やしが要らず、採れたてを茹でてすぐに振舞えるとなればこれは一石二鳥——

季蔵はすぐに枝豆を育てることに決めた。早速、三吉が住んでいる長屋の青物育て名人の爺さんに秘訣等の話を聞いてきて、こうして今、塩梅屋の裏手では枝豆が育っている。

「株元にわらやもみがらを敷いとくと、かんかん照りの時でも土がからからにならずに、さやがちゃーんと太るんだってさ。これはおいらがやっとくよ」

枝豆好きの三吉は協力的であったが、

「あれ、あれだけは勘弁、勘弁」

音を上げているものがあった。

二

枝豆の宿敵のカメムシである。枝豆の葉や茎の汁を吸って生きているカメムシを放っておくとやがて株が弱り、楽しみにしているさやの中身にも影響が出てくる。

「見つけたらすぐやっつけろって爺さんは言ってるんだけどさ」

三吉は鼻を摘まんで見せた。カメムシの最大の武器は悪臭だったからである。

「わかった。カメムシ退治は俺がやろう」

そう買っては出たものの、どこからともなく湧いて出てくるカメムシ退治は容易ではなかった。

それでも必死に成長している枝豆の株に目を凝らしつつ、カメムシを取り除く手間を惜しまずに続けていると、以下のような文が小さな薬瓶とともに届けられてきた。

お暑い毎日が続いております。

毎年、暑さ、寒さで体調を崩しがちな瑠璃さんなのですが、今年は朝の涼しい時に庭いじりができるほどお元気です。

家の中でひっそりと紙や布細工をなさっているのが常だった瑠璃さんが庭いじりとは珍しいでしょう？

これには理由があります。慈照寺の瑞千院様のところから、うちへ手伝いに遣わされた下働き——名は竹と言います——と仲良くなったゆえのようです。

お竹はとにかく青物や草木に慣れていて、瑞千院様のところでは野草薬や化粧水作りに才を見せていたとのことでした。瑞千院様は世に広く役立つことをと、借金取りに追われていたり、子どもを抱えて餓えていたり、生傷の絶えないほど亭主に苦しめられていたりする女を保護する等、日夜慈悲の道に励まれておられます。といっても、誰も霞を食べて生きてはいけないわけですから、野草茶や野草薬、化粧水等をささやかな糧になさっておられるのです。

そんな折、瑞千院様からうちの庭で薄荷を育てて薄荷油を採ってほしいというお話を、旦那様を通していただきました。薄荷はうっとうしくむしむしする夏の暑さを乗り越えるのに大変よい香りなのだと聞きました。まさに薄荷の香りによる暑さ凌ぎです。瑠璃さんの閉ざされてしまっている心の光明になるかもしれないと瑞千院様はおっしゃっていたとか――。

旦那様がご承知なさったので、下働きのお竹が持ちきれないほどの薄荷の苗を抱えて、うちに来ました。薄荷の苗はぐんぐん伸びて広がり、庭はほぼ薄荷畑になってしまいましたが、瑠璃さんはいつになくお元気で、お竹と一緒の朝の庭いじりを楽しみにされています。

やはり夏の草、とりわけ涼やかな薄荷草は身体にも心にも働きかけてくれる、えもいわれぬ癒やしの効能があるのかもしれません。

瑠璃さんがランビキという道具を使って拵えた薄荷油を、清々しく育っている薄荷の葉と共にお裾分けいたします。打ち水等に混ぜて使われるとお店が涼しくなりましょう。

最後に旦那様の句を一句。

風渡る薄荷市中の我が家かな　　　　涼

ランビキとは蒸留器のことである。器の上に二つの急須を注ぎ口が下向きになるように重ねたといった形で、高さは一尺五寸（約四十五センチ）である。

この文に書かれている瑠璃は季蔵の元許嫁で主家の嫡男に横恋慕され、生家のために嫡男の側女となり、父子である主と嫡男の殺し合いを目の当たりにして、心を病んでしまっていた。そんな瑠璃を保護してくれているのが北町奉行の烏谷椋十郎で、お涼は内妻である。

烏谷の配下で塩梅屋の亡き主が隠れ者として働いていたことから、家中から出奔して武士の身分を捨てた季蔵もその任を引き継ぐ羽目になって今日に到っている。

「〝風渡る薄荷市中の我が家かな〟か」

烏谷の句はあまり上手いとは思えなかったが、涼やかな癒やし草に包まれている瑠璃の満ち足りた様子が想像できて季蔵はうれしかった。そしてこの想いや効能を何とか裾分けしたいと思った。

早速三吉に、

「水桶に汲んだ井戸水に薄荷油を垂らして、朝夕、店の前に打ち水をしてくれ」

と頼んだ。

薄荷油の入った薬瓶に鼻を近づけた三吉は、

「すごいや、これ。瓶の蓋、きっちりしまってるっていうのに凄く匂ってる。これで打ち水したらお客さん、そのいい匂いのものを食わせろってきっと言うよ」

しきりに案じた。

――たしかに――

なるほどと思った季蔵は、

「じゃあ、薄荷ようかんをつくることにしよう」

と決めた。

お涼が添えてきてくれた薄荷の葉で薄荷の冷菓子を拵えることを思い立ったのである。

「離れに行ってありったけのギヤマンの小鉢を取ってきてくれないか」

「合点承知」

季蔵は薄荷ようかんを拵え始めた。まずは薄荷の甘露を仕込む。一部を残した薄荷の葉と蜂蜜、水を加えて小鍋で煮る。煮詰めないで一煮立ちしたら火から下ろす。冷めたら漉して器に入れ、残しておいた薄荷の葉をおおかた加え、さらに井戸で冷やしておく。

三吉がギヤマンの小鉢を抱えて戻ってくると、今度は、

「甘酒を頼む」

三吉が作り手になっている甘酒を持って来させた。

鍋にこの甘酒、水で戻した寒天、葛粉を入れて火にかける。沸騰したら少し火から離して六十数える間、煮る。これをギヤマンの小鉢に移して井戸で一刻半（約三時間）ほど冷やし固める。器に盛り、薄荷の甘露をかけ、飾りにとってあった薄荷の葉を上に載せる。

「匙でよく混ぜながら食べてみてくれ」

三吉は季蔵に教えられた通りに薄荷ようかんを食して、

「甘酒と薄荷の相性がとってもいい感じ。形とか入ってるものとかで名をつけるんなら、薄荷甘酒水ようかん風なんだろうけど、もたつきが嫌いな江戸っ子には受けない。やっぱ、薄荷ようかんでいいんだろうな。それとこういうのきっと上品って言うんだろうね」

緊張気味に言い添えた。

薄荷ようかんを堪能した三吉が、再びカメムシ退治を始めた季蔵に耳よりな話を伝

えた。

「長屋の爺さんの話じゃ、薄荷を近くに植えとくと枝豆なんかにカメムシがつかないそうだよ。カメムシは自分が臭いくせに薄荷の匂いが大嫌いなんだって」

「なるほど匂いをもって臭いを制すだな」

季蔵は瑠璃が作った薄荷油を水に混ぜて撒いた。枝豆の葉や茎には少量を掛け、株の近くの土にはわりに多く撒いた。しばらくして茎葉からカメムシたちが逃げ出した。撒いてある土の向こう側で右往左往して近づけずにいるカメムシたちもいた。

――これは素晴らしい――

季蔵は是非とも瑠璃に礼を言いたくなった。薄荷ようかんと塩梅屋鰻の蒲焼を拵えて持参することに決めた。

塩梅屋鰻は堅豆腐を鰻に見立てて拵える。堅豆腐は固豆腐とも言い、大陸から伝来した折には〝しらかべ〟、〝おかべ〟と称された。市中でこれを商う豆腐屋は代々の主が、越中（富山県）や加賀（石川県）、越前（福井県）出身であることが多い。

夏ならではのこの特製料理はまず、味醂、醬油、酒、砂糖を混ぜ合わせて煮切り、タレを作る。崩した堅豆腐、すりおろした蓮根、片栗粉、塩少々をよく混ぜて生地を作る。

焼き海苔と青紫蘇に片栗粉をふり、堅豆腐生地を塗り伸ばす。油を熱した平たい鉄鍋で両面を焼き、タレを絡める。

細めに切ったものをご飯に載せて、一杯目はそのまま、二杯目は粉山椒をかけて、三杯目は白髪葱を盛った上に出汁をかけて湯漬けで食する。節約料理にもなるが、夏バテ気味で胃腸の調子が悪く、真の鰻の脂が気になる向きには優しい滋養料理であった。

季蔵は冷たい井戸水を注いだ小盥に薄荷ようかんの小鉢を浸して入れ、塩梅屋ならではの堅豆腐の蒲焼は重箱に入れると、瑠璃が養生している南茅場町のお涼の家へと向かった。薄荷ようかんは井戸水が入って台無しにならないよう、揺らさないように平らを保ちつつ急いだ。

お涼の家近くの辻まで来ると、そこはかとなく薄荷の青々しい香りが漂ってきた。

——ああまさにこれだ、いいものだな——

一瞬、季蔵は暑さを忘れられた。

薄荷の香りは家に近づくにつれて濃厚になり、いよいよ家の前に立つと戸口から青々と茂った薄荷の茎葉が見えた。薄荷の茂みに埋もれるようにして屈み込んだ瑠璃が背中を見せている。瑠璃は茎ごと葉のついている薄荷を摘み取っていた。

「塩梅屋季蔵さんでは？」

瑠璃の後ろで、手渡される薄荷の茎葉を大きな籠に集めている女が声をかけてきた。

三
「もしや、お竹さんでは？」

瑞千院から遣わされたお竹は、ほっそりとした小柄な身体つきの年齢不詳の大年増で、整った上品な顔立ちながら寂しげに見える。

――誰かに似ている――

しかし、誰だったかは思い出せない。

「はい、そうです、竹と申します」

お竹はにっこりと笑った。笑うと蝶が閉じた羽を開いた時のように薄めの唇に華やぎがあり、少女のように若々しく見えた。

「塩梅屋の御主人のことは、瑠璃さんと親しくされている方だとお涼さんから聞いております」

言葉遣いも瑞千院が見込んでお涼に託しただけあって申し分なかった。

――瑠璃のところにいい人が来てくれてよかった――

安堵(あんど)した季蔵は、

「どうかこれを」

薄荷ようかんと堅豆腐で拵えた塩梅屋鰻の蒲焼をお竹に渡して、

「小盥の中の冷菓子は冷たさが命なのでなるべく早く召し上がってください」

と告げた。

「わかりました。それでは早速」

受け取ったお竹は、

「瑠璃さん、季蔵さんが涼やかなお菓子を持たれましたよ」

瑠璃に声を掛けると、添えてあった木匙を薄荷ようかんの入ったギヤマンの小鉢と共に、手を止めた瑠璃に差し出した。

「まあ、これも薄荷の匂い。瑠璃さんお気に入りの薄荷の冷菓子なのですね。瑠璃さん、お見えになった季蔵さんからの何よりの夏の贈り物ですよ。温まらないうちに召し上がってくださいい」

お竹が言い添えると、振り返った瑠璃はほんの一瞬、季蔵を見て微笑(ほほえ)んだ。

「元気そうで何よりだ」

季蔵が話しかけると、瑠璃は微笑んだ。しかし、その眼差(まなざ)しは季蔵ではない宙に向けられていて、遠くでも見ているかのように焦点が定まっていなかった。

――それでもいい。このような猛暑のさ中に毎年ひいていた夏風邪(なつかぜ)もひかず、こうして庭仕事に勤しめるほどなのだから――

知らずと季蔵も微笑みを返していた。

「さあ、瑠璃さん、こちらで」

とお竹が縁側を勧めても、瑠璃は薄荷の茂みの中でしゃがみ込んだまま、薄荷ようかんを食べ始めた。

「仕方ありませんね」

お竹はちらと季蔵を見て、許しを乞(こ)うように言った。

「お竹さんもどうぞ」

季蔵の言葉に、

「ありがとうございます。ではいただきます」

深々と頭を下げて、お竹も匙を手にして、

「喉越(のどご)しがよくて、するりといくらでも入ってしまいます。最高の涼味です」

感嘆し、瑠璃も残さずに食べた。

「それではもう一ついかがです？」

さらに季蔵が勧めると、

「それでは瑠璃さんだけ――」

お竹は小盥からギヤマンの小鉢を一つ取り上げて瑠璃に渡した。

するとそこへ、

「あらあら、季蔵さん、おいでだったんですね。うっかりしてて気がつかず、お出迎えもせずにすみません」

お涼が姿を見せた。

元は売れっ子の辰巳（たつみ）芸者だったお涼は盛夏でも一糸乱れぬ結い髪に、麻の葉模様の単衣（ひとえ）の着物を着て黒地の帯を締めている。

「まあ、せっかくのお持たせをもういただいてしまったの？」

お涼は眉（まゆ）を上げてお竹の方を見た。

「勝手をして申しわけありません」

お竹が詫（わ）び、

「それはわたしが勧めたからです。冷菓子を運んできたので冷たいうちがよろしいかと――」

季蔵は相手を庇（かば）う物言いをした。

「まあ、それなら仕方ありませんね」

お涼は苦笑して、

「頂きものは冷たいお菓子も含めてわたしが井戸へ運んで温まらないようにしておきましょう」

お竹から受け取った薄荷ようかんの小盥と塩梅屋饅の重箱を受け取ると、

「もう、そろそろ仕舞いにしたらどうです？　これ以上、暑さの中での庭仕事は瑠璃さんの身体に障りますから。過ぎた働きも夏風邪の因になるとお医者様もおっしゃっていたでしょう？　ねえ、瑠璃さん」

瑠璃に声を掛けた。

「そういたしましょうか？　瑠璃さん」

お竹も促したが薄荷ようかんと木匙を手にしたまま、薄荷の茂みに蹲ってしまっている瑠璃は動こうとしない。

「まだ、今日はランビキに入れて薄荷油を採るだけの薄荷の茎葉を刈り取っていないんです。瑠璃さんはランビキでの薄荷油作りにとても拘りがあるんです」

とお竹は言い、

「まあ、人のためになることに精を出すのは悪いことではありません」

お涼は素っ気ない口調で応えると、

「ところで、季蔵さん、こちらへ。少しご相談が――」

季蔵を家の中へと招き入れた。

「今、冷えたお茶をお淹れします」

お涼は一度沸かした井戸水を冷ましてから淹れた煎茶（緑茶）の冷茶に、薄荷ようかんを添えて供してくれた。味わった季蔵が、

「湯で淹れた煎茶を冷やしたのではない、冷ました井戸水遣いのこちらの冷茶と薄荷ようかんの相性が素晴らしくいいですね。洗練された茶の葉と薄荷の香りの相乗です。期待通りでした」

感動を口にすると、

「本当はここに瑠璃さんも居てくれると安心なのですけれどね。薄荷の葉茎集めはお竹に任せて、何も瑠璃さんまであんな暑い外にいつまでもいなくても――」

お涼は案じている表情を隠さなかった。

「先ほどご相談とおっしゃったのは、瑠璃が薄荷育てやランビキ使いに凝り過ぎているということですね」

季蔵はお涼の不安を言い当てた。

「ええ、その通りです。今時分の瑠璃さんの風邪が命取りにならぬようにと、わたしたちはどれだけ気にかけてきたかしれないのですから。季蔵さんだって、すっぽんの血を届けてくださっていたこともあったでしょう？」

並はずれて滋養の高いすっぽんの血が、夏の暑さに負けやすい虚弱体質の瑠璃には命綱と思われた時もあった。

「この何年か、瑠璃の食が夏にそれほど細くならず、夏風邪を引いても医者に危ないと告げられなくなっています。瑠璃の身体が健やかでいられるのは全てお涼さんのおかげです」

季蔵は深く頭を下げた。

「まあ、そんな。あたし、恩着せがましい気持ちで言ったわけじゃあないんです。ただこのところの瑠璃さんの入れ込みようが案じられて。お医者様だってたとえ夏でなくとも、陽に当たるのはいいことだけど、ほどほどにしないと疲れてしまうとおっしゃってましたから。それとランビキはそもそもお竹が瑞千院様から貰い受けてきたものので、それを使っての薄荷油採りはお竹の勧めではじめたことなんです」

「瑞千院様はランビキを幾つかお持ちでした」

瑞千院は季蔵が武士だった頃仕えていた鷲尾家の当主鷲尾影親の正室千佳で、影親亡き後は髪を下ろして供養に務める一方、慈照寺を女子どもの拠り所にする等さまざまな慈善に尽力していた。ランビキは長崎奉行だった影親が長崎から江戸の千佳に贈ったものであった。

「これはあたしがつい聞いてしまった話なんですけど。お竹は瑠璃さんにこんな話をしていました。〝瑞千院様ほど素晴らしいお方はおられません。瑞千院様の慈照寺はね、亭主から暴力を受けている幸薄い女たちや、亭主を亡くして途方に暮れ窮している身籠った女、親に死なれてどこへも行先のない孤児たちを住まわせて、独り立ちできるまで面倒をみてくださるんです。あたしもどれだけ瑞千院様に助けられたことか――、はかりしれない御恩を受けています。なので今は何とかして瑞千院様と慈照寺にご恩返しがしたいんです〟と」

そこでお涼は話を一段落させた。

「瑞千院様の慈愛に満ちたなさりようは仏の道にも適ったもので、多くの人たちの希望の光でしょうが、助けを求めてきた人たちを独り立ちできるまで養うのは並大抵のことではありません。お竹さんは慈照寺の内証を知っていて力になりたいのでしょう」

季蔵は確信をもって言い、

「それが、ランビキを用いての薄荷油作りというわけですね」

と言い添えた。

ランビキで作った薄荷油は鮮烈な涼香として市中で人気があり高値で取り引きされていた。

「お竹の話では慈照寺でも毎年薄荷油を作り続けてはいるものの、あそこの土地は他の青物も育てているので土が肥えすぎていて、薄荷の茂りや香りが今一つなのだそうです。あと寺の仕事は多く、尼さんたちや起居している女子どもたちだけでは、とても人手が足りないのだとか——。そういうことですと、こちらは精一杯お助けするのが人の道なのですけれども——。お竹の言い分はたしかに理には適っているんですけど」

お涼はため息まじりに言った。

「たしかにここの薄荷の茂りようは見事の一言に尽きます。辻に立ったとたん香ってきていましたから。しばらく見ないうちに、薄荷屋敷になったかのようですね」

季蔵は座敷にまでふわりふわりと風に乗って漂い香る、薄荷の匂いに知らずと目を細めていた。

四

――まるで薄荷が涼風を拵えているかのようだ――

「草木が少しずつ伸びて成長するものと思っていましたが、この薄荷に限ってはお竹が春の終わり頃に持参してきた小さな可愛い二葉が、梅雨を経てあっという間にこのようになってしまったかのようで、あたし、少々空恐ろしいんです。まるで化け物薄荷――芝居小屋に怪談がかかる時節柄、ぞっと寒くなる悪くない趣向なのかもしれませんね」

お涼はわざと冗談めいた物言いをして肩をすくめて見せた。

「お涼さんやお医者様のおっしゃる通り、まだ心身を病んでいる瑠璃には休む時は必要です。日々、先ほどのような様子だと心配です。紙や布を染めて四季の花等を作ったりはしないのでしょうか？　以前、あれほど瑠璃が熱中していた手仕事ですよ」

季蔵が投げかけた問いに、

「あたしはお竹の話のせいだと思います。お竹は慈照寺の内証の他に、〝瑠璃さんは心を病まれているそうですが、ここまで温かい世話を受けていられるのはたいそう恵まれたお方なのです。世の中には日々の食べ物にも事欠いて亡くなる人たちが沢山いるのですから。ですので瑠璃さんだって恩返しをしなければ罰が当たります〟と瑠璃さんに話しかけていました。あたしがそれを咎めると、〝瑠璃さんはご自身の心の病に甘えているんです。瑠璃さんの傍にいる方々が優しすぎるんです。仏様は優しくもあり、また厳しくもあられます。世の多くの不幸な人たちへの形ある献身を経て、今あるご自身の幸福をひしと感じるようになれば瑠璃さんの病はきっと治ります〟とお竹は豪語しました。腹は立ちましたがやはり一理はあると思いました。先ほど季蔵さんが言っていた通り、このところ瑠璃さんは以前よりずっと元気になっていますから、あたしたちが過剰に案じすぎているのかもしれないと思ったんです」

お涼は伏し目がちに応えた。

「瑠璃はわたしの今はわからなくても、この手の話はわかってしまうのですね」

季蔵の呟きに、

「ええ、そのようです」

お涼は頷いて、

「以前のことと関わりのない事柄はわかるようです」

と続けた。

――たしかにお竹さんの話は一理ある。けれども――

「心が治る前に身体がまいってしまっては元も子もありません」

季蔵は何よりそれを案じていた。

――今のままではあり得ることだ――

「虎吉はどうしています?」

虎吉とは瑠璃の忠臣のごとく、片時も傍を離れずにいた錆び猫のことであった。虎吉は錆び猫にありがちな雌の野良猫であった。雌でありながら虎吉という名を拝領して飼われるようになった後は、瑠璃を襲った毒蛇に猛然と立ち向かって行って勝利し、雄猫さながらの果敢な勇気を見せたこともあった。

そんな虎吉は瑠璃が座敷で花作り等をしている時も寄り添っていた。自分で役立つことがあると誰に命じられることもなしにその役目を積極的にこなした。猫は縄張りが狭く遠出をしないと言われているがそうでもない。訪れる季蔵には概ねそっけない態度をとるが窮地に追い込まれていた季蔵を助けに駆けつけてくれたこともあった。

――虎吉は瑠璃の心がわかっている。いや、瑠璃だけではなく人の言葉がわかり、その心が読めるのかもしれない――

季蔵は虎吉をそんな風に思うことさえあった。

――あの虎吉が瑠璃の元を離れるわけなどあり得ない。とすれば――

「まさか――」

　ふと不吉な予感が頭を掠めた。

「それはありませんよ」

　お涼が察した。

「そんなことにでもなったら、瑠璃さんはあんなに元気でいるはずがありません」

「ああ、そうか」

　季蔵は気づいて、

「虎吉の敵はあの薄荷ですね」

と言った。

　猫はとかく香りの強い草木を好まないものであった。

「そうなんでしょうね。二葉の薄荷を植えてしばらくはその傍に近づかなかっただけなんですけど、だんだん香りはじめると虎吉は庭に出なくなりました。たとえ瑠璃さんが庭仕事を始めてもついていかなくなったんです。そのうち、こうして座敷にまで薄荷の香りが漂ってくるようになると、座敷の縁側にも出なくなって今はあそこにいます。あそこは薄荷の香りがあまりしないせいでしょう」

　お涼は二階を指さした。

「案じているのは瑠璃さんだけではありません。虎吉もです。虎吉はこのところ、二階の押し入れの中に蹲っていて餌を与えてもあまり食べようとはしません。楽しみは朝夕、瑠璃さんが押し入れを開けて、かまってくれることだけのようです。以前は天井裏を走る鼠(ねずみ)を捕らえようと耳をそばだてていたのに今は無関心です。このままでは虎吉は——。何とか猫のお医者を見つけなければと思っているところですが、なかなか見つからなくて」

お涼はやはりまた目を伏せた。

——これは大変だ——

「これから虎吉に会ってきます」

季蔵は二階に上がって押し入れを開けた。錆び猫特有の毛模様が暗がりの中でも煤(すす)けて見えるほど艶(つや)を失っている。

「虎吉、俺だよ」

季蔵は押し入れの前に屈み込んだ。

「にゃあ」

虎吉の挨拶(あいさつ)は弱々しかった。

「難儀なことになったなあ、虎吉。瑠璃のいるここがいいのはわかるが、おまえにはここはよくない。朝夕会えるからといっても、瑠璃の身体や着ているものは薄荷の香りまみれだ。おまえの身体に悪い。どうだ？　薄荷の時季が終わるまでしばらくわたしのところへ来ないか？」

季蔵は人に話しかけるように話して、虎吉に向かって両手を広げた。

「にゃあぉう」

虎吉の鳴き声は先ほどよりはやや元気を取り戻したかのように感じられた。とはいえ自分から季蔵の差し伸べた両手にすがろうとはしない。

「さあ、ひとまずここを離れよう」

季蔵は手を伸ばして、虎吉を抱き寄せた。虎吉は逆らわなかった。階段を下りると案じていたお涼にこの旨を告げた。

「一膳飯屋さんに生きものがいてよろしいんですか？　猫は毛が落ちますし」

お涼の言葉に、

「薄荷が枯れるまでの一時のことですから。それにこの虎吉ですから心配していません。ただご主人様の瑠璃と離れているのは寂しいことでしょう。瑠璃の方もきっと──」

季蔵は応えた。

するとお涼は、

「それではあたしが三日にあげず、瑠璃さんの様子を文で伝えましょう。ねえ、虎吉、それでいいわよね」

虎吉の目を見た。

「にゃあお」

虎吉はまあ、いいだろうとでも言いたげに一鳴きした。そして、季蔵の方を見て催促するかのような鳴き方をした。

「にゃあ、にゃあ、にゃあ」

「わかった、わかった」

季蔵は逆立ちかけた虎吉の背中の毛を撫でながら、

「こちらも必ず虎吉の様子を、こちらに伝えます。瑠璃にその文を読んでやってください」

と言った。そして、

「虎吉とお竹さんの仲はどうなのでしょうか？」

気になっていることを口にして、

「虎吉が押し入れに引き籠ってしまっているのは薄荷の匂いのせいだけでしょう？

まさか瑠璃を挟んで虎吉とお竹さんが不仲ということはありませんよね」

疑念を振り払おうとした。

――もし、虎吉がお竹さんを嫌っているようなことがあれば案じられる。なぜなら虎吉は常に瑠璃の身の安全とその心の静謐を願っているからだ。それゆえ瑠璃のわたしへの想いがたとえ侍の季之助だった頃のものにすぎなくても、虎吉はわたしを受け入れてくれている。瑠璃の身体も心も守り切ろうとしているのだ。だから、毒蛇のように危害を与えるものが近づくのは断じて許さない。虎吉が人よりも優れた本能に基づく警戒心を怠るはずもない――

「虎吉はお竹のことを瑠璃さんが心を多少開いている相手だと思っているようです。ですから猫好きだと自分で言っている、お竹さんには爪など立てず渋々抱かれてました。瑠璃さんが好ましく思っている相手なら仕方ないというところでしょうね」

「なるほど」

こうして季蔵は虎吉と共に塩梅屋に戻った。

五

「ええっ、この猫、ずっとここにいるの？」

三吉はとかく一人でいることの多い猫よりも人なつきのいい犬が好きであった。

「まあ、草が枯れる秋までのことだ」

「ふーん」

三吉が虎吉に挨拶をしようと両手を差し伸べると、

「にゃーお」

抱かれた虎吉はすぐにするりと床に下りると、二階、裏手の離れ等を熱心に探検しはじめた。

「おいら、ふわふわした毛にもっと触らせてほしかったよ。やっぱり可愛くない」

思わず不満を洩らした三吉に、

「しっ」

季蔵は人差し指を唇に当てて、

「この猫の名は雌ながら虎吉、人の言葉もわかる」

神妙な顔で諭した。すると三吉は、

「世の中広いからいるんだ、そういう猫。化け猫よかはましだけどやっかいだよ」

知らずと小声になり珍しく顔をしかめていた。

以後三吉は朝、顔を合わせたり、帰り際に出くわしたりすると、

「おはようございます、虎吉さん」

「虎吉さん、お先に」

などとまるで人に挨拶するかのように接した。

連れてきたその日、季蔵は虎吉を自分の住む長屋へ連れて行き、茹でた鰺等を食させたが、夜中に目覚めてみると虎吉の姿はなかった。決死の覚悟で瑠璃のところへ帰ったのかとも思ったがそうではなかった。虎吉がしばしの住処と決めたのは塩梅屋の離れであった。離れの縁側で涼風を受けながら心地良さそうに熟睡していた。

以降、虎吉は季蔵の元にいるというよりも、離れとその周辺の庭を縄張りにしている。塩梅屋の裏手の庭には山椒の低木の他は香る草木がないので、虎吉は伸び伸びと土の上を走り回ることができている。次第に虎吉の毛並みは以前のように艶やかになり、草々に紛れている虫に鼻を近づけたり、前脚で突っついたり、宙を飛ぶ蝶と戯れたり、隣家に住み着いている鼠を追ったりしていた。

――これだけだと普通の猫だな――

たしかに瑠璃と一緒でない時の虎吉はしごくありきたりの猫だった。季蔵にも三吉にも仕方なく抱かれることはあるが、一時のことにすぎない。もちろん店の客たちの前に姿を現すことも一切なかった。

ただし、お涼から瑠璃の様子を告げる文が届いた時は違う。文の中身は〝瑠璃さんは元気にしています。ご心配なく〟といった内容の繰り返しだった。これを虎吉は香箱座りをし、文の言葉を一言も聞き洩らすまいと両耳をぴくぴくさせた。まさに忠臣の姿そのものであった。

一方、季蔵はお涼からの文と変わりなく、〝虎吉はすっかり元気になりました〟、〝離れを根城にして自由に暮らしています〟等と伝えている。その文をしたためていると、なぜか虎吉は必ず、どこにいても傍に走り寄ってきて終わるまで季蔵の元を離れず、その内容を読み上げてやると、

「にゃあーおっ」

常に礼を言うように鳴いた。

——やはり虎吉だ——

季蔵は不思議な感銘を受けた。

そんなある日、

「季蔵さん、枝豆をカメムシが狙ってるよ、このままじゃ、きっとろくにさやがつかなくなっちゃう。何とかしなきゃ」

枝豆の様子を見てきた三吉に告げられた。

「貴重な薄荷油は打ち水や台拭き、おしぼりに少しずつ垂らして使って、お客様方に塩梅屋の涼を感じていただいている。とてもカメムシにまでは使い続けられずにいたが、はて、困ったな」

季蔵が頭を抱えると、

「おいら、瑞千院様のとこで野草を使った虫除けを作ってるの、知ってるよ。この前、瑞千院様に好物のパンを拵えて届けた時そう言ってた。寺の庭にわんさか茂ってる野草を使うんだもんだから、どんどんできるんだって。市中の種苗屋にもおろしてて、家計の足しに青物とか育ててる人たちの間で、安い、効くってことで評判になってる。えーっと、たしか〝畑のくすり〟って名、付いてたな」

三吉が朗報をもたらした。

瑞千院が亡き夫の元長崎奉行から贈られた南蛮渡来の石窯を塩梅屋に譲ってくれたのである。菓子作りが好きな三吉は拵え方を瑞千院から教えてもらい、パンを焼くのにその石窯を使っている。下からだけではなく上からも火の入る石窯はパンやタルタ、カステーラをはじめとする、さまざまな西洋菓子を試すことのできる魔法の窯であった。

――今、離れている虎吉は以前のようには瑠璃を守ることができない。それゆえ、今瑠璃のもっとも近くにいるお竹さんについて、瑞千院様に太鼓判を押してもらいたい――

季蔵はお竹のことを瑞千院から直に聞きたかった。

「それでは無沙汰のお詫びも兼ねて、瑞千院様のところへ出向くことにしよう」

そう告げた季蔵は訪ねるにあたっての手土産を拵えはじめた。

「見かけの違う精進ずしを二種類拵えることに決めた。茗荷ずしと田舎ずしだ」

季蔵は二つの釜で飯を炊くことにした。その間に茗荷ずしの具と田舎ずしのネタを用意しなければならない。

先ずは、手のかかる田舎ずしのネタ作りからはじめた。田舎ずしは赤い茗荷、茶色の椎茸、濃灰色の蒟蒻をネタにする。

「茹でるとさらに赤く綺麗になる茗荷はともかく、椎茸が茶色ならもう一色は玉子焼きの黄色がいいんじゃないの？　蒟蒻の色じゃ、ぱっとしないよ」

玉子焼きが大好きな三吉は不満を洩らした。

「形をさまざまに工夫できる蒟蒻は形の妙も愛でる精進料理には欠かせない。これを玉子焼きの黄色になど変えたら、田舎ずしが三色ずしになってしまうじゃないか」

苦笑した季蔵は茗荷を縦半分に切り、三十数える間、茹でた後、ゆずの皮で風味付けしたゆず酢、砂糖、塩少々を混ぜたものの中に漬け込む。しんなりしたら芯に切り目を入れて平らにする。

蒟蒻は長い辺を三つに分け、厚さを半分にして六つにし、袋状になるように切り込みを入れる。破れない程度に包丁を入れ、中が大きく開くようにする。出汁と醬油、砂糖、塩少々で汁気がなくなるまで煮る。

戻して軸を取った干し椎茸は戻し汁、醬油、砂糖で汁気がなくなるまで煮る。

すし飯は水加減して炊き上げ、ゆず酢、砂糖、塩を合わせ、みじん切りの生姜を加えて、

「おいらがやるよ」

三吉が団扇であおいで冷ましながら杓文字で切るように混ぜた。少し冷めたところで白胡麻を振り入れてさらに混ぜる。このすし飯を握り、汁気を切った茗荷と椎茸をすし飯の上に載せる。蒟蒻には中に詰めて仕上げる。すし飯が詰まってぷっくりと膨れた蒟蒻の形を、

「銭が一杯詰まった財布みたいで、これ食べたら金運が巡ってきて縁起がよさそうだよ」

と三吉は笑った。

　次に拵える茗荷ずしの具は茗荷に青紫蘇、胡瓜という夏青物と干しすだれ麩である。茗荷は縦の細切りにして塩でもむ。青紫蘇は塩水に浸してアクを抜いてから水気を絞り、細切りにする。胡瓜は縦半分に切って木匙で種を取り、小指の先ほどの角切りにする。

「へえ、胡瓜の種、あんなに小さいのに取るんだね」

　三吉の言葉に、

「胡瓜の種はたしかに小さく、糠漬けや採れたての生を味噌で食べるもろきゅう等では気にならないが、なぜか飯と混ぜると舌触りが気になるものだ」

　と季蔵は応えた。

　干しすだれ麩は水で戻して塩気を抜いた後、角切りにして酒、砂糖、醤油、味醂を合わせたタレで煮ておく。炊きたての飯に酢、砂糖、塩の合わせ酢をまわしかけ、あおいで杓文字で切るように混ぜて冷ます。これに茗荷に青紫蘇、胡瓜、干しすだれ麩の具を入れて混ぜて白胡麻を散らす。

　茗荷ずしと田舎ずしはこの日の昼賄いにもなった。

「あっさりしてて幾らでも食べられちまう。茗荷ずしの干しすだれ麩って見かけは今一つだけど青物と合ってて美味い。それから田舎ずしときたら、どれも味が深い。田舎ずしなんていうの、申しわけなくない？　いっそ新江戸前ずしって名乗らせたいくらいだよ」

三吉は上機嫌でこれらを満喫した。

六

季蔵は二種のすしを各々飯台に詰めて市ヶ谷の慈照寺へと向かった。慈照寺に着いたのはちょうど八ツ時で瑞千院を囲んで尼たちや、居住している女子どもたちが麦こがしを食していた。

はったい粉ともいう麦こがしは大麦を煎って挽き粉にしたものである。適量を椀に入れて砂糖を加え湯を注いで箸で練り混ぜると八ツ時の菓子代わりになった。

「もっと甘いのがいい」

きかん気そうな男の子が呟くと、

「何をいうの。三度のお膳の他にお八つまでいただけるなんて、こんな有難いことはないんだよ」

慌てて窘めた母親が、

「申しわけございません」

瑞千院に向けて詫びた。

「いいのですよ、甘くないのはその通りですもの。でも麦こがしは砂糖を入れなくても、湯の代わりに醬油を垂らした出汁(だし)で練ると、砂糖入りに勝るとも劣らない結構なお味になりますよ。子どもの今はわからないだろうけれど、大人になってお酒を飲むようになればわかります」

瑞千院はにっこりと笑って、砂糖の入っていない麦こがしの最後の一箸を食べ終えると、

「よく来てくれましたね」

季蔵の方を見た。

「すっかりご無沙汰しておりました。お口汚しではございますが」

季蔵は二種のすしを差し出した。

「いつもありがとう」

瑞千院は軽く会釈をして、

「皆さん、今日の夕餉は久々の御馳走(ごちそう)ですから楽しみになさってて。では仕事に戻って」

そう言うと、

「こちらへ」

奥まった自分の部屋へと季蔵を誘った。

「当寺の粗茶を」

瑞千院が淹れてくれた茶は野草茶であった。

「薄荷の鮮烈な清々しさとはまた異なる、奥深い夏草の香りに暑さで疲れた五臓六腑が癒されるかのようです」

啜った季蔵は思いのままを口にした。

「これは洗ってよく乾かしたドクダミ、スギナ、ヨモギ、ビワの葉を混ぜて、茶にしたものです。これらの草木は当寺の庭のものですので、煎茶を買わずにすむようにと工夫したのです」

——慈照寺の虫除けが評判になっていると三吉は言っていたが、富裕で知られている元長崎奉行鷲尾影親様のご正室だったお方が、砂糖や茶をもとめることさえも控えておられるとは——

野草茶のまろやかな風味に惹かれつつも、複雑な思いだった。

「もしや、そなたは瑠璃殿のところへ遣わしたお竹のことで、わたしに会いに来たのではありませんか？」

瑞千院は思慮深く思いやりに長けているだけではなく勘も鋭かった。

瑠璃が庭仕事に夢中になり過ぎていることが案じられると季蔵が伝えると、

「それはもうお竹の仕込みでしょう。わたしや尼たちに恩義を感じているお竹は、この寺の先行きを案じていて、ただただ何とか助けたいと懸命なのです。そもそもは瑠璃殿のところへ世話係として赴かせる時、当人が持参していった薄荷の種が大元です。あれが見事に茂って、ランビキで薄荷油が採れるほどだとお竹が伝えてきました。その時は瑠璃殿にとってこれも良き遊びだと思い、数あるうちの一つのランビキを貸しました。お竹は出来上がった薄荷油をここへ届けてきて、〝ここで採っている薄荷油もよい香りですが、こちらには濃い強さがあります。土が違うと香りも違うんです。あそこはきっと薄荷の極楽なんです。ここへ来る前に薄荷油を扱う薬種屋さんに寄って、買値を聞いたところ、ここのものの倍でした。お願いです。瑠璃さんのところで薄荷油を採り続けさせてください。薄荷は摘んでも摘んでも茂り続けている上に瑠璃さんもたいそう薄荷油採りがお好きです〟と」

「わたしもその薄荷油を一瓶、貰い受けましたが身体に籠っていた暑さが一瞬にして引く芳香の効き目でした」

「わたしは後悔しているのです。あの時はお竹に〝くれぐれも瑠璃殿のお身体やお心に障らぬように〟と申し付けたのですが、そなたがこうしてここへ来たということは、お涼殿、ひいては北町奉行烏谷椋十郎殿もさぞかし案じておいでなのでしょう」

「瑠璃はお竹さんに見守られながら、生き生きと薄荷の葉茎を夢中で摘んでいました。ですからこれは杞憂(きゆう)であるのかもしれません。また要らぬご心配をおかけしてしまったのかも――」

季蔵は目を伏せた。

「たしかに、わたしどもは窮してきておりますが、お竹だけが重荷を背負うことはないのです。薄荷油のような高値になるものばかりを作れませんが、いろいろ暮らしの糧になるものを作っているのですから。きっと苦労をしすぎたせいでしょう、とかくお竹は心配がすぎるのです。ちょっと待ってくださいね」

と言うと、文机(ふづくえ)の上の文箱(ふばこ)から一巻の書状を季蔵に見せた。

「これでも元は長崎奉行の妻。多少の商いは心得ているのですよ」

断るまでもなく長崎奉行は幕領長崎の市政及び清(しん)（中国）や阿蘭陀(オランダ)との交易を監督する役目で、幕府の勘定方や商人たちのさまざまな意向を汲んで判断を下す重い役目であった。

紙を開くと以下のようにあった。

慈照寺商い目録

・人使いの品
葛花玉(くずはなたま)
薄荷油
・虫除け等で青物使いの品
野草汁

「興味はありませんか？」

瑞千院の誘いに、

「ございます。実は——」

季蔵は育てている枝豆につくカメムシの害について話した。

「それにはとっておきの虫除けがございますよ」

瑞千院は少女のような快活で無邪気な笑顔になった。

「こちらへ」

瑞千院は部屋を出て庭へ下りると蔵へと向かった。季蔵はついていく。鬱蒼とした木々の中に埋もれるかのように小さな蔵があった。

蔵の中に入ると四方の壁に棚が設えられていて、大小のギヤマンの瓶や陶製で蓋付きの壺が並んでいる。

「カメムシでお困りだということですので、ここでは青物向けの薬と呼んでいるものの中から、とっておきの虫除け汁、野草汁をさしあげましょう。三月ほど前に仕込んだので、そろそろ使えるようになっているはずです」

瑞千院はヨモギ、ドクダミ、スギナが詰め込まれ、ニンニクと唐辛子が加えられている広口瓶を手に取って季蔵に渡した。

「野草汁です。これをそちらで漉して霧吹きに入れ、日々、水やり前に与えてください。青物の勢いを増させるので丈夫に育つ上、ニンニクと唐辛子が虫を寄せ付けなくさせます」

「いただいてばかりで申し訳ありません。ところで、人使いの品のところに書かれてあった、葛花玉についてお教えてください。何かしらお役に立てるかもしれませんので」

季蔵は慈照寺の生計（たつき）が気になっていた。

七

——庭で青物を育てる家々の目的は節約のためだ。青物の薬が評判になっても、飛ぶように売れるとはとても思えない。作り方を尋ねられれば、瑞千院様は隠さずに教えるだろう。そうなればどこにでも生えている野草が元でもあり、自給自足してこと足りてしまう。これだけでは先行きは明るくない——

瑞千院は、

「葛花玉は葛の花穂で作ります。作り方は当たり鉢で当たるところまではお灸（きゅう）に用いる艾（もぐさ）と同じです。粉状になったら蜂蜜を少しずつ加えてこねて小豆大に丸めます。部屋の中で乾かしていくと茶色っぽくなります。完全に乾いたら蓋付きの器に移します。この丸薬は一年以上効果があるのですよ。お酒を飲む前に飲んでおくと悪酔いしないだけではなく、二日酔いにもよいとされています。これは葛の花と蜂蜜を使うので稀少（きしょう）な薄荷油同様、値が高めになってしまうのが仇なのか、買い手は多くありません。入り用なら持って行っても構いませんよ」

——なるほどこれがそこそこ値が張ると聞いていた酒飲みの薬か。これなら——

「この葛花玉、酒が振舞われる一膳飯屋には欠かせないものと見受けました。是非とも、うちの店のお客さんたちに勧めてみたいので預からせてください。お願いします」

やっと交渉の端を得た。

「そなたまでわたしたちに尽力してくれるというのか」

瑞千院はほんの一瞬涙ぐんだ。

「瑞千院様も慈照寺もこの世の中になくてはならない、宝のようなお人と場所であると思っております。ささやかすぎるお手伝いです」

季蔵の言葉に、

「ありがとう」

しみじみと礼を言った瑞千院は、

「これでもうよろしいですよね」

季蔵への問いの応えを締めくくってから、

「実はわたしもそなたに相談したいことがあるのです」

ややもの憂げな表情を見せた。

「わたしにお応えできることであれば何なりと――」

——瑞千院様ともあろうお方がわたしに相談事とは——

相談事の見当が皆目つかないまま、季蔵は瑞千院の部屋へと戻った。

「影親様の頃からつきあいのある商人(あきんど)が、今見せたようなここの品を買い付けてくれています。その方からの相談事なのですが」

瑞千院は切り出した。

「それは行きがかり上、相談に乗らねばなりませんね」

季蔵は影親と懇意であった薬種問屋の大店(おおだな)の名を幾つか口にしたが、そのたびに瑞千院はやや思い詰めた様子で首を横に振った。

「申しわけありませんがお話が見えません」

季蔵が目を伏せると、

「そうでしょうね」

瑞千院は大きなため息をついた。

「どうやらあながち、政(まつりごと)と無縁ではないようなので」

瑞千院の声音が落ちた。

「仏に仕える身でこのような頼み事に応じるのは、よろしくないとわかってもいるのですが——」

瑞千院はすがりつくような目で季蔵を見た。

——これはただ事ではなさそうだ——

「それならば」

季蔵も声を潜めた。

「わたしではなくお奉行様、烏谷椋十郎様に打ち明けるべきことではないかと——」

すると相手は、

「それでいいのですね」

不可思議にも念を押してきて、

「わたしがそうすればきっと、そなたの身にも降り掛かってくる難儀があろうが——」

季蔵ではなく自身の僧衣の膝だけをじっと見据えている。

「それではお預かりしてまいります。お酒を過ごしがちな方々がうちの店には多いので、おそらくお役に立てると思います」

季蔵は売れ残っている葛花玉の入った小さな陶製の壺を十個ほど預かった。

帰り道、瑞千院の悲しげな顔が何度も頭をよぎった。

――常は頭脳明晰で明るいご性格であられるはずなのに――

烏谷に相談すれば、季蔵の身にも降り掛かると瑞千院が断じた難儀とはいったい、何なのだろうと考えていたが、全く思い当たらず、店に戻って三吉の顔を見ると、

「おまえのおかげで枝豆の宿敵を追い払えそうだぞ」

瑞千院が教えてくれたさまざまな野草使いの逸品について話した。

聞いていた三吉は野草汁の中身をながめて、

「ドクダミとかヨモギは野っ原を探せばあるもんだし、ニンニクも唐辛子もうちにあるから、なくなる前に仕込んでおけばおいらでもできるよね。合点承知之助、任しといて」

胸を叩いてみせ、

季蔵が預かった葛花玉については、

「さすが季蔵さん。如何にも売れそうなお灸の艾とかじゃなくてよかった。艾は艾屋とか薬種屋とか、いろんなとこで売ってるから、お客さんたちみんな贔屓にしてる店があるもん。悪酔い薬なんて名じゃない葛花玉、絶対いいよ。ほら、これ、どれも同じ形じゃないけど赤紫の壺に入ってるでしょ。葛の花って綺麗な赤紫なんだよね。容れものにまで凝ってる。瑞千院様が仕切ってて尼寺の慈照寺で作ってるのを、〝市中

料理屋十傑〟の塩梅屋が預かって売ってるんだってふれ込めば絶対売れる。お酒が過ぎたお客さんたちの頭の中で、美形の尼さんと赤紫の容れものに入った葛花玉がすうっと一緒になって、財布の紐を緩ませてくれること請け合い。よかった、よかった、おいらもこれで石窯を譲ってくださった瑞千院様にお礼ができる。早く大売れして瑞千院様の喜ぶ顔が見たいな」

楽しそうにとらぬ狸の皮算用をした。

「そうだな。そうなるといい」

相づちを打った季蔵はこのような時、三吉の底抜けた楽天ぶりは救いだと半ば呆れつつほっとした。

第三話　葛花玉

一

「お届けものです」
奉行所からの使いの者が文を置いて行った。文は烏谷からのものであった。

明日、暮れ六ツ（午後六時頃）に行く。よろしく。

塩梅屋季蔵殿

烏谷　椋十郎

この文を読んだ季蔵は、
――あのことだろうか――
忘れようとしても忘れられない、鳥屋六人衆の惨劇を思い出していた。

烏谷は時季を問わず、暮れ六ツの鐘の鳴り終える前に塩梅屋の戸口に立つ。

「邪魔をする」

というのが以前は常だったが、流行風邪が一段落したこのところは、

「頼むぞ」

訪れを告げる言葉が変わった。

これは流行風邪禍の間、江戸市中の被害を最小限に食い止めるべく、昼夜飛び回っていた烏谷が空いた腹を満たしに塩梅屋に立ち寄っていた時、口にするようになった挨拶代わりであった。この日も、

「よくおいでくださいました」

と迎えた季蔵に、

「頼むぞ」

烏谷は告げた。

烏谷は背丈も身幅もある大男で丸い童顔の大きな両目は無邪気そのものに見える。ワッハ、ワッハとよく笑うが動いているのは頬と鼻から下の肉だけで、たいていその目は冷ややかに無表情であった。少しも和んでも笑ってもいなかった。季蔵は長い間、そんな烏谷の目が苦手であったが「邪魔をする」が「頼むぞ」に変わってからは、

——お奉行の目はもう気にするまい。「邪魔をする」というのは丁寧な物言いのようで慇懃そのものだったが、「頼むぞ」と命じられると食べ盛りの三吉に勝るとも劣らない、いやそれ以上のあのお方の空きっ腹をまぢかに見せてもらっているようだ。どんな時でも民たちの暮らしと命を守るべく、懸命にお役目をこなしておられるお奉行の信念を、隠れ者のわがお役目のみならず、食でも支えているという自負がわたしにはうれしい——

と考えるようになっていた。

「どうぞ、こちらへ」

離れへと案内された烏谷は縁側で蹲ってうとうとまどろんでいた虎吉に、

「虎吉だな。しばらく見ていなかったがこんなところにいたとはな」

恍けて話しかけた。

「にゃおう」

昼寝の邪魔をされた虎吉はやや迷惑そうに一声発して、すぐにまた目を閉じた。

「瑠璃は達者でおるぞ、心配はない。おまえはせいぜいここで英気を養っておくといい。薄荷の時季が終われば、また四六時中瑠璃に付添うことになって、昼寝どころではなくなるゆえな」

と続けた後、先代長次郎の仏壇に手を合わせた。

その後、烏谷は季蔵の方に向き直った。

「実は慈照寺の瑞千院様に呼ばれた」

烏谷は意外にも、

「横恋慕したわけではないが、わしは昔からあのお方に弱い」

ふふふと陽気に笑った烏谷は照れた様子になった。

「髪を下ろされた今でも瑞千院様は楚々と美しくお優しいだけではなく、持ち前の賢さと毅然とした気性が頼もしい。若い頃、お目にかかったとたん、己の分をわきまえず一目惚れしてしまった。わしは賢く強い美女に弱い」

――そういえばお涼さんの様子や気性は瑞千院様を想わせないでもない。しかし、それだからと言って、お奉行ともあろうお方がご自身の立場をわきまえず、瑞千院様の相談に何を期待してしまうというのか？　これもまた、いつものわたしへの難儀な命への前振り芝居ではないか？――

季蔵が複雑にして不安な気持ちでいると、

「その瑞千院様が慈照寺の切り盛りに窮されている」

「それはお目にかかった折に伺いました。葛花玉でお奉行の御慈悲をいただきたく思っておりますのも、わたしなりにできることはないかと思案してのことです」

「瑞千院様のお悩みは葛花玉などをいくら売っても消えはせぬ」

　烏谷は断言した。

　季蔵は自分の胸にうっすらと雲がかかるのを感じた。

「イサキが鍛冶屋殺しと呼ばれているのは知っておろう。その謂れの奥深さも含めて――」

「ええ」

「ゆえにいつ、イサキご法度の令が出てもおかしくはない。ご法度を犯せば死罪」

　烏谷の言葉に、

「たしかに」

　季蔵の胸の雲は暗雲に変わった。

「塩梅屋の昼賄いのイサキ飯はそちが〝市中料理屋十傑〟に推されたこともあり、市中で知らぬ者はない人気だ」

「しかしそれはお奉行様のお指図です」

「わしは何もイサキを使えとまでは言ってはおらんし、塩梅屋では夕刻にイサキ料理は出していないと聞いている」

「おかげ様で昼賄いのイサキ飯で届けられるイサキは使い切ってしまうのです」

「とかく出る杭は打たれる」

烏谷は厳しい目で季蔵を見た。

「ところで、鍛冶屋殺しの謂れと捌きにくさもあって、市中であまり食されていなかったイサキを、〝市中料理屋十傑〟のそちがなにゆえわざわざ昼賄いに選んだのか、詳しく聞かせてほしい」

烏谷の表情は怖いほど真剣だった。

季蔵は佃島の漁師頭海助が漁師たちの暮らしを守るために、大漁であっても売れないイサキを料理の力で売れるようにしてほしいと頼みに訪れて、沢山のイサキを置いていった話をした。

「わかった、海助とやらについては調べてみよう。そちの方でも訊きたい話がわしにあるのではないか？」

「ございます」

季蔵は慈照寺の暮らしの足しのために作られている、野草汁やこの葛花玉、艾、薄荷油、青物のための駆虫薬、健やか薬について話して、

「どこに預けて売っておられるのか、瑞千院様にお伺いいたしましたところ、亡き主

君影親様とは関わりのない商人のようでしたが、名を明かしてはくださいませんでした。この話をなさった時の瑞千院様は、どこかお悪いというご様子ではありませんでしたが、何か心に重いものがおありと見受けられました。それが気にかかっています」

と言い添えた。

「よくある寺商いも一歩間違えば大火傷する。よくある、尼御前を含む坊主病であろう」

「坊主病とは?」

「慣れぬ寺商いで心身が病み疲れることよ。これで亡くなる住職や尼御前も多い」

「それが真なら瑞千院様が案じられます」

「ところで商人たちに利があると思うか?」

「そこそこにはあるのではと——」

「大徳寺納豆までいけばな。だがあれは秘伝で誰もが真似はできない。そこで困窮している寺々では庭にあるもので工夫している。野草等から身体にいいものを作っているのだ。これなら元手はかからない。しかし高値で売れるわけもない」

二

——たしかに薄荷油や艾、葛花玉を除いて、そこらの野草を元にしてつくるものは家の庭や草摘みなどで簡単に作ることができる。そこそこ高価で稀少な薄荷油や葛花玉は知る人ぞ知る逸品ではあるが、もとめるのは拘りのある趣味人じみた者たちでその数は限られている。反対に艾は一生に一度も肩、腰の痛まない者はいないから、よく買われる人気商品の一つだが、代々続く艾屋たちは熾烈に競い合い続けてきていて、いくら品が良くても新入りでは商いがむずかしい——

「瑞千院様も寺商いに着目されたのだろう。あのお方は元長崎奉行のご正室ではあるが、商いに聡いとは言い難い。当初は〝半ば寄進でございますゆえ〟と言われて、取り引きは順風満帆であったのだろう。しかし、そのうちに相手は真の狙い、本性を剝きだしてきたのだ」

「しかし、品質に注文をつけたり、もっと品を増やせというのも寺相手では到底無理でしょう?」

季蔵はその商人の真意がわからず首を傾げた。

「ちなみに瑞千院様に半ば寄進のように思わせて、野草が元の駆虫薬、青物を健やかにする薬、薄荷油や葛花玉、艾を預かって売ろうと言ったのはよろづ天神ではないかと思う」

「よろづ天神？　廻船問屋鞍馬屋伊平がそこまで？」

季蔵は驚いた。

「よろづ天神の名は鞍馬屋伊平が米や酒、綿等の主たる品ではない、雑穀や干し魚等、他の諸々の品を運ぶ際に使っている。これらの雑貨に薄荷油や葛花玉、艾等を入れて預かり、売ってさしあげましょうと鞍馬屋は持ち掛けたのだろうな。その見返りは瑞千院様が亡き影親様から受け継いだ人脈だ。おそらく鞍馬屋はこれを瑞千院様にもとめたのだろうと思う」

「とはいえ、元家臣で出奔した身のわたしなど瑞千院様の人脈の末席を汚しているともいえません。なにゆえこんなわたしがもとめられるのです？」

「預かったイサキ、鍛冶屋殺しの謂れと関わってのことのような気がする。そちは小さな一膳飯屋の主ながら、〝市中料理屋十傑〟に選ばれる前から、瓦版が取り上げたり、食通たちの口の端に上っている。それだな」

烏谷は膝を打ったが、その仕草はわざとらしく、

――たとえそうだとして、一膳飯屋のわたしにいったい何をしろというのか――

季蔵はやはりまだ得心がいかなかった。

すると、烏谷は矛先を変えて、

「先ほどは手酷くイサキ食いをあげつらって悪かった。とかくそちは何事もまっすぐに受け取る気性ゆえ、そんなこともあり得ると心得て自身の言動に気をつけ、人の思惑に敏感になって、常に用心を怠らぬよう注意したかったのだ」

まずは詫び、

「市中の皆は流行風邪禍を経てほっと一息つき、美食や芝居見物等への憧れの心も戻ってきてはいるが、こうした楽しみへの欲に財布の中身は全く追いついていない。食物の値も上がってしまい、働いても働いても食いつなぐのがやっという者たちが増えている。男たちは少しも報いがないという憂さを抱え込んでいて、些細なことで喧嘩や刃傷沙汰になる。こうしたことの皺寄せはとかく弱い者たち、女子どもに及んで母子心中や子流し医者の繁盛につながってしまう。これらを何とかしたいのだ。市中で知らぬ者がいなくなったイサキ飯の昼賄いでは、そちに一肌脱いでもらって何よりだった」

力強く市中の人たちへの想いを熱く語って、季蔵への礼の言葉も惜しまず、

——常のこのお方らしい調子の良さではあるが——

季蔵はいくらかほっとして烏谷の次の言葉を待った。

「塩梅屋では流行風邪禍の折、朝、昼と持ち帰りの飯を安値で皆に売ったであろう。あれを今一度やってはくれぬか」

烏谷は持ち前の強引さを発揮したが、

「あの時は常のように店を開けておりませんでした。だからできたことなのです」

季蔵は率直に応えた。

流行風邪禍の江戸の町では接待や会合等が全て見合わされていたので、ほとんどの食物商いは八ツ時前後で終わっていた。そもそもお上が夜間の往来を禁じていたのであった。

「そうだったな。ならば朝は止めてせめて昼はこのまま夏の終わりまで頼む」

引き際がいいのも烏谷らしく、

「わかりました」

季蔵が頷くと、

「言うまでもないが働く者たち向きなので、早く食べられて力がつく飯物がいい。もちろん安くて美味くなければ困る」

酔いも手伝ってか、相手は以前、文に書いて寄越したことを繰り返した。

応じる代わりに頭を垂れた季蔵は、

――これもまた、お奉行らしい。この物価高、売値を抑えるのは大変だが、それでも、もっと難儀な命を受けることを思えばずっといい――

と思わずにはいられなかった。

「よかった、よかった。これで市中も明るくなる」

烏谷は上機嫌で残っている冷酒を美味そうに飲み尽くしてはしゃいだ。

「代わり、酒の代わり」

と大声で叫ぶと、三吉が代わりの酒と葛花玉が入った陶製の小壺を盆に載せてきた。

「お奉行様、この有難いお薬は葛花玉って名で、市ケ谷は慈照寺の瑞千院様が作ってる。慈照寺もいろいろ大変でこれは売り物。これ、葛の花でできてて酒飲みのためのものなんです。瑞千院様、是非お奉行様にもお薦めしたいってさ。器も赤紫の葛の花の色でいいよね。葛花玉、なんていい名だろうっておいら思っているんです」

三吉は葛の花玉の売り込みに熱心だった。

「なに、瑞千院様がお作りになられた葛花玉であると？　思い出した。昔、はじめてお目にかかった瑞千院様は葛の花を摘んでおられた。あの赤紫の色合いが何とも艶やかで奥深い葛の花を。これは是非とも買わねばなるまい」

酔眼を宙に泳がせたまま烏谷は懐に手を伸ばした。

「え、それだけ？」

三吉はなかなかの商い上手で烏谷からそこそこの金子をせしめ、季蔵は駕籠を呼んで、いつになく泥酔寸前にまで酔った烏谷を送り届ける流れになった。

「前にも申したがこの程度の義理立てでは瑞千院様はお喜びにはならぬぞ」

よろけて季蔵の肩を摑んだ烏谷が囁いた。

「どうだ、季蔵、〝市中料理屋十傑〟にもなったことだし、ここいらで瑞千院様のお悩みを請け負ってはくれぬか」

烏谷は今までの酔いは芝居だったかと疑いたくなる真顔を向けてきた。

――とうとう来たな。瑞千院様がおっしゃっていた通りだ――

「どうすればよろしいのです？」

季蔵が応えると、

「とにかく今は覚悟を決めてくれ。また文を遣わす」

とだけ烏谷は言った。

――やはり難儀なのだな――

季蔵はずっしりと重い荷物を背負わされた気がした。

――そして逃れられそうにない――

店に戻ってみると、三吉が待っていて、

「これで瑞千院様に少しはお礼できるよね。おいら、この葛花玉をお奉行様に勧める頃合いを摑もうと離れの前にずっといたんだよ。それで聞いちゃったんだ、お奉行様のお達し。流行風邪禍の時みたいにやれっていうの――。あん時はおいらまで寝込んじゃって、おいらんち大変だったけど、いろいろ食べ物運んでもらって助かった。お奉行様は働いても働いても暮らしが楽にならない人が多いって言ってたけど、今は働き口も多くないんだよ。ようは前に比べて皆、貧乏になったってことだよね。だから今、安くて旨くて品までいいイサキ飯に、みーんな、大喜びしてんだよね。今はおいら、この通りぴんぴんしてるから、ちゃんと手伝えると思う。けどさ――」

一度そこで間を置くと、

「季蔵さんは葛花玉売れた分、全部慈照寺へってきっと思うだろうけど、それじゃ困る。うちのおっとう、このところ仕事にあぶれてるんだ。だから今、うちはおいらの給金で何とか食ってる。おいら一生懸命働くから、葛花玉が売れても全部は瑞千院様には渡さないでほしい。これって図々しくて、瑞千院様に対して恩知らずかな」

思い詰めた顔を向けてきた。

「そんなことはない。おまえだって瑞千院様のお人柄を存じ上げているだろうが」

季蔵は微笑(ほほえ)んだ。

――わたしが肩代わりする瑞千院様の重い荷物と、葛花玉の預かりは別だ。だからできれば葛花玉で得た金子は、三吉の給金の上乗せ分だけいただくことにして、残りは瑞千院様と慈照寺のために差し出したい――

と思った。

三

葛花玉は酔客たちに好まれた。亡くなった元長崎奉行鷲尾(わしお)影親の正室、瑞千院が影親の供養を兼ねて尼寺に住み、市中の恵まれない女子どものために作っているという事情に、

「瑞千院様とやらは今も昔も変わらない女の、いや人の鑑(かがみ)だよ」

「まさに観音様だ」

「そりゃあ、たいしたご利益になる」

「いくら飲んでもこれさえあれば悪い酒にはならんだろう」

「これでびくびくしねえで好きな酒が飲めるぜ」

酒好きの男たちは財布の紐(ひも)を緩めた。〝市中料理屋十傑〟の塩梅屋、酒飲みの極楽薬葛花玉を売るとして瓦版にまで載った。

「凄(すご)いよ、季蔵さん。葛花玉のことだけじゃなしに、大人気の昼賄いのイサキ飯のことまで書かれてる。ああ、でも辛口に書いてる瓦版もあるよ。塩梅屋が〝市中料理屋十傑〟に選ばれたのは、流行風邪禍の間、朝から持ち帰りを作ったり、ずっと前から、安くて美味しい料理の作り方を書いた紙を配ってて、市中の人たちの暮らしに役立ってきたこともあるって。それを手放しで褒めてる瓦版もあるけど、そもそも〝市中料理屋十傑〟なんてのは、奉行所の後押しあってのものなんだから、何も味が認められたわけじゃないいろうって、ひねくれた書き方のもある。人気とか名が出るっていろいろ大変だよね。そうは言ってもおいら、気になって仕様がないけど」

三吉は瓦版読みを止められない。

「まあ、そんなものだろう」

季蔵はこのところ瓦版を一切読まない。

「絶対よかったのは葛花玉が追加を頼むほど売れてることだよね」

「そうだ」

二人は満足そうに微笑み合った。

そんなある日、長崎屋五平から葛花玉の大量注文が入った。

明後日の八ツ時に伺いますので、評判の葛花玉を二十個ほどいただきたいです。また、葛を遣った昼餉いを作っていただけると嬉しいです。厚かましいお願いで申しわけありませんが、創作噺にさらなる充実をと思ってのことです。

元二ツ目　松風亭玉輔

塩梅屋季蔵様

――はて、どうしたものか――

季蔵は途方に暮れた。

長崎屋五平は江戸で五本の指に入る廻船問屋長崎屋の後継ぎながら、噺家になろうとして父親に勘当され、辛い修業を経てやっと、二ツ目松風亭玉輔に昇進した経歴の持ち主である。しかし、父親が殺されてしまい、季蔵が下手人を突き止め、その無念晴らしと路頭に迷う奉公人のために、長崎屋に戻り、長崎屋を立派に盛り立ててきた。

今でも創作噺への想いは尽きず、噺に理解のある娘義太夫の花形であった、おちずを伴侶に射止めたこともあり、五平は多忙な仕事の傍ら時折、噺の会を開く等着々と嘶道楽を続けていた。

――たいそうな祝いの品を頂いてしまっていることだし――

季蔵が〝市中料理屋十傑〟に選ばれた祝いに、五平は、もはやただの壺ではない、貴重で高額な李朝（りちょう）の白磁を祝いに贈ってくれていた。

――葛を遣った昼賄いと言っても――

思いつかないでいると、翌日、瑞千院が葛花玉の追加と共に葛粉を以下のような文を添えて届けてきた。

葛花玉の度重なる預かり真に嬉しき事この上ありません。うっかりしておりましたが、〝市中料理屋十傑〟の祝いがまだでしたので、葛花玉の御礼を込めて当寺の庭から採れる葛粉をお届けいたします。当寺では米が足りない時などこれで葛そうめんを作ります。是非、そちらでもお試しください。

瑞千

季蔵様

――そうか、その手があったな――

季蔵は五平に供する昼賄いは葛そうめんと決めた。

「でも長崎屋の旦那さん、ここへ来るの、八ツ時だよね。おいら、明日のその頃は嘉月屋さんとこへお祝いのお返しのイサキ飯、届けることになってんだよね。この葛粉で葛桜拵えちゃ駄目？　たまには嘉月屋の嘉助旦那さんにいいとこ見せたいんだよ」

菓子屋の嘉月屋嘉助と季蔵は湯屋で知り合って菓子、料理談義に花を咲かせる仲となり、これに菓子好きな三吉も加わって長いつきあいが続いていた。ちなみに嘉月屋嘉助が季蔵に贈ってきたのは大きな鯛の落雁で、とっくに三吉の腹におさまってしまっている。

「八ツ時だから葛そうめんに葛桜を添えるのも気がきいてるな。是非、拵えてくれ」

こうして二人は五平を迎えるために葛そうめんと葛桜を各々拵えはじめた。

季蔵は鍋に湯呑三杯ほどの水と盃一杯の葛粉を入れてとろ火にかけつつよくかき混ぜた。とろりとして色が変わってきたら火からおろして冷やし、人肌ほどになったらつなぎの葛粉を加えて俎板の上でよくこねる。固さは手ですくってみて糸を引いて落ちるほどにする。柄杓の底に人差し指の太さぐらいの穴を空ける。

たっぷりの水を沸騰させた大鍋を用意する。これを火にかけて沸き立たせたまま、ここに穴の空いた柄杓をかざし、こねた葛を流し込む。

この時すでに朝から拵えていた小豆餡大さじ二杯分をせっせと丸めていた三吉が、

「何、何々？」

興味津々に沸騰させた大鍋の方に寄ってきた。

「もしかして、それが葛そうめんになるの？　だとしたら、柄杓の穴、大きすぎない？　それじゃ、うどんの太さ。そうめんってもっともっと細いでしょ」

「これはこういうものだ」

季蔵は目の高さまで持ち上げた柄杓の穴めがけて、こねた葛を流した。

「細さは柄杓の高さで調節する。俺はこのそうめんよりやや太めの細さがいいと思うからこの高さに決めている」

「季蔵さんは目の高さでいいかもしんないけど、背の低いおいらだったら頭の上に柄杓構えないといけないんじゃないの？　せっかく面白いって思ったけど、こりゃあ、無理だあ」

悲鳴に似た声を上げ、三吉は残念そうに持ち場に戻った。

茹で上がったそうめんは水に放たれて揉み洗いされた。

「いくら暑くても鍋の湯を沸かせ続けること。湯が冷めているとそうめんが切れてしまって、葛そうめんにならないからな」

と言いながら、季蔵は昨夜から水を張って昆布（こんぶ）を浸（つ）けた鍋を火にかけ、沸騰後に鰹節（かつおぶし）を加えた。そして、鰹節が鍋底に沈むのを待って、晒（さら）し木綿で漉（こ）し、味醂（みりん）、砂糖、醤油（しょうゆ）、塩で調味して葛そうめんのつゆを拵えた。冬場はこのまま葛にゅうめんに供し、真夏の今はこれらを井戸で冷やしておいて、冷やし葛そうめんにする。

一方、三吉は葛桜の皮を作りはじめていた。これはまず鍋に水とザラメを入れ溶けたら火から下ろす。水に溶きよくかき混ぜて網で漉した葛をザラメを溶かした鍋に入れる。これを火にかけて木べらで力強く煉（ね）る。

「なかなか様になっている」

季蔵の言葉に、

「でしょ」

三吉はうれしそうに木べらをぐいぐいと鍋の葛下地に使った。

「おいら、ちょっとした菓子職人――」

唄（うた）いかかった三吉に、

「調子に乗っているとせっかくの葛下地がダマになってしまうぞ」

季蔵は注意した。

「い、いっけねえ」

三吉は慌てて粘り気と透明感が出てきた葛下地の入った鍋を火から下ろした。人肌よりやや熱めまでに冷ました後、適量を掌に広げて、すでに丸めてある小豆餡を包んで形を整える。蒸籠に並べて蒸すともちもち感のある葛桜に仕上がる。

こうして葛そうめんの用意ができて、葛桜が仕上がるとそろそろ八ツ時であった。

「それじゃ、おいら行ってくるね。あ、そうだ、この前、嘉助旦那さんから言付かってたもの、まだ渡してなかった。えーっとね」

三吉は財布の中から仕舞い込んでいた小さな紙切れをだすと、

「わ、漢字だけ」

季蔵に押し付けるように渡し、拵えた葛桜の入った箱を抱えて出て行ってしまった。

渡された紙には以下のようにあった。

瓜田不納履　李下不整冠
「〝瓜田の履、李下の冠〟か」

これは〝身分が高位であったり、功により認められた者は、瓜の畑で脱げかけた靴を履き直そうとしたり、李の木の下でずれてきた冠を正そうとするような、人に疑われることをするな。人の世は何で足をすくわれるかわからない、言動には注意に注意を重ねよ〟という、大陸から伝わっている昔からの言い伝えであった。

——念願叶って大奥にお出入りが許された嘉助さんも、陥れられてそのお役目も追われることになってしまった。それゆえ、今のこのわたしを案じてくれているのだろう。辛口ではあるがこれは何よりの祝いだ——

四

季蔵がしばし嘉月屋嘉助への感慨に浸っていると、

「ご免ください」

長崎屋五平が戸口を開けた。

「〝市中料理屋十傑〟入り、改めておめでとうございます」

五平は季蔵の顔を見るなり深々と頭を下げて祝った。

「こちらこそ、結構な李朝の白磁をいただき恐縮致しております。早速、侘び寂びの心を愛おしんでいた先代の仏前に供えさせていただきました」

季蔵は丁寧な礼を述べて頭を垂れた。

「一番の供養は季蔵さんの誉なのでしょうが、先代が利休好きであの世で愛でてくださるとはうれしい限りです。たしかに李朝の白磁は厚手のどっしりとした感じと、計算された絶妙な歪みによる素朴さが利休の茶の道に通じるとされて、茶を嗜む人たちにたいした人気ですね。でもわたしは李朝の焼き物の素晴らしさは、前代までの宮廷好みの薄手で繊細な特徴を捨て去り、がらりと正反対の奥深く、力強い美を完成させたことだと思っているんです。これは噺創りにも通じる高みですよ」

この五平の言葉に、

「早速、本題に入られましたね」

季蔵はさりげなく先を促しつつ、

「それでは八ツ時ですのでご依頼の品を」

井戸で冷やした葛そうめんと、同様に冷たい葛桜を熱いほうじ茶と一緒に供した。奇しくも箸を使う五平の様子は、高座で扇子を用いる仕草にどこか似ていて粋であった。

「いけません、いけません。この葛そうめんを食べてしまうと普通のそうめんは味気なくなる。だって、普通のは茹でて井戸水に放してつゆで食べるだけ、ようは冷たさが上っ面です。それでも充分冷がとれると思っていたのが間違っていたと、葛そうめんに気づかされました。この葛そうめんは茹でてからたっぷりと井戸で冷やされています。芯まで冷たい。こんな冷感他にありません。これは最高の納涼なんですね。葛桜の方も同様です。葛の衣も中の餡も冷たい。表面だけ黒蜜や黄粉をまぶして食べる、葛切りや葛餅では物足りなくなりました。桜という命名に惑わされていましたが、いやはや、葛桜の真骨頂は春ではなく夏なのだと思い知らされましたよ」

五平らしい独特の切り口で葛そうめんと葛桜を評した後、

「それとやはり茶はほうじ茶に限りますね。主張の強い煎茶(せんちゃ)や抹茶では葛の優しい味わいを封じてしまいますから。そしてどんなに暑くでもほうじ茶は熱いのに限る。むしろ冷たい方が香りが適度だと感じる麦湯と異なり、ほうじ茶独自のあの得も言われぬ鄙(ひな)びた芳香は熱くないと死んでしまいます」

とほうじ茶にまでも言及した後、

「それではこれより、葛の花に想を得て、百年ほど前に作られた『夢の悋気(りんき)』を捻(ひね)った、『葛花きつね』をお聴きいただきましょう。まずは〝夢の悋気〟についてお噺しします」

と告げた。

「そもそも『夢の悋気』は『夢』または『夢の酒』とも言い、堅物の亭主を持つご新造と女遊びが達者な舅(しゅうと)との間に繰り広げられる、やや苦味の混じった笑い噺なんですよ。亭主と舅が共に酒を飲んでうたた寝した際、二人とも美女との床入りの段になって、ご新造に起こされ目覚めて残念――。ご新造にとっては文字通り、夢の悋気、酒は疫病神というわけです」

「これは勝手な想像ですがその酒を葛の花に替えてみたのではありませんか？」

季蔵の指摘に、

「そうなんですよ」

五平は膝を打って先を続けた。

「わたしは実は子どもの頃から、真葛原と言われている葛の群生に惹かれていました。供の奉公人たちは〝菜の花でもれんげでもすみれでもないいんですよ。葉ばかり茂っているだけのあんなところがどうしてお好きなんでしょう？〟と首を傾げていましたが、とかく子どものわたしは止めようとする奉公人たちの手を振り切り、その足が勝手に真葛原へと向かってしまうのでした」

――ここからもう、噺に入っているのだろうな――

季蔵は期待して展開を待った。

「早くに母に死なれた父は時折、奉公人の口に上らない程度に夜の帰りが遅かったりすることがあり、そんな時の父の顔は不思議に日頃の険しい表情ではなく、気が抜けたかのように穏やかでした。父を殺した下手人は捕まったというのに、今まで一度もわたしの夢に現れていませんでした。わたしは心のどこかで、勘当を解くという父の言葉がほしかったのかもしれません。父と和解するだけではなく、わたしもこの年齢（とし）になってわかる父の苦労を労（ねぎら）いたかったんです。

――これからが『夢の悋気』の捻りの醍醐味（だいごみ）だな――

「そんなある夜、わたしが寝付かれずにいると突然、部屋の中が香りはじめました。気がつくと部屋中が真葛原になっていて、紫、赤紫色の花が咲き誇って芳香を放っています。そしてほどなく、房のように咲く小さな花がむくむくと大きく膨れてきて見たことのある獣になりました。狐（きつね）です。〝真葛原の葉や蔓（つる）の下には狐だって隠れられるんですよ〟と狐は口をききました。女の声音でした。〝あと、こうしているのもわたしは好きですけれど〟と、わたしの床にもぐり込んできました。慌てたわたしは〝おとっつぁん、助けて〟と大声を上げました。すると、どうでしょう。父はわたしの枕元（まくらもと）に座っています。生きている時、わたしが最後に会った父です。わたしの横には狐ではない女がいます。わたしがその女に触れようとすると、〝実はわしもおまえのように咲いている葛の花が好きだった。男は皆、女にも化ける葛の花が好きなのだ。早くに葛の花と縁がなくなったわしと違い、おまえは恵まれている。おまえの真葛原の葛の花は眩（まばゆ）いほど美しく、その上よく香るからな。何とまあ羨（うらや）ましいことか。この幸せを決して逃してはいかん〟という父の声が降ってきました。続いて、〝あなた、あなた起きてくださいよ。たとえ夢の中でもあたしだけを見て触れていてください〟、おちずの声がしました。横を向いていた女がこちらを向くとその顔は恋女房のおちずでした」

　聴き終えた季蔵は、

「この世、あの世を超えた父子の情と、夫婦恋物語が重なり合っているたいした噺です。いいですね、たしかに羨ましい限りです」

　夫婦恋物語の方は自分と瑠璃もあやかりたいものだと思った。

「実はこの年齢になりますと仲間内から女遊び一つ知らない野暮天だと誹りを受けることが、悩みになるくらい多々ありまして――。そんな時こちらの葛花玉のことを聞き及び、気がついたらこの噺を思いついていました。遊び相手も恋女房でなくてはならない、女遊びに長けていた死んだ父親のお墨付きでもあるという噺なので、またまた仲間内で野暮天の冠が重なるかもしれませんが――」

　五平は照れた様子で低く呟いた。

五

「そんなことはありません、ご馳走様ではありますが――」

微笑んだ季蔵は、

——そうだ、五平さんなら同じ廻船問屋の鞍馬屋さんについてきっとご存じだろう
——。

「実はお褒めにいただいた葛そうめんの葛粉は慈照寺の瑞千院様からいただいたものなのです。慈照寺では葛をはじめとする野草を用いてさまざまな品を作って、寺に起居せざるを得ない人たちの世話をなさっているとのことです」

まずは水を向けてみた。

「寺商いですね」

五平は噺家から商人の顔になった。

「瑞千院様とあなたや三吉ちゃんは懇意にされていましたね。瑞千院様から贈られた石窯で焼いたパンをいただいたことがあります」

五平はその昔、主従だったことまでは知らないまでも、瑞千院と塩梅屋との近々の交流は知っている。

「もしや案じられているのでは？」

「ええ、実は」

「慈照寺の寺商いを請け負っているのはあの鞍馬屋伊平さんですから、案じることは

ありません」

　五平はきっぱりと言い切った。

「鞍馬屋伊平さんをご存じなのですか？」

「上方での取り引きの時、知り合いました。年齢はわたしと同じか少し上で上方の水鳥商いの一人元締めです」

「江戸は鳥屋六人衆が元締めなのに上方は元締めが一人なのですね」

「それだけ当地の商人たちの信頼を一身に受けているということでしょうね。わたしも取り引きを重ねる度に信頼を深めています。上方流のさばさばしたやり方を江戸者が貪欲だというのは誤解で、駆け引きも算盤と書いた紙で行うという鞍馬屋さんの商いに、武士のような腹芸が含まれないのもすっきりしていて気持ちがいいです。互いに腹を探り合いつつの不味い酒を飲まずにすみますからね。それと人気の理由はとにかくいい男なんですよ」

　五平は再び噺家の顔を取り戻して続けた。

「鞍馬屋伊平さんはどんな様子のお方なのでしょう？」

「身の丈は高い方で商人とは思えない逞しい身体つきをしています。顔は舞台で立役をしている團十郎が要らぬ化粧を落としたかのような、大きな目鼻口が綺麗に整っているのです。柔な役者顔ではありませんが彫りが深すぎる怖い様子では決してないいんです。弱小の取り引き相手には寛容で、大店には相応に厳しい商いのやり方を通す。ですから瑞千院様の寺商いもこの男に任せておいて大丈夫なのです。何の心配も要りません。鞍馬屋伊平とは男が男に惚れずにはいられない御仁なのですよ。もちろん、上方の女たちにも大した人気です。何せ銭金は要らないから、是非とも一夜を共にしたいという遊女たちさえいるという話ですからね」

五平はうっとりした表情で鞍馬屋伊平を絶賛して、

「どうしたらあのようになれるのかと――」

興味津々に付け加えた。

「そんなお方でしたらさぞかし、この市中で開店なさるという高級料理屋もご繁盛なさることでしょうね」

季蔵はいよいよ確信に迫った。

すると相手は、

「ほう、もうお耳に入りましたか」

五平は驚いた風もなく受けた。

「ところでこのところ鳥あずま講を仕切る鳥屋六人衆が次々に亡くなられて、代替わりされています。高級料理屋の開業の許可権は、鳥あずま講の鳥屋六人衆に限るものとされて代々受け継がれ、鞍馬屋伊平さん率いるよろづ天神はこの限りではないはずですが——」

「まあ、表向きはね」

五平は曖昧（あいまい）な物言いをして、

「上方ではすでに高級料理屋開業はよろづ天神とよしみを通じる仲介人が、許可権を実質上握っていて鳥あずまへの上納という形をとっているので、鳥あずま講の許可権は揺らいでいます。お上が全面的に握っていると信じていて、やはりもう内側から壊れかけている様々な既得権と同じですよ。そもそも自由な気風で太閤秀吉（たいこうひでよし）が天下を治めていた上方では特にそのきらいが強いんでしょう」

と言い添えた。

「それでは、鞍馬屋伊平さんが主となってこの江戸で高級料理屋を開かれるのですか？」

季蔵の言葉に、

「それはありません。鞍馬屋さんはあくまで裏の主で、よろづ天神の一派である仲介人が動いて、表には相応の主を立てるはずです」

五平は語った。

――鞍馬屋伊平やよろづ天神の話をした時、お奉行は瑞千院様の相談事は〝市中料理屋十傑〟のわたしと関わることだとおっしゃった。しかし、まさか、そんなことが――

季蔵の心はますます重くなった。

それから何日か過ぎ、季蔵が疲れが溜(たま)っていたのか、長屋でぐっすりと眠ってしまっていると、

「季蔵さん、季蔵さん」

明け方いつもと違う声に起こされた。

油障子を開けると岡(おか)っ引(ぴ)きの下っ引きの丁太(ちょうた)が立っている。

「役者殺しだよ。中村舞之丞(なかむらまいのじょう)が楽屋で死んでるのが見つかった。親分が急いで中村座まで来てほしいって」

「わかりました」

季蔵は素早く身支度すると丁太と一緒に、浅草(あさくさ)にある中村座へと向かった。すでに

もう空は明るい。

中村舞之丞は女形ではあったが、時折、舞台で見せる立役の眉目秀麗な若君役や粋な男伊達で当世、一、二を争う人気役者であった。

「お役目ご苦労様でございます」

急遽報されて飛んできた髷に白髪が目立つ座頭は、

「うちは中村舞之丞でもってるんです。その舞之丞に死なれてしまったんでおまんまの食い上げですよ。真からまいりました」

がっくりと肩を落として、

「お調べでございましょうから、よろしくお願いいたします」

骸のある楽屋にはついて来なかった。

中村舞之丞は背中から心の臓に向けて刀らしきもので何度も刺され、化粧前（鏡台）に覆いかぶさって事切れていた。

――これは――

血の臭いに混じって嗅ぎ慣れた独特の清々しい匂いが鼻を打った。

――薄荷油だ――

舞之丞の楽屋は六畳と四畳半の二間続きで、四畳半は熱心な客たちからの贈答品で埋め尽くされていて、化粧前や着物を掛ける衣桁のある六畳間まで食み出ていた。贈答品は角樽の他に洒落た桐箪笥や書画、骨董の他に際立って多いのは重ねられている着物だった。着物が包まれている畳紙には越後屋等大店の呉服屋の名が書かれていて、どれにも〝中村舞之丞様お着物〟とある下に女客の名が連なっていて、特別な誂えものである証となっていた。ただし、どの畳紙の着物もただ重ねられているだけで、開けられた様子は皆無である。

「まあ、女客は競い合うように舞之丞に着せたがったんだろうけど、舞台で着るのは衣桁に掛かってるんで足りてるだろうから、開けることはねえよな。それにしても、たしかにたいした人気だねえ」

松次はため息をついて、

「男の本望って気がするよ」

ふと洩らして、

「ただし、ちっとばかし客たちに、特に女たちに薄情な気がするね、俺は」

と続けた時、突然、着物が重なり合って掛かっている衣桁から、わあーっと大声とも悲鳴ともつかない声を上げて丸髷の女が飛び出てきた。

びっくりしたのか丁太は棒立ちで、畳紙の山を調べていた田端は顔を上げただけだ

ったが、咄嗟に季蔵が駆け寄ると、

「舞之丞様あーっ、なんでぇー、なんでぇーこんなことにぃ――」

化粧が濃く、大きな赤と紫の朝顔柄の夏着で若作りすぎる大年増が、抱え持っていた畳紙を畳に投げ出しておいおいと泣きじゃくっている。

畳紙には〝最上質　麻の葉模様小袖　中村舞之丞様へ　多恵様より〟と書かれていた。

季蔵は、田端、松次と目を合わせて頷き合うと三人はお多恵が落ち着くのを待った。

しばらくして泣き止んだお多恵がむっつりと黙り込んでしまうと、

「あんた、贔屓にしてた舞之丞がこんな目に遭わされて、殺した奴が憎くないのか？」

田端が相手に切り出した。

「それはもう――。でも、あたしは吉田屋の内儀、多恵です。ですからこんなところにいては、旦那様や店の者たちに知れたら――子どももいるし、いけないんです」

大泣きしてしまった後のお多恵は蒼白になって立ち上がりかけた。

六

「ちょっと待ちな」

松次がお多恵の前に立ちはだかった。

「ここへ来て何を見たのか、正直に話してくれりゃ、あんたと舞之丞のことは誰にも言わねえ。人気の中村舞之丞が殺されたとなりゃあ、瓦版屋たちは蜂の巣を突いたように騒ぎ出して、いろいろ調べ廻ってあんたのこともわかっちまうかもしんねえ。吉田屋といやあ、そこそこ大きな米屋じゃねえかよ。あんたこんな話、表沙汰にゃあしたくねえだろ?」

こくりとお多恵が頷くと、

「いい心がけだ。さあ、話してくんな」

松次は優しい口調で促した。

するとお多恵は、

「わたしに限らず舞之丞様に熱を上げてる女たちは、誰でもおためになりたい、舞之丞様のために何かしたいって思ってるんですよ。それで、舞之丞様は〝そこまでのお気持ちを抱いていただけるのなら是非、これを〟と心と身体にいい特効薬の西洋お香をお売りくださってるんです」

と話し始めた。すかさず季蔵は、

「今時分は薄荷油ですね」

楽屋に漂っていた匂いを当てた。

「ええ。小さな霧吹きの水に数滴落として部屋にまいたり、浴衣に染ませたりするととても涼やかです。あとヒロハラワンデル（ラベンダー）やマンネンロウ（ローズマリー）等も舞之丞様のお手に入った時には必ず買わせていただいています」

「お内儀さん、いったい幾らで買ってるんだい」

松次の問いにお多恵は呟くように対価を口にして、

「えっ」

季蔵は心底驚き、

「げっ」

田端と松次と丁太はのけぞった。

「よくやるよ、あんたら」

あきれ果てている三人を尻目に、

「皆さん、そうなさってきましたから」

お多恵はさらりと言ってのけて、重なっている畳紙の山を一瞥した。

「そうだよな。金持ち女たちはそんな高い買い物しといて、その上これまで貢ぐんだから――」

松次は苦虫を嚙み潰したような顔になった。

「どうしてここで舞之丞さんの骸と出遭う羽目になったかを話してください」

季蔵は話を核心に戻した。

「何でも野ばら、山百合から採った二種の油、ようはとても上等の西洋お香が入ったとの文が届いたのです。それは舞之丞様のお心そのものだと思いまして、いつもより多い金子を持参してもとめにまいりました。野ばら油と山百合油を独り占めにして、誰にも渡したくなかったんです。ちょうど舞之丞様に着ていただきたい、極上の麻の単衣も出来上がってきたところでした。これは運命なのだと合点してここへ駆けつけました。そうしたらこの有様で――あまりの恐ろしさにへたりこみそうになった時、廊下に足音が聞こえたので急ぎ衣桁の裏に隠れたんです」

話し終えたお多恵は憑き物でも落ちたかのような表情でほうっと息を吐き出すと、

「思えばこれほど舞之丞様に熱が上げられたのも、女同士で競い合っていたせいだったような気もしてきました」

と言って、畳紙の山をもう一度見ると、

「これは持ち帰りませんと」

畳に放り出してある、〝最上質　麻の葉模様小袖　中村舞之丞様へ　多恵様より〟

と書かれた畳紙の包みを取り上げて両手に持つと、

「もう、帰らせてください。今ならまだ家族と共に摂る朝餉に間に合いますので」

田端の許しを待たずに廊下に出て中村座を出て行った。

この後、田端は中村座の下足番、七次を呼んだ。七次は四十歳ほどの独り身で、お多恵が聞いた足音はこの男のものと思われた。舞之丞の死を番屋に報せたのが七次だったからである。

「元は石屋だったんだが、流行風邪禍でやられた後が悪くてね、こんな軽い仕事はろくに働けなくなった爺さんでも務まるんだろうが、楽屋に住み込んで夜の火の番も引き受けるってことで雇ってもらってるんですよ。女客が来るって話は舞之丞さんから聞いてました。舞之丞さんが西洋お香なんてぇ、おかしなものを目の玉が飛び出るほどの銭で売ってるのも知ってます。話してくれましたから。あっしはその女客を舞之丞さんのとこまで案内なんてしてません。ちらっと見て、着飾ってやってくるいつもの一人だなって思っただけです。女客たちは皆いそいそ、小娘みたいな様子で勝手知ったる舞之丞さんの楽屋へ急ぐんですよ。ったく、憎らしくなるほどいい身分の女たちでさ」

そこで七次は一度言葉を切った。

「それではあなたがお多恵さん——あなたの言う女客です——を見た後、その後を追いかけるように、舞之丞さんの楽屋の前の廊下に立ったのはなぜですか？」

季蔵は訊かずにはいられなかった。

「訪ねてくる女客を舞之丞さんが早く追い返すためでさ。〝売り買いが済んだらすぐに帰さないと居座られてかなわない〟といつも言ってましたからね。それと昨日はそこに並んでる客たちの貢ぎ物を、献残屋が引き取りに来ることになってたんです。舞之丞さんは何軒もの献残屋とつきあいがあって、女客たちがこぞって仕立てさせて届けてくる舞之丞さんの着物は言い値で引き取る献残屋があるんだよね、驚いたことにこれが」

七次の言葉に、

「市中には訳ありの着物の新品を格安で売る古着屋もありますよ」

季蔵が首を傾げた。

「それじゃ、駄目さ。買った誰かが着てて女客たちの目に留まっちまうこともあるからね。そうなっちゃ困るってことで、舞之丞さんは上方に流して売っている献残屋に引き取らせてた。そのいくらかが立ち会う俺の分け前ってことになってた。いやはや、臨時に降ってくる有難い金だったよ」

「金が何よりってのはわからないでもないが、畳紙の数だけの女たちの心を弄んでおいて、献残屋に始末させちまうっていうのは酷すぎると俺は思うぜ」

松次が呟くと、

「舞之丞さんは〝好きな相手のためにあれこれと想いを抱いて高い買い物をする時は至福のはずだ。俺はそれを与えてやってる。俺の至福も女客たちと同じだ〟って、しみじみと言ってましたよ」

七次は言い、

「舞之丞さんにどなたか想い人はいたのですか？」

季蔵は聞いた。

「居た、居た。いつだったたか、酒につきあってあの人の片想いの愚痴を聞いたことがあったね。〝こんなに想ってるのに振り向いてもくれない。切ない〟ってね」

「そいつはいったい誰だい？」

松次が割って入った。

「鞍馬屋の旦那さんって言ってたから、役者と同じくらい市中で人気のあの鞍馬屋伊平なんだろうよ」

七次の言葉に、

——この骸は鞍馬屋さんに夢中だったのか——

季蔵は驚きを隠せなかった。

「それで鞍馬屋はここに通ってでも来てたのかい？　来てて何か弱みでも握られてりゃ、ぐさっと殺ったとしてもおかしくない」

松次は七次の応えを待って睨み据えた。

「そりゃあ、一度もありやせん。気の毒に男色の舞之丞さんの叶わぬ岡惚れでさ。まあ、あんなに女たちに騒がれてるのに手酷く袖にし続けてる罰かもわかんねえけどね。こちとらはこんなことになっちまって、やってきたその献残屋は尻尾を巻いて帰っちまうし、ったく、俺はこんなことを仕出かした奴を恨むぜ」

七次は恨めしそうに斬り殺された舞之丞の骸と畳紙の山を交互に見た。

「どうにか、ならないんでしょうかね、親分」

すがるような目を向けられた松次は、

「あんたには残念だろうがここにあるものは全て、調べた後、奉行所で行われる競売で処分されることになってるんだよ。今までいい思いができたんだからいいとしろや」

と相手に告げた。

「おい、始めるぞ」

田端の一言で、四人は手分けして、四畳半から食み出ている贈答品の調べをした。高額で女客たちに売られていた西洋のお香とやらが、少なくない金子と共に六畳間に設（しつら）えてある船簞笥から見つかった。ヒロハラワンデル、マンネンロウ、野ばら、山百合の精油に交じって薄荷油も何本かあった。他のものも各々異なる容器に入っていたが、薄荷油だけは季蔵にお涼から届けられてきたものと同様の小さな栓付きの壺に入っていた。

季蔵は慈照寺と瑞千院に詮議（せんぎ）が及ぶことを懸念して、その事実を二人に告げるのを止めた。そして、

――中村舞之丞は寺商いの中の薄荷油等の草木油売りに関わっていた。ということはよろづ天神の一派だということになる。そしてその頭は鞍馬屋伊平。舞之丞が頭への片想いに悶々（もんもん）とするほど血道を上げていても不思議はない――

当分は自分一人の胸の裡（うち）にしまっておくことにした。

――気になるのは誰を経て今は瑠璃とお竹（たけ）さんが作っている、慈照寺の薄荷油が中村舞之丞に渡ったのかということだ――

第四話　至高の鳥膳

一

何日かして季蔵は日中、文で烏谷に呼ばれた。

本日八ツ時、いつもの水茶屋の二階にて待つ。まだ食わしてもらっていない幻の振り塩イサキと何度食っても美味いと言われている大評判のイサキ飯を頼む。

烏谷

季蔵へ

――いよいよ来たな。中村舞之丞の楽屋にあったものは一つ残らず奉行所に渡っているはずだから、お奉行はすでに舞之丞が役者と薄荷油等の草木油売りを兼ねていて殺されたと知っているはずだ。しかし、わかっていることを確かめるためだけにわたしを呼びつけるお方ではない。これはお奉行一流の仄めかしの厳命がいよいよ申し渡されるということか？――

覚悟はできていたので季蔵はイサキの三枚おろしをイサキ飯とともに取り除けてあった。届けられるイサキの数は変わっていなかったが、昼賄いのイサキ飯をもとめる人たちの長蛇の列が最後の一人分になってもまだ続いていて、

「昨日も並んだけど、ありつけなかったんだぞ」

「今日こそはと思ったのに」

「仕方ねえ、明日また並ぶよ、明日はきっとだぜ」

などといううれしさ半分の苦情に悩まされている日々であった。到底、三枚おろしは振り塩イサキの湯通しの分までまわりかねていたが、中村舞之丞殺しの後、烏谷が訪れるであろうことは予想できた。烏谷が振り塩イサキの湯通しをまだ食していなかったことも――。

――今宵あたりと思って取り置いていたが、まさか八ツ時にあの場所でとは思っていなかった。おそらくこれは急を要するのだろうな――

季蔵は振り塩イサキの湯通しを拵えると、握ったすし飯の上に載せて塩を添えた。これとイサキ飯を重箱に詰めて暑さの中を走り、急ぎの折に呼び出される件の水茶屋

に入った。その店は戸口から二階へと階段が続いていて、

「おいでですよ」

女将(おかみ)は一声かけるだけですぐに奥へ入ってしまう。

一足先に着いていた鳥谷は床の間を背にして座り、しきりに扇子を使っていた。

「暑くてかなわぬのう」

言いながら鳥谷は幾つか菓子盆に盛られている水ようかんに菓子楊枝(ようじ)を立てて、せっせと口に運んでいる。

「ここの水ようかんは茶席にも使われているものと同じ老舗(しにせ)のものゆえ、決して不味(まず)くはない。だが殊(こと)の外(ほか)高い。綺麗(きれい)で初々しく素人くさい娘たちに、茶や菓子を運ばせて助平な客たちを楽しませるのが水茶屋商いゆえ、いたしかたなかろうと思う。だが、ここで話をするだけのわしからも同じ金を取るのは不当ではないか？　しかし、それは言わぬが花というものだ。ここを追い出されたら、口の固い信用に足りる水茶屋を見つけるのは大変だからな」

などと愚痴交じりに呟(つぶや)くと、

「おうおう、持ってきてくれたか。八ツ時にこれにありつけると思い、昼餉(ひるげ)は軽めに済ませていたのだぞ」

烏谷は重箱の中身に目を細めるとすぐに箸を手にした。

向かい合って座っている季蔵は烏谷の豪快で、思わず微笑んでしまいそうな無邪気な食いっぷりを見つめていた。

――お役目の話になってもこのようであってくれれば、こちらの心は常に平穏で身も安全でいられる。ああ、だがそのようなお奉行になってしまわれたら、わたしの心身が平穏無事でも市中の平穏は決して守られないだろう――

季蔵は烏谷が重箱の中身を空にして茶を啜ったところで、

「お話をお願いします」

烏谷を促した。

すると相手は食している間に噴き出ていた顔の汗を手拭いでぬぐうと、

「黙って引き受けてほしいことがある」

と切り出した。

「何でございましょうか？」

「近々に小日向の元大身の旗本屋敷が高級料理屋味楽里になる。今、棟梁が仕切って相応しい改築をしているところだ。涼風が吹く頃には終わって晴れて味楽里になる。この味楽里の主になってほしいのだ。もちろん味楽里開業当日の料理はそちが決めて作るのだ」

烏谷は朗らかな口調で伝えてきた。

「待ってください。なにゆえ、わたしが新たに生まれる高級料理屋の主なのです？　わたしには先代の想いを汲んで、続けなければならない塩梅屋があるのですよ」

「塩梅屋は塩梅屋で続けていけばよい」

「しかし、高級料理屋と塩梅屋とでは品書きが違いましょう」

「かまわず同じにするか、味楽里のその日の品書きの一部を塩梅屋でも供すれば済むではないか。これなら三吉にでも何とかなろう。料理の技があって気脈の通じている誰かを募り、味楽里を手伝わせれば、そちが塩梅屋と味楽里を一日置きに行き来できる」

「ですが、塩梅屋では高級料理屋のような値をお客様方からいただけません」

「だったら、高級料理屋味楽里の方の値を下げればよろしい。そもそも従来、高くて当たり前の高級料理屋の商いをわしは良しとはしていなかった。粋を気取って茶漬けに玉川上水の清水を汲みに行き、法外な値を取ったという八百良のような商いほどよろしくないものはない。富裕な者しか出入りできない高級料理屋の数が増えるのは、食うや食わずの下々の者たちの不満と絶望を掻き立てるばかりだからな。ここは一つ味楽里で日頃の倹約を怠らず、少しだけ無理をすれば誰もが年に何度か、足を運べる当世高級料理屋の先鞭をつけてほしいのだ」

これを聞いた季蔵は、

「それはわたしも同感です」

知らずと頷いていたが、

「とはいえ、高級料理屋の許可権は鳥屋六人衆が握っているのでは？　わたしごときが主ではお許しがでるとは思いにくいのですが――」

最大の難関に触れた。

「それはもう通ったゆえ、案じるな」

烏谷は目だけは笑っていない笑顔を向けてきた。

「鞍馬屋伊平とよろづ天神の力が大坂のみならず、この市中にまで食い込んでいるということですか？」

季蔵は訊かずにはいられなかった。

「鞍馬屋伊平は何事も熟知していて、そちは〝市中料理屋十傑〟だから、まあ、そんなところだろう」

烏谷は曖昧に認めた。

「実は、選ばれた時から訝しく思っていました。その時の瓦版の中には、奉行所がこの選の後ろ盾であったからこそ、わたしのような者が〝市中料理屋十傑〟に選ばれたとする、心ない誹謗中傷がありましたが、当たっているのでは?」

季蔵は笑っていない烏谷の目を見据えた。

「勘弁、勘弁」

烏谷はあえて目を細めて笑った。

「わしはたしかに北町奉行ではある。だが徳川の長い治世下、身分とお役目に基づくお上の厳重な縛りだけは厚みを増している。たかが奉行職のわしに、そちを〝市中料理屋十傑〟に引き上げる力などありはしない。ただしこれは言える。たしかにそちの〝市中料理屋十傑〟は普段なら起こりえないことだ。だがわしには無理でもわしなどより数段上の方々が動けばできぬことではない」

「その方々と鞍馬屋伊平さんやよろづ天神との関わりは?」

「当然あるだろうが、もちろん鳥屋六人衆ともある」

「公方様にお仕えするお役目にある限り、上方でとはいえ、闇商いの水鳥屋を続けてきた鞍馬屋さん、よろづ天神よりも、鳥屋六人衆と鳥あずま講を支持するのでは?」

「忠義の心だけでは政は動かぬ」

　烏谷はきっぱりと言い切った。

「それでも鳥屋六人衆を惨殺（ざんさつ）したのは鞍馬屋伊平のよろづ天神で、その報復にと、鳥あずま講が江戸で一、二を争う人気役者である利を最大限用いて、よろづ天神の商いで稼ぎまくっている中村舞之丞さんを手に掛けたのではないのですか？」

「理（ことわり）ではそうなろうな」

　言葉とは裏腹に烏谷は頷かず、

「真（まこと）のところはまだわしにも見えていない。是非とも見極めたいと思っている。そちが先ほどの役目を引き受けてくれれば、いずれ見ることができると思っている」

「お引き受けするに際してお願いがございます」

「申してみよ」

「味楽里の真の主は鞍馬屋伊平さんのはずです」

「そうだ」

「ならば是非、まずはその方にお目にかからせてください。でなければ、お引き受けいたしかねます」

　季蔵はきっぱりと言い切った。

二

「わかった、必ず会わせる」

いつになく烏谷は確約した後、

「わしは味楽里と塩梅屋とをそちが両立させてこそ、この試みは意味があると思っている。そこでどうだろう？　先ほど料理の技があって気脈の通じている誰かを募って、味楽里を手伝わせ、そなたが塩梅屋と味楽里を一日置きに行き来できるようにすればとは言ったが、あれは神かけて戯言ではない。是非ともそのようにはからってほしい」

と告げた。

――しまった、抜かった。一つ聞きわけて二つ注文をつける、如何にもこのお方らしい交渉策だ――

季蔵は瞬く間に劣勢に陥った自分を感じて、

「そうおっしゃられても、わたしは塩梅屋だけをこつこつと何とか守ってきただけの男です。地獄耳でも、千里眼でもありません。人付き合いも多くありませんし、右腕になるふさわしい者を選べと言われてもできませんよ」

ありのままを伝えた。

――できないものはできぬのだから仕方がない。とはいえよほど要領を心得て動かないと味楽里と塩梅屋の両方を切り盛りするのはむずかしい。はて、わたしにできるだろうか？――

すると、

「そんなことはなかろう」

烏谷は悠揚迫らぬ口調で言った。

「わしに心当たりがある。そちもよく知っている者だ。あの者なら間違いない。そちも気を楽にして受け入れられる」

「おき玖お嬢さんなら無理ですよ。伊沢蔵之進様の御新造様と子の母親の役目だけで手いっぱいのはずです。そんなさ中、流行風邪禍の折には御夫婦でお手伝いいただき感謝に堪えませんでしたが、これ以上お世話をいただくのは気が引けます。そもそも蔵之進様には南町奉行所同心という立派なお役目がおありですし――ご迷惑です。何より、昔のように、わたしとおき玖お嬢さんが一緒に厨に立つというのも今は控えるべき道理です」

季蔵は先回りしておき玖、蔵之進夫婦を除外した。

「岡っ引きの松次は料理好きでなかなかの腕のようだが、味楽里に縛られては田端が困るだろう。それに雅な京風には金壺眼の四角い顔はちと合わぬ。わしが前垂れをつけて厨に立つようなものよ。あともう一人履物屋の隠居喜平。あ奴のことは、もう二十歳かそこら若ければ一押しにしたいところだが、あの老骨はもはや料理を作る側ではなく、あれこれ評しながら食らう側に徹したいことだろう。勢い込んで厨に貼り付いていて倒れでもしたら厄介だ」

烏谷もまた、季蔵の周辺にいる知り合いで料理好きな面々について、あけすけな物言いで外した。

――そもそもお奉行のお目に適う者など、わたしの周りにいるはずなどないのだ――

「それでしたら、ここはお奉行様がお探しになってください。お願いいたします」

季蔵が頭を下げかけたとたん、

「豪助がいるではないか」

烏谷はぼそりとその名を口にした。

「豪助は船頭ですよ」

「女房のおしんの漬物茶屋も甲斐甲斐しく手伝っていると聞いている。食べ物屋の玄人だ」

「そうなれば豪助こそ漬物茶屋と味楽里を両立するために船頭を辞めねばなりません」

「それでいいではないか」

「しかし船頭は豪助の生き甲斐です」

「いくら生き甲斐でも左前の漬物茶屋みよしを盛り返すだけの稼ぎにはならん。このために豪助、おしん夫婦の内証を調べた。漬物茶屋みよしには少なくない借金があるのだ」

「あんなに流行っているのに――」

　思わず季蔵は呟いた。

「それは以前のことだろう。おしんの漬物茶屋が珍しかった時、大流行りしたのはわしも覚えている。日の出の勢いというのはまさにあれだった。ところが漬物茶屋と銘打てば必ず流行るし、漬物はさほど高くないので儲けの幅が大きいと見込んだ者たちが、食物屋の玄人、素人の別なく参入した結果、漬物茶屋は増え続け、今はその八割が商いを止めている。元祖漬物茶屋のみよしは女将おしんの持ち前の根性もあって、新しい漬物を考案しつつ商いを続けているが、漬物茶屋なるものに飽きてしまった客たちの足を向かせることはもうできない。夫婦して働き続けていても、借金を抱えて利子を払い食べていくのがやっとというところだろう。そのうちそれもままならぬことになるやもしれぬ。それゆえ、そちが持ち掛けさえすれば豪助は必ず乗ってくる。間違いない」

烏谷は自信たっぷりに言い、

——相手の足元を見て持ち掛けるのか。それでは商いの駆け引きと同じではないか

——

季蔵はあまりいい気がしなかった。

そんな季蔵の気持ちを察したかのように、

「これは助けが要るものに助けの手を差し伸べることにすぎぬ。しかもそちから持ち掛ける仕事なのだから、手伝ってくれと頭を下げるのはそちだ。豪助に助けてくれと言わせずにも済むではないか」

と烏谷は言い、

——たしかに豪助の気性からして俺に金に絡む頼み事はするまいな——

季蔵が複雑な気持ちでいると、

「豪気な鞍馬屋伊平の仕事ゆえ言うまでもないが給金は悪くない」

これこれしかじかと、季蔵と豪助が味楽里を仕切って得る給金の額を口にした。

「とにかく返事は急ぐ。豪助の方をよろしく頼む」

そう言って烏谷は立ち上がった。


翌早朝、季蔵は豪助が働く渡し場へと向かった。

「兄貴じゃないか。随分と早いお出ましだね。こんな早くにどこへ行くんだい？」

豪助が目を丸くした。

「出かけはしない。おまえに頼み事があって来た。今頃ならまだ客もおらず話ができると思ってね」

「ええっ？　〝市中料理屋十傑〟の兄貴がよりによってこの俺に頼み事？　何だ、何だ、何だ？　言っとくが兄貴と並んで錦絵(にしきえ)なんぞに描(か)かれるのはごめんだぜ。おしんの奴がおかしな悋気(りんき)の虫に取り憑(つ)かれちまうだろうからさ」

豪助は役者を真似(まね)てお道化(どけ)て見せた。

「並んでの錦絵ではないが――」

季蔵と豪助は渡し場近くの涼み台に腰を下ろした。

「実は頼まれて困っていることがある。相手は義理のあるお方ゆえ断れない。おまえの力が要る」

　季蔵はそう前置いて本題に入った。高級料理屋味楽里が鞍馬屋伊平によって開業する手はずであることは伏せて、雇われ主として仕切りを任せられていて、是非とも豪助に自分の右腕になってもらいたいのだと告げた。

「そりゃ、〝市中料理屋十傑〟の兄貴にそういうお宝話が舞い込むのはわかるよ。けど俺はただの船頭で、どう見ても今はもう流行ってない漬物茶屋の手伝いだ。どう考えても過ぎた仕事だよ。それと味楽里ってとこの仕切りをするようになったら、塩梅屋はどうするんだい？」

　豪助の言葉に、

「味楽里の品書きの一部を塩梅屋でも供することにして両立させる。とは言っても塩梅屋にも顔を出したいから、その間味楽里で俺の代わりを務められるおまえが必要なんだ。この通りだ」

　季蔵は頭を深く垂れて、

「おまえには主家を出奔してすぐ侍姿の時に出会ってからというもの、雪見舟の中で主鷲尾影親様のご最期に立ちあわせたり、今は漁師との直取引に力を貸してもらっている。さらなる頼みは心苦しいのだが、この手のいざという時、安心して頼める相手がおまえの他(ほか)はいないのだ」

本心から熱く口説いた。

聞いていた豪助は、

「何を言うんだよ、兄貴。俺がおしんと夫婦になる前はそりゃあ、酷(ひど)かったのを兄貴は知ってるだろ。俺を捨てていなくなった母親は俺の世話をろくにせずに、水茶屋で生娘みたいな顔して働いてた。なもんだから、俺はおふくろの様子や面影に取り憑かれてて、さんざん水茶屋通いをした挙句、いつも借金まみれだった。船頭だけじゃ足りず、浅蜊(あさり)売りの棒手振(ぼてふ)りでも稼いでて、家族のために年端もいかない頃から、浅蜊や納豆を売ってるけなげな三吉を、自分の商いの邪魔だとばかりに蹴散(けち)らしてた。あの頃の俺は市中を歩いてると、おちゃっぴい娘たちがぞろぞろついてくるほどのもてっぷりだったから、普通に出会ってたら、おしんに心が傾くようなこともなかったと思う。それが兄貴のおかげでおしんの心に巣くってた寂しさが重々わかって、俺の心にどーんと響いたんだ。この女には俺が要るんだって。俺の生き方を変えてくれたのはおしんだけど、本をただせば兄貴なんだよね」

珍しく長い話をした。

三

——この手の話はわたしの心にも忘れることのできない、豪助との思い出として響いてしまう——

季蔵はともすれば豪助との浅からぬ友愛の歳月に搦め捕られそうになったが、

「味楽里でおまえに右腕になってもらいたい件について、まだ給金のことを言っていなかった」

返事を迫られている目の前の頼み事に立ち戻った。

「そんなに？」

豪助は目を丸くした。

「俺は兄貴と違って船頭が本業なんだぜ。そんなに貰うんじゃ、気兼ねで引き受けられないよ」

——これは脈ありだ——

季蔵は意外な展開が案じられた。

——ということはお奉行の言っていた通りの懐事情というわけか——

「隠したところでどうせいつかはわかっちまうから言うけど、漬物茶屋みよし、随分前から厳しいんだよ」

「いつだったか、いかさま師の霊媒師に入れ込み、死んだ父親と姉の供養をしなければならないと言われて金を取られたからか？」

「まあ、それもあったけどあそこで止めときゃ、こんなにまで借金は嵩まなかったと思う」

「いったいおしんさんはどんな商いをしているんだ？」

「おしんの漬物茶屋が昔ほどじゃないってことは気がついてるよね」

「開いた時は目新しかったからな。団子や饅頭を食べさせる茶屋はあっても、美味しい漬物を出す茶屋はまだ一軒もなかった頃だった」

「あの時の馬鹿当たりぶりがおしんは忘れられないのさ。ようかんを出してから漬物で口直しをするっていう口福が凄い人気だったもんな。しばらくおしんの漬物茶屋は人気茶屋の筆頭だった。おしんは肩で風を切って歩いてた。ところがあの騙りの霊媒師につけ込まれる頃から、客足がどっと遠のいた。当初は〝あたしがもうばばあだからだわね。若くて綺麗な娘に漬物やお茶を運ばせましょう〟なんて言ってやってみたが、それでもさっぱりなんで、〝あの娘、あんたに気があるんで客に愛想がないのよ〟って言い出して暇を出した。あの騙りの祈禱師騒ぎの後は、〝あたしには茶請け漬物を考える力が尽きてるんだわ。ここは考えが新しい人を見つけなきゃ駄目〟って言い出して、ちょいと料理を齧ったただけの奴を紹介して貰って、一つ幾らで買い付けてる。この間、兄貴に出した胡瓜の甘辛煮だっておしんの考えたものじゃない」

豪助は沈んだ様子で告げた。

――胡瓜の甘辛煮は余った形のよくない胡瓜で作る節約茶請けだ。実のところわざわざ漬物茶屋で頼みたい技ありのものではない――

「それで効果は出てるのか？」

「出てたら借金が嵩まないよ。ちょいと料理を齧ったただけの奴から名だたる食通、知る人ぞ知る漬物食いにまで頼むと、礼は端金じゃ済まなくなってくるしね。それでもおしんはやり続けてる。今じゃ、客が昔のように戻るまで意地でもやり遂げるっていう頑固さだ」

「いっそ、商い替えをして以前のような甘味屋に戻るのが一番だと思う」

「船頭の女房じゃ気に食わねえかもしんねえが、ここは一つ、店を畳んで母親業に専念してみちゃあどうかって言ったんだよ。船頭の稼ぎでそこそこの長屋は借りられるし、贅沢を言わなきゃ食ってもいけるんだ」

「それでも駄目だった？」

「石みてえに黙ってただけ。こうなるとおしんほど手強い女はいねえだろうな」

――どうやら、豪助が味楽里でわたしの右腕になるためには、おしんさんという難関があるようだ――

季蔵はやっと豪助の本意と躊躇いを理解した。

「おまえの味楽里勤めはおしんさん次第ということか？　そういえばおしんさん、いつまでもおまえが格好いい男でいてほしいから、身体と力を使う船頭を辞めない方がいいと言っていたのだったな」

「あの時はそうだったろうさ」

豪助は苦く笑った。

「今は違うのか？」

「俺の方はおしんの思い通りに生涯船頭で片付いてて、問題はおしんの方なんだと思う。おしんは生涯〝人気漬物茶屋の女将〟っていう舞台に立っていたいんだよ」

「ということはおまえが俺の右腕で味楽里の舞台に立つのはお気に召さない？」

「たぶん」

「借金が嵩むばかりだというのに？　可愛い子供だっているというのに？」

「今、おしんにつける特効薬があるとしたら漬物茶屋じゃなくてもいいから、皆に注目される舞台で成功することなんだ。このままじゃ、おしんは壊れちまう。兄貴、頼むよ、この通りだ」

涼み台を下りた豪助は地べたで平たくなって、

「おしんと俺と二人を兄貴の右腕ってことにしちゃあくれまいか。お願いだ、おしんに立ち直る機会をくれてやってくれ」

泣くような大声を張り上げた、

「豪助、頭を上げてくれ」

季蔵は屈み込んで豪助を縁台に腰掛けさせると、

「こればかりは俺の一存ではどうにもならない。さるお方に許しを願わねば叶わぬことだ。応えは待ってくれ」

と言った。

この日、仕込みの合間に季蔵はこの旨を記して烏谷に届けた。

烏谷から返事のないまま、夜半まで店に残っていると、

「ここの灯りほどうれしいものはないな」

塩梅屋の看板娘だったおき玖を妻にしている南町奉行所同心、伊沢蔵之進が戸口に

立った。

「お久しぶりですね」

挨拶する季蔵に、

「いち早くイサキ飯を食わせてもらえてよかった」

蔵之進は胃の腑の辺りを抱えて見せた。

「空腹のご様子ですね」

「今日は奉行所の宿直だ。あいにく弁当を届けてくれるはずのおき玖はすみれの介抱に忙しい」

「すみれちゃんは病ですか？」

「罹った時は疱瘡に似ているので肝が冷えたが水疱瘡であった。熱はそれほどではないものの、全身にひどい痒みがあり、知らないうちに子どもがかきむしってしまうと痕も残るが、それよりも膿んで高熱で苦しむことになりかねない。それで付き添っておるのだ」

「それは大変だ」

相づちを打った季蔵は残ったあるだけの飯で握り飯を拵えた。

「お一つ、お二ついかがです？」

差し出された握り飯をぺろりと平らげた蔵之進は、

「もう一つくれ」

三つ目にかぶりついたところで、

「この握り飯は何という?」

相手は聞いてきて、

「わたしはたぬきと付けました」

季蔵は応えた。

たぬきは醤油と砂糖を合わせたタレに絡めたおかかと天かす、細切り葱の入った握り飯である。おかかは甘辛く、天かすはとろっ、葱はシャキッとして、幾つでも食べられる。特に口の不味い病人には大人子どもを問わずに好まれていた。

「今、飯を炊きます。すみれちゃんが病ではおき玖お嬢さんも家事がままならぬはず。たぬきのほかにも手近なもので握り飯を拵えますのでお持ちください」

季蔵は水加減をして釜を竈に載せた。

「ところで話がある」

たぬきを食べ終えたところで蔵之進は切り出した。

――ああ、やはり――

　これは烏谷が蔵之進に託した季蔵の文への返事に違いなかった。

「おまえさんが近く味楽里の雇われ主になることはお奉行から聞いている。ついては豪助一人ではなく、女房のおしんも一緒にという頼みであったな」

「はい」

「そうせねば豪助を動かせぬのであろうな」

　季蔵は黙って頷いた。

「先にお奉行からの言伝だ。相手に聞いたところ女房のおしんも一緒でかまわぬそうだ。だがお奉行も俺もおしんの参加には危惧がある。おしんには借金を重ねていること以外に問題がある。ことを同じくするにはあまりに無防備で見栄坊な反面、常に自分の価値を低く見ていて、いても立ってもいられない。こういう女はとかく自慢屋で口が軽い。一度漬物茶屋で得た繁盛ぶりを、味楽里という舞台に立てば当然ひけらかさずにはいられない。先々、おまえたちの足を引っ張るだろう」

　蔵之進の辛辣なおしん評に、

――そこまでわかっていて、何故におしんの参加を許すのだろう。船頭が本業の豪助がなにゆえそれほど必要なのか？――

　季蔵は強く疑問に思った。

「それゆえ、今後はおしんの言動及びつきあいをこの俺に見張れと、お奉行より仰せつかった。俺も味楽里の店開きに加わることになったのだ」

「どのようなお役で？」

「味楽里の庭は広大ゆえ、警固が入り用であろう。警固という名目でおしんからは決して目を離すまい」

「なるほど」

季蔵は得心してみせたがその実、

——これはただの高級料理屋の開業ではない気がする。もちろん真の主が鞍馬屋伊平であることだけによるものでもなさそうだ、もっと深い闇と関わっているような気がしてならない——

と思って夏だというのに背筋が寒くなった。

「おい、飯が炊けて蒸れる頃だぞ」

蔵之進に言われて、

「そうでした、そうでした」

季蔵は裏庭まで青紫蘇の葉を摘みに勝手口を出た。

四

「さっぱりと食べられる青紫蘇を使った握り飯を三種類拵えましょう」

季蔵は摘み取ってきた青紫蘇のアク抜きのために水に塩を溶かして、十枚ずつ束ねた青紫蘇を浸した。容器にアクが抜けた青紫蘇の水気を拭いて、一枚一枚味噌と交互に重ねる。一番上は味噌を多めにして蓋をする。一日ほど置くと味が馴染むが、炊きたての飯を用いる握り飯にはこのまま具にしてもいい。丸く握って青紫蘇を載せて味噌を飾ると食欲がそそられる。冷暗場所で一週間ほど保つ。

「酒の肴にもよさそうだ」

蔵之進の所望に季蔵は皿に青紫蘇の葉の味噌漬けを盛り付けた。

「まさに夏の肴だな」

蔵之進は青紫蘇の葉の味噌漬けで湯呑みの冷酒をぐいとあおった。

「おれは甘いものも嫌いじゃないが、どっちかというと左党なんだよ。だから夏はこの手の肴が何よりだ」

「お次は」

と言いながら、季蔵は棚から二つの甕を下ろした。

二種目は青紫蘇の実の塩漬けを使った握り飯である。青紫蘇の実も葉と同様に塩水でアク抜きする。それを笊にあけて水気をしぼる。鉢に移して塩を適量加えてよく揉む。蓋付きの器に塩で揉んだ青紫蘇の実を押し込みながら詰めて、一番上に別途の塩で蓋をして仕上げる。食べ頃は三日後だが塩をきかせれば冷暗場所で一年は保存できる。塩気が強い場合はその都度塩抜きして用いる。

「ほう、こいつは飯に混ぜて握るのか？」

「青紫蘇の実が散らばって存分に味わえますからね。それに飯の白に青紫蘇の実の緑は見栄えもしますし。ああ、そうそう――」

季蔵は井戸へと走って、豆腐を運んできた。

「これ、冷や奴にも格別なのですよ」

皿に盛り付けた豆腐に青紫蘇の実の塩漬けを載せて供した。

「青紫蘇の実の塩漬け握りにこの冷や奴は合う。いいね、気に入った、おき玖にも教えよう」

「それはちょっと――」

「どうして？」

「これらはとっつぁんから教わった、あるもの握りなので、おき玖お嬢さんは知っておいでのはずです」

「それじゃ、どうして拵えて膳に並べてくれないのだろう？」

蔵之進は首を傾げかけた。

「それはあるもの握り、ようは梅干しさえ具に入れられない時に拵える、一番粗末な夏場の賄いだからではないかと思います」

「おき玖はあるもの握りを嫌いだったか？」

「いえ」

「好きだったのにどうして俺に作ってくれないんだ？」

「それは――」

季蔵は少し口籠もってから、

「蔵之進様のことがよほどお好きだからですよ。好きな男にあるもの握りは出せないという、塩梅屋の看板娘だったお嬢さんなりの意地であり、想いの深さなのだとわたしは思います」

思い切って告げた。

「ええーっ。新婚ならまだしも、今になってそんな――」

俯いた蔵之進は顔を赤らめている。

「ですから蔵之進様は果報者です」

笑顔でそう言い切った季蔵は、

「三種目は赤紫蘇の梅酢漬け握りですよ」

アクが強いので塩水に浸して、三、四回水を替え、十枚ずつ束ねて一晩塩水に浸し、アク抜きして梅酢漬けになっている赤紫蘇を取り出した。

赤紫蘇の梅酢漬けは一枚ずつ手のひらで押して水分を絞り、蓋付きの容器に一束ずつ塩を振りながら重ねて入れる。梅酢を注いで蓋をして一晩置いて仕上げる。これも冷暗所で一年の貯えがきく。

季蔵は刻んだ葉を混ぜた握り飯にくるりと一枚、赤紫蘇の葉を巻き付けた。

「こうすると綺麗で食も進みます。それから、そうだ、これもお持ちください。常の糠漬けや塩漬けにはないよい香りの味の漬物です」

塩もみして梅酢に漬けた胡瓜と茄子が入っている器も一緒に渡して、

「くれぐれもお大事に」

と見送ると、

「仕方がない、奉行所に戻る前に家に立ち寄ることにするか」

蔵之進は照れ臭そうに洩らした。

その二日後、烏谷からの文が届いた。

先方はそちの頼みを聞き入れてくれた。おしんについては蔵之進に任せた。ついてはそちの望み通り、会う日が決まった。以下である。

葉月十五日、放生会、浅草御蔵前八幡宮、八ツ時、境内にて。

その際、軽い飯物を持参とのことである。これは大事である。ゆえにこの飯物作りで、入り用な材料があったら届けるゆえ、遠慮なく申せ。

季蔵へ

烏谷

──軽い飯物持参とは腕を試されるわけだな──

季蔵は改めて緊張した。

──鞍馬屋伊平さんは水鳥屋の末裔だ。とするとやはり鳥を使った飯なのだろうが、鶏ではつまらないし雀は水鳥ではない。しかし、涼風が立って暦の上ではとっくに秋とはいえ、まだまだ暑い日々、野鳥である水鳥の渡りもなく、これは無理というものだ。いったいどうしたものか──

季蔵は夜を徹して考え抜いた挙げ句、

──これしかないな──

川魚である鮎を使うことに決めた。

──鞍馬屋さんの先祖は同業者なら誰でもやっていた魚鳥商いを罰せられて、江戸を追われてしまったというが、今の主の伊平さんがそれを恨みに思っているとは考えたくない。恨みに思い続けるがゆえに、ことさら川魚を忌み供されて怒るのであれば、そのような御仁の下での務めはできない。高低関係なく、さまざまな素材を、万華鏡のように絶妙に組み合わせて供してこそ、高級料理を超えた料理の真髄であり、そのための味楽里開業のはずだ──

こうして季蔵は烏谷の厚意に甘えるべく文を出した。

軽めの飯物は鮎飯に決めました。炊き込みの鮎飯ではなく、焼いた鮎に醬油をかけ熱々のご飯にのせて蒸らすのです。お重の蓋を開けた時の香りは何とも言えません。炊き込みよりも風味がよく、鮎独特の香りと味を存分に味わうことができます。

これにはもちろん、初夏の若鮎よりも今時分の大きく育った鮎が向いています。できれば身だけの旨みを味わいたいので卵を持った落ち鮎ではなく、卵を持つ前のとにかく食が旺盛な鮎を、試作に使うものも含めて五尾ばかりお遣わしいただけると幸いです。
なお、同日、浅草御蔵前八幡宮内の厨をお借りできますようお手配ください。これはできたてが命です。

季蔵

烏谷椋十郎様

卵を持たずよく肥えた鮎が届けられたのは放生会の前日であった。文が付けられていた。

このところ、わしは試作に与れていない。今回は是非とも試作をいの一番に食わせてくれ。明日の真剣勝負の分も入れて十尾送る。今時、落ち鮎ならいざしらず、この手の逸品を探させるのには苦労したぞ。

烏谷

季蔵へ

季蔵は飯が炊き上がる頃を見計らって鮎を素焼きにした。これをほぐすのだが、

「こういう細い魚ってほぐすのむずかしいよね。途中で身がほどけてばらばらになっちゃったりしてさ。おいら、まだできないからじっくり見とこうっと――」

三吉が季蔵に貼りついた。

「鮎は肝のほろ苦さもご馳走だから肝を残して骨だけを抜き取る。使うのは包丁でなく箸だ。まあ、慣れればたいしたことはない」

こう言い置いて季蔵は素焼き鮎の骨抜きに取りかかった。

まずは焼いた身から背ビレ、腹ビレ等を外す。尾は骨を折って外す。

頭の部分は箸で皮だけを切る。身を立てて、背の部分を箸で頭から尾の方までまんべんなく押す。これで骨が外れる。頭を持って、少しねじって骨ごと引っ張り、中骨を抜き取る。とりづらい時は背の皮を箸で切り、背から開いて中骨を抜き取る。

このようにして骨抜きした鮎を二尾、背開きにして皿に広げて醤油をかける。

お重に飯を盛り付け、醤油を絡ませた鮎を載せ、蓋をして三百数え終えるまで蒸らす。

五

出来上がった鮎飯は鳥谷に届けられ、余った分は季蔵と三吉の昼賄いになった。

「蒲焼き鰻とはまた違った美味さだね。鮎の香りが醤油に負けてない。口の中にすーっと鮎独特の涼しい匂いが行き渡って、これ納涼お重だよ」

三吉は感慨深げに言い、

「鮎は食べている水苔によって味が違うというから、今、わたしたちが食べたのと同じ鮎飯を食べることはもうないかもしれない。鮎に限らず天然のものは繊細で奥が深い」

「なるほどねえ」

翌日は放生会当日であった。

「毎年今頃の放生会って、魚や鳥獣を川や野に放して殺生をいさめるお寺の儀式だよね。でもこれって、飼ってる猫とか犬とかじゃなくて、それ用に売られている亀とか雀、兎や狸なんかだよ。飼ってる生きものは放したら、餌が獲れなくなって生きてけないだろうってことはわかるんだけど、わざわざそのために売ったり、買ったりするっていうのがおいら、いまいち、ぴんと来ないんだ。そもそも放すための亀とか鳥、買えない人はどうすんの？　人目を気にして、放したら死んじゃうってわかってて、可愛がってる生きものを放すしかないのかな」

季蔵は浅草御蔵前八幡宮に出かける前に三吉に訊かれた。

「とっつぁんに聞いた話だが、仏様がお生まれになった天竺（インド）には六道輪廻という来世についての考えがある。これのうち、天道、人間道、修羅道までが人の善道とされ四苦八苦しながらも生き続け、畜生道、餓鬼道、地獄道は悪人道とされていて、腹がふくれた鬼の姿になって死ぬまで苦しんで罪を償わなければならない」

「なにそれ？　悪人が獣にされたり鬼になったりするのはともかく、善道へ行けた人までただ生きてるだけで、ずっと苦しむことになるなんて、来世が現世より酷いなんて、酷いよ、酷いっ」

三吉は青ざめつつも憤懣をぶつけてきた。

「まあ、たしかにな。人というのは本来罪深いものだが、これではおまえの思った通り酷すぎるということで、儒学の孝という考えが加わった。ようはこの世からあの世の六道にいるご先祖様の苦しみを和らげるために、生きものたちの命を救って供養しようというのが放生会の始まりなのだそうだ」

「おいらたちが魚や鳥を食べちゃったりしてて、買ってる恨みを許してもらおうってわけじゃあないんだね」

「それもあるにはあるだろう。漁師たちが獲ったものの売れずに捨てようとしていた魚が不憫でならず、それが放生会の元だという説もあるそうだから。命をいただくだけではなく、そういうこともあって、人は罪深いというわけだ」

「なーるほどねえ。おいら、ちょっとは賢くなった気分だよ」

季蔵は三吉に留守を頼んで支度を済ますと浅草御蔵前八幡宮へと向かった。

放生会は富岡八幡宮をはじめとする市中に数カ所以上もある八幡宮の祭事であり、季蔵はそこかしこに溢れている放生会に加わる人たちの群や、「放し亀、放し亀」、「放し鳥、放し鳥」と売り声を上げている振り売りたちとすれちがった。

「今年は放鰻がさっぱりでね」

見知った鰻屋に声を掛けられた。

放鰻は振り売りからではなく鰻屋からもとめる者たちが多いのだが、

「以前は放す数や鰻の太さを競ったもんだが今年は子どもが川で捕って来たってえ、こんな小さな鰻を放してる。こんなんだぜ。これで御利益なんてあるかねえ」

鰻屋は中指ほどの大きさの鰻を掲げてぼやき、

「おかげでこっちに放鰻のお鉢が廻ってきちまった。まあ、鰻屋だから仕方ねえがこの始末よ」

そこそこの大きさの鰻の入った桶をばちゃんと音を立てて川にぶちまけると、居合わせた子どもたちがこぞって川に入って鰻たちを追いかけ始めた。

「〝また捕まえて放し鰻、放し鰻〟って一句できたぜ」

「もう一桶残ってるじゃありませんか」

「ああ。今度は〝戒名を鰻に聞かせて放すなり〟と行くぜ。今みてえな時はおやじの苦労が身に染みる」

「結構なことです」

微笑んだ季蔵は鰻屋と別れて先を急いだ。

浅草御蔵前八幡宮の境内は放し亀、鳥、泥鰌売りで賑わっていた。鰻屋はご公儀御用達の一軒きりで形ばかりである。

——去年まで並んでいた鰻屋がここに一軒しかないとは——。放し亀や鳥、一つっても世相というのはこうも変わるものなのだな——

季蔵は先ほどの鰻屋のぼやきを思い出した。

鮎めし作りのための材料や釜、七輪等を背負ったまま、季蔵は勝手口へと廻った。

「鳥谷　椋十郎(りょうじゅうろう)様のお役目で参りました。どうか厨へご案内ください」

　と告げると、

「こちらへどうぞ」

　神官見習いの若者が案内してくれた。

　そこで飯が炊き上がる間に鮎を焼いて醤油と絡め、炊きあがったら、飯に載せて蒸らした後、供す。汁は拵えず熱いほうじ茶を添えた。

「あちらでお待ちでございます」

　季蔵は浅草御蔵前八幡宮の奥まった客間へと、長い廊下を歩いて鮎飯の入ったお重と茶を運んだ。

「ここでございます」

　神官見習いが障子(しょうじ)を開けた。

　床の間を背にした上座に鞍馬屋伊平がどっしりと座っていた。

　――やはり、そうだったか――

「いつぞや、イサキをお預けした海助(うみすけ)です」

　伊平は野太い声を出していた海助の時とは異なる、品位のある穏やかな物言いと声音で挨拶してきた。

様子もほとんど裸身だった海助の時とは違っていて、役者風に大銀杏の髷を結い、両袖と裾に薄くぼかしをきかせている、空色の青海波模様の着流し姿が似合っている。とはいえ、立ち上がればあの時の海助がそうだったように、眩しいほど切れのある身体つきであることは間違いなかった。

——江戸人は粋な格好良さに目がない。五平さんが噺にしたそうだったのも、気の毒にも殺された中村舞之丞が恋い焦がれていたのもわかるような気がする——

「塩梅屋の主、季蔵と申します」

季蔵は膝を折って頭を垂れると、

「まずはこれをお召し上がりください」

できたての鮎飯を勧めた。

「イサキを預けた時もそうでしたが、八つ時に何か飯物を持参するようになぞと試すようなことを言ってすみませんでした」

そう詫びつつも伊平はお重の蓋を開けて、

「何ともいい匂いですね」

すでに箸を手にしていた。

それから季蔵には長い時に感じられたが、伊平は黙々と食べ続け、一度も箸を置かなかった。

「いやはや、驚いたというほかはない素晴らしいお味です。鮎飯といえば、焼いた鮎を飯に炊き込むとばかり思い込んでいたので意外でしたが最高です。ところで、この鮎飯は、わたしの先祖が江戸を追われて、上方(かみがた)で廻船(かいせん)等の商いを続けてきたとお知りになった上でのものですか？」

青海波のように穏やかな波がどこまでも続いているかのようだった相手の表情が、ほんの一瞬厳しく変わった。

「はい、おっしゃる通りです」

応えた季蔵は、

「長く上方におられるとはいえ、江戸者は皆醬油好きです。上方で好まれるものなどではないごく普通の濃い醬油を好みます。あなた様がこの市中で高級料理屋という、ご公儀の手前、少々危険で大仕掛けな商売をなさるというのは、ご先祖様の無念晴らしという向きもおありでしょう。ですが、わたしはやはり、それ以上に、お父様がこの江戸の味を慣れ親しんだ上方の味と比べて、勝るとも劣らぬほど好んでいらっしゃるのだと感じました」

「それで鮎を頭付きで捌(さば)いてくれたのですか？」

「はい」

上方では鰻も頭を付けて捌いて供すものであった。

「そしてこれほど濃い醤油のタレを絡めたのは江戸、関東風ですね」

「ええ」

「でも、鰻の蒲焼きのように甘辛だれではなかった——」

「醤油と砂糖を混ぜた甘辛だれは強い味です。脂の多い鰻ならその強さに負けませんし、団子なら、葛粉（くずこ）で伸ばしたやや薄目の甘辛だれで美味しいみたらし団子になります、ところが鮎ともなると、あの香（かぐわ）しい天然の河川の香気を保つには甘辛だれは強すぎるのです。醤油は鮎の香りを引き出してさえくれるのです」

「何と醤油とはたいしたものではありませんか」

「そうです。上方の方はとかく醤油好きの江戸者を何でも醤油の味馬鹿のように言っていますが、わたしはもっと上方の方々に醤油の良さをわかってほしいと思っています。ところで、ご先祖様が江戸を追われて久しいですから、ひょっとしてお父様は江戸にいらっしゃったことがあるのではありませんか。聞いただけではなく味を確かめたことがあるように思います。だからこそこの江戸と上方の良さの両方が加味された料理を供されたいのではないでしょうか？」

季蔵は率直に話を進めた。

六

「そこまでわかっていて、味楽里をお引き受けいただけるのですね」

伊平は再び穏やかそのものの様子で念を押した。

「わたしの知人夫婦に手を貸してもらうということであれば——」

季蔵の言葉に、

「それは何よりですよ」

応えた伊平は、

「〝市中料理屋十傑〟の塩梅屋を味楽里のために畳ませるわけにはいきませんから」

と言い添えた。

「ご配慮ありがとうございます」

季蔵は心から礼を言い、

「ありがとう」

伊平も倣（なら）った。

「実は味楽里の開店に際してはどうしても催してほしい宴（うたげ）があるのです。これについては、突然申し上げると困惑されてしまうと思いますので、順を追って簡単に説明いたします。放生会の成り立ちと深い関わりがございまして。まずは放生会についてお話させていただきます」

そう前置きして伊平は放生会について語りはじめた。

「人々にとっての放生会は、生きものの命を尊ぶことで先祖への供養とする便宜的な風習と化しています。上方では鳥や亀が虫を餌とすることからでしょうか、放生会に除虫の意味を兼ねています。とはいえ放生会はこれだけのうわべではないのです」

そこで伊平は一度言葉を切ってから放生会の来し方を話し始めた。

「放生会は八幡信仰の一つで、はじまりは千年以上前の隼人慰霊にあるとされています。この頃大隅や薩摩の隼人と言われた者たちが朝廷に弓を引いたのです。これを討伐した後、報復を恐れて慰霊したのが放生会事始めです。その後、殺生諫めを加え、遊猟を止めさせた結果、病が遠ざけられ、寿命が延びるとまで信じられるようになり、全国津々浦々に八幡信仰の放生会が伝えられて根付きました」

ここで伊平は一度言葉を切って、

「大隅や薩摩の隼人は生きものと一緒だったということですよ」

やや皮肉な物言いをして、

「ようは放生会の本を正せば政を行う側にとっての便宜だったということです。つまりその時々の治世者たちが続けてきた、人々を従わせるための効果的な手法であったとわたしは考えています。そしてこうした政に食べなくては生きていけない、わたしたちが必要以上に巻き込まれ、翻弄されるのは遺憾の限りだと思うのです」

言い切った伊平に、

「鳥屋は魚屋を兼ねてはいけない、力や富は分散させてこそ、政は安定するという御定法にも反対なのですね」

季蔵は念を押した。

「あえて反対しなくても、いつしか無理な御定法は崩れていくものとわたしは思っています。わたしがこの江戸であなたに味楽里をお任せできるのも、時と世相とがその方向に動いたからに他なりません。そろそろお願いの本題に入らせていただきます。わたしの年老いた父のために、味楽里の開店前に儀式を兼ねた一世一代の宴を開いてほしいのです」

伊平は切り出した。

「儀式を兼ねた宴とおっしゃられても見当がつきません」

季蔵が首を傾げると、伊平は床の間に置かれていた風呂敷包みを手繰り寄せ、

「この中には『四条流包丁書』のうちの鳥料理の秘伝と『包丁聞書』に書かれていたものを書き写したものが入っています。この国で編まれたり記されたりして流布されている料理書には、さまざまな百珍をはじめ、秘伝抄にも鳥料理の記載はほとんどありません。知る人ぞ知る『四方八方料理大全』にも鳥獣料理が多数ありますが、あれはこの国に限った料理ではほとんどなく、鳥獣を常食している国々のものですから例外です。上方の水鳥屋として頂点に立ち、やがて廻船問屋をも商い、さらによろづ天神としてありとあらゆる売り買いの便宜をはかってきた父だからこそ、この秘伝中の秘伝である、我が国ならではの鳥料理書の写しを入手することができたのです」

　季蔵に向けて包みを差し出した。

「どうか受け取ってください。そして是非とも父の悲願を叶えてください」

「悲願とおっしゃられても――」

　正直季蔵は困惑して、

「いったい、何をどうされたいのかわかりません」

　受け取れなかった。

「一言で言えば、古式ゆかしき決まりに沿った、かつて京で供されていたような宮廷鳥料理の再現です。お渡しする物に、どのようなものであったかが記された箇所がありますので、どうかご覧ください。そして必要なものがございましたら、何なりと烏谷様を介しておっしゃってください。父の花道にも通じる宴でございますので費えは惜しみません。どうかよろしくお願い申し上げます」

伊平は深く頭を垂れた。

こうして季蔵は『四条流包丁書』等鳥料理の秘伝を写したものを持ち帰り、塩梅屋の離れに籠って夜通しこれをつぶさに読み解くこととなった。

まずは足利将軍の頃にすでに食されていた野鳥の数の多さに驚かされる。

鶴、白鳥、雁、鴨、雉、鷺、鶉、雲雀、鳩、鴫、雀、水鶏、桃花鳥等――これらの野鳥の中でも、例えば鴨は真鴨、子鴨、尾長、軽鴨とあるように、種類の違いによって数を増やせば百五十種はくだらない。

さらに驚かされるのは野鳥食いを巡るさまざまなしきたりであった。以下のようにあった。

・鶉の盛り付けでは両方の羽を広げてその上にヒバを置くこと、これを羽改敷という。

・鴫の焼き鳥では羽改敷ではなく柿の葉を敷き盛る。

・焼き鳥を食する時には男は別足（もも肉）、女は引垂（胸肉）とする。陰陽五行説によれば別足は陰の食べ物であり、引垂は陽の食べ物である。陰である女は陽を陽である男は陰を食することで、和合の心にかなう。

・朱雀帝の治世の頃（九三〇年から九四六年）、足が四本ある鳥が出現し、天下泰平が続いたことからこれを瑞兆とし、以降鳥の別足は二本とも立てて盛り付けることとなった。

ここまで読んだ季蔵はいささか眠気を催してきたが、おそらく『四条流包丁書』『包丁聞書』の写しとは別に書き写されたらしい墨色、手跡の次の一文で目が覚めた。

野鳥は食するためのものであっても、ふさわしい飾りを必要としている。鷹狩りなどで捕らえた鳥は木の枝に結びつけてまずは鑑賞しなければならない。これを鳥柴という。春には梅、秋冬は松の枝、椚等も用いられる。桜はすぐに散ってしまう不吉さゆえに忌む。

――これはおそらく捕らえて骸になった鳥を木の枝に結びつけて生きているように

見せた後、食するということだろう――

季蔵は冷や水を浴びせかけられたかのような衝撃を受けた。続きはまだある。

木の枝の上に冷たくなった野鳥の骸を飾って愛でた後は、枝から鳥を外して野鳥料理に舌鼓を打つ、これが野鳥料理の真骨頂であった。季節感を醸し出す風趣を典雅な装飾と見做すと同時に、胃の腑も同様な感動で満ちる。まさに野鳥食と文化の合体であり、これほど尊く素晴らしい野趣と美食はあり得ないであろう。

――まさか、伊平さんはこれを再現しろというのでは？　まだまだ暑いこの最中に？――

季蔵は僅かなうたた寝の間に鳥柴の夢を見た。

木に蔓を伸ばして咲く、橙色のノウゼンカズラの花の枝があった。これはなかなかいい選び方だと思える。濃桃色の花が暑い時季らしく艶やかな夾竹桃には毒がある。宴にはふさわしくない。

いつのまにか、そこに雀が何羽も首に紐を巻かれて吊されていた。目は乾き羽は煤けていてもちろん死骸である。麝香が焚かれていて、腐臭と混じり合った堪らない臭いに、「勘弁してくれ」と叫んで目を覚ましていた。季蔵の悲鳴に驚いて飛び起きた虎吉が「にゃああ?」と案じる鳴き方をした。

七

一度目を覚ますともう眠れなかった。鳥柴なるものの実現の可能性について考え続ける。

――この残暑の折、鳥の死骸を枝に括り付けておいた後、料理して皆で食するなど如何に上方に伝わる鳥料理の伝統とはいえ、この江戸で通用するとは考えられない。たとえ伊平さんの父君を囲むささやかな宴であったとしても、ご公儀に知られればただ事では済むまい。それこれ、西のよろづ天神が東の鳥あずま講の乗っ取りを図って、ご公儀をないがしろに水鳥屋商いを独占しようとしているかのように疑われて、厳罰が下らないとも限らない。そうなったら高級料理屋味楽里の開店など吹っ飛んでしまう。そもそもここは将軍家のお膝元で武家の町なのだ。武家にまつわっての食物の禁忌は徹底していて、そのいい例がコノシロだ――

コノシロはシンコ、コハダ、コノシロと名を変えるが出世魚ではない。五寸(約十五センチ)ほどになるコノシロが一番廉価とされている。コノシロの名の謂れは大漁が見込める魚ゆえ、飯の代わりにできる魚、飯代魚と言われ、飯も雑炊に入れる魚肉も共にコ、コオと言われていたことからコノシロとなった。

ところがこの魚を焼くと人を焼いた時のような強い臭いがすると言われはじめた。それが人の死骸の腐敗臭と重なって、出産後、子どもの健やかな成長を祈って子どもの身代わり、子の代としてコノシロを埋めるようになった。

さらに焼いてもそのままにしておいても漂う死臭が極度に忌まれ、武家社会では〝この城を食う、焼く〟の意味に転じ、ついては腹の皮が破れやすいことから、腹切り魚として武士の切腹の際に供える魚となった。

──鍛冶屋殺しと言われているイサキでさえ多少、気掛かりになっているというのに、死臭を宴に持ち込む鳥柴などとても引き受けられることではない──

悩み抜いて朝を迎え、虎吉に餌を与えようとして縁側を見ると姿がなかった。

「虎吉、虎吉」

呼びかけて裏庭を廻ると虎吉は実のつきはじめた枝豆の傍にいた。追いかけて捕らえた雀をじっと見下ろしている。

──鼠ならいざ知らず、何も雀を追わずとも──

そんな言葉が口から出かかった季蔵だったが、獲物として命を絶たれた雀を見つめている虎吉の目は気高くおごそかだった。

――枝豆の太りかけてきているさやの中の実を守ってくれたのだな――

「よくやってくれた、ありがとう」

季蔵が礼を言うと、虎吉はちらとほんの一瞬季蔵の方を見た。その後は、またじっと雀の死骸に見入っている。

――気にもしていなかったが、おそらく虎吉は鼠、雀の別なく捕らえた獲物を誇らしく観ているのだろう。捕らえることのできた自分の力を誇るかのように――

この時、季蔵は鳥柴について、

――そうだった、これだったのか――

天啓を受けたかのような気がした。

――死骸を枝に吊して観て食する悪趣味なのでも、上方に伝わる貴族一流の矜持などでもない。これは食するために捕らえた鳥への供養なのだ。鳥の神がいるとしたらその神への限りなき謝意そのものなのだ――

そう考えると季蔵は是非とも鳥柴の儀式は行うべきだと思い至った。

――しかし、死臭だけは何とかしたい。死臭とは無縁の鳥柴を拵えることはできぬものか――

季蔵は朝餉のための飯炊きの間、米が煮える香しい匂いの中で懸命に考え続けた。

――死臭ではない、対極の食をそそる芳香こそ宴にふさわしい――

――そうだ――

季蔵は思いついて、飯が炊き上がって蒸らしてかき混ぜた後、飛び立つ思いで離れへ行った。納戸に重ねてしまってある分厚い書物を探して広げた。

さる西国の藩主が部屋住みの頃、刺客に追われる境遇に陥った際、命の危険が迫った急場を助けた季蔵に書き残して贈ってくれた『四方八方料理大全』であった。

懸命に一通りは読破していたので思い当たった箇所はすぐに見つかった。

西洋と呼ばれる遠い大陸の地では、我が国では厳しく禁教とされている宗教がほぼ全土を千年もの間支配していたという。この千年を中世と称すとのことである。

この中世において興味深く、不可解なのは貴族たちの饗宴で伝えられてきている一場面である。

これぞ饗宴のかっこうの見せ場とされているが、パイなる小麦粉と牛酪（バター）の層で作られた大きな花形の焼き菓子に刃を入れると、生きた鶫が勢いよく飛び立つのだという。生きた鶫をパイ生地の中に入れて石窯で焼けば当然鶫は焼け死んでいる。焼き上がったパイに切り口を作って生きた鶫を入れ、口をふさいだとしても、鶫は中で死ぬまで暴れるだろう。どう考えてもこの趣向は成り立たない。

飛び立つはずの鶫がせめても骨付き肉になってパイと一緒に食せるのならまだしも、羽付きのまま死んでいる様は宴にふさわしくない。

これはどう考えてもおかしな趣向であり、パイと一緒に合わせて美味に食することのできる、鶫を模した菓子が入っていたのではないかと推察する。

といっても何かを模すことのできる菓子の技は、我が国の上生菓子である練り切りや干菓子に比べて西洋では遅れを取っている。西洋中世に繊細な菓子の技は確立しておらず、中世以後のアントナン・カレームなる天才菓子職人によるところが大きい。カレームなら鶫の形に拵えたピエス・モンテ（工芸砂糖菓子）を供する寸前に、パイに差し入れるだろう。ともあれ、カレームのいなかった中世の饗宴の折、いったいパイに何を入れたのかは謎であり大いに興味深い。


——たしか、この話は嘉月屋の嘉助さんからも聞いたことがあったな——

季蔵は嘉月屋の主の嘉助が念願の大奥お出入りを賭けた市中の菓子競争の折、見事、第一等に輝いた時のことを思い出していた。

——嘉助さんに相談に乗ってもらおう。しかしその前に助っ人の豪助に話しておかなければ——

「おっはよう。いつまでも暑いよね」

三吉が出てきたところで、季蔵が、

「ちょっと出てくる」

豪助のいる船着場へ行こうとした時、

「これは蔵之進様」

珍しく朝早くに蔵之進が塩梅屋の戸口に立った。

「お奉行が呼んでおられる」

「わかりました」

季蔵は素早く支度を済ませると蔵之進に従った。

蔵之進の足は奉行所ではなく、大名屋敷が居並ぶ青山(あおやま)へと向かっている。

「もしや、これは——」

季蔵が呟くと、

「そのもしやだ。お奉行は大目付(おおめつけ)のご用も兼ねておいでだ」

大名家を管理、監督するお役目が大目付であったが、やみくもに見張って取り潰(つぶ)すことが目的ではない。難儀な事態に陥った大名家に適確な助言を与える役目をも担っている。大名家の数は多く大目付は多忙である。そこで大名家の留守居役、江戸家老たちとも長年よしみを通じていて、信頼できる町奉行におよその任を任せているのだった。

町奉行としては表立って公言できないものの、知る人ぞ知るの大目付様代理というお役目はかなりの誉れであった。

「つまり大名家の大事でわたしをお召しになるというわけですね」

「そういうことだな」

蔵之進は無言のまま歩き、国北藩五万石の門前で、

「大目付様代理の配下の者である。お通し願いたい」

声を張ると、

「はっ」

二人の門番は深く頭を垂れて道を空けた。

玄関口では二十四、五歳の侍が青ざめた緊張した面持ちで迎えて、

「大目付様代理様のところへご案内いたします」

先に立って廊下を歩き始めた。

驚いたことに烏谷は斃れている髷に白髪が交じった骸と同じ部屋にいた。畳には夥しい血が流れていた。部屋は書斎らしく四方の壁には漢籍の類がぎっしりと並んでいる。

「ご苦労であったな」

烏谷は一応、季蔵と蔵之進を労って、

「ここで亡くなっているのは国北藩江戸家老川村総左衛門殿である。大目付代理の任に就いてから、二、三度宴席に呼ばれたことがあった。わしは無理は禁物だと諭していたのだが当人は思いつめてこんなことになってしまった」

まるで亡くなっている理由に見当がついているかのような物言いを続けた。

「自死と思うが骸をいつものように検めてくれ。そうすれば遺された者も得心するであろう。先ほど案内してきたのが総左衛門殿の嫡男、総太郎殿である。武家屋敷で死んだ者の詮議は町方にはできぬゆえ、たいていがどんな事情でも病死として片付けられる。しかし、中にはそれに得心できぬ者もいるのだ。総太郎殿にとって父君ともなれば尚更であろう」

第五話　鳥柴の宴

一

烏谷の淀みない口調に、

「しかとお役目申し仕りました」

応えた季蔵が骸へと近づこうとすると、

〝わかっておろうがどうあってもこの検めは自死だぞ〟

蔵之進が耳元で囁いた。

〝そして身体も着衣もそのまま、そのまま。決して動かしたり触れてはならぬ。よいな。あ、そこで止まって検めよ〟

さらに続けた。

――これでは骸検めになどならぬではないか――

季蔵はまず腹部に突き立てられている刀と、障子と柱の上部に跳ね上がっている血の痕を交互に見た。次に俯き気味の顔を見たが目は閉じられている。

「もうそろそろよいであろう」

烏谷の言葉に蔵之進が廊下へ続く障子を開けた。

「国北藩江戸留守居役川村総左衛門殿はことのほか茶の湯がお好きであった。それでご子息総太郎殿と茶の湯でお送りしたいとわしが申して、用意していただいている。総太郎殿は離れの茶室でお待ちになっておられる」

烏谷はやや湿った口調で言った。

「ご案内致します」

三人は先ほどの若侍に従った。

「わたくしどものためのお役目、まことに恐悦至極、ご苦労様でございました」

総太郎は重々しく頭を下げた。

点前で、添えられた菓子はコノシロを象った白い落雁であった。

――すでに自死されたと思われているのではないか――

季蔵は疑問に感じた。

「この者も検めた通り、お見事な御最後でございました」

烏谷は一言一言噛みしめるように言った。

「やはり、そうでございましたか」

厳しかった総太郎の表情が幾らか和らいだ。

「大目付代理のわたくしが検めたとなれば無用な詮議はありますまい。心配ご無用でございます」

烏谷の言葉に、

「これはささやかながらお検めいただいた御礼、お納めください」

総太郎は用意してあった金子の包みを差し出した。

「そうですか、それでは有難く」

烏谷は片袖にしまうと、

「お父上の御無念はこちらの榮姫様のご縁談のことであったかと思います。それであのように思いつめられておしまいになった――。わたくしも相談は受けておりましたが、まさか、ここまでお悩みが深かったとは――」

顔を伏せたままでぼそぼそと呟いた。

「お輿入れをしなければならないというのに持参する金品が足りぬというのは、無礼千万であると普段穏やかな父も、この時ばかりは憤懣やる方ない様子でした。つい最近、輿入れが遅れ気味だった榮姫様を案じていた御生母様が、お亡くなりになったこともございまして、忠義者の父は心痛の極みだったのだと思います。責めを負っての死は本望であったはずです」

総太郎は涙を見せまいと歯を食いしばった。

「総左衛門殿の心残りはやはり榮姫様のお輿入れでございましょうから、この大目付代理烏谷椋十郎、多いとはいえないまでも多少の伝手を辿り、こちらの家格にふさわしいお家との縁組みを必ずお探しいたします。どうかご安心くださいますよう」

烏谷は言い、

「どうか、どうか、よろしくお願いいたします」

総太郎は幾重にも頭を下げ続けた。

国北藩江戸屋敷を辞した三人は、南町奉行所の方へと通じる辻で、

「それではわたしはこれで」

蔵之進が抜けた。

二人になったところで、

「言いたいことがあるだろう」

烏谷が季蔵に水を向けてきた。

「蔵之進様はご存じに違いないので申し上げませんでしたし、お奉行とてお気づきでしょう?」

季蔵はむっつりとした面持ちで言った。

「国北藩江戸留守居役の川村総左衛門殿が切腹したのではないということか?」

応える代わりに季蔵は大きく頷いた。

「総太郎殿とのやりとりなど、そちには馬鹿げた茶番に見えたことであろうな」

季蔵は無言を通した。

「それでは言うてみよ。川村総左衛門殿はどのようにして死んだのか?」

烏谷の問いに、

「斬り殺されて死んだというべきでしょう。敵は背後から左脇腹を一撃しています。これは切腹に見せかけるための細工です。不意を突かれた総左衛門様が倒れかかったところを前に廻り、腹部を深く刺したものと見受けられました。後から襲われた総左衛門様は物音に気づかれて立っておられたのでしょう。総左衛門様はお背が高い。それで右腹部を刺された時、障子と柱の上の方に血が跳ねて付いたのです。座らされ切腹の形で腹を刺された時に跳ねた血は、どれも障子と柱の下方に付いていました」

季蔵は見た通りを口にした。

「そうであろうな」

烏谷はあっさりと頷いた。

「大目付様代理のお奉行様とご一緒するお役目はわからぬことが多すぎます」

季蔵はやや苦情めいた言い方をした。過去に佐賀藩主の側室絡みの化け猫騒動や、名無しの城のようなお屋敷の嫁とりなど想像もつかなかった数々の事件に関わる羽目になっていた。

「今回のはあそこまでではあるまいて」

などと烏谷は勝手に決めつけたが、

「自害でもない死に方を偽るのはよろしくないとわたしは思います」

「そう目くじらを立てるものではない。あれは表向き、よくある弱小外様大名の処世なのだから」

「表向きとは？」

季蔵はその言葉を聞き逃さず、

「川村総左衛門様は自害を装って、殺されなければならない理由でもあったというのですか？」

追及した。

「そちはますます冴えてきたな」

「おっしゃっている通りには受け取れません」

「冴えてくれば深みにも嵌まるということだ。ああ、しかし、もう深みのとば口には立っているか――ならば話そう。川村総左衛門殿は国北藩の存続を含む体裁のために大名商いをなさっておったのだ」

「大名商い？」

「寺商いと同じだ。公儀には秘して密かに作った品をよろづ天神に頼んで売り、窮迫している藩政の足しになさっていた。これもその一つだ。総左衛門殿の書架に並んでいる本と本の間に見つけた」

烏谷は片袖から見たことのある蓋付きの壺をばらばらと取り出した。薄荷の匂いが洩れ漂うのを何とか抑えるために布でくるんであるが、それでも匂いは漂い出てきていた。

――お奉行の傍にいて感じた清涼感とはこれだったのか。てっきり庭の薄荷の移り香だとばかり思っていたが――

「それはまさに瑞千院様のところの寺商いの品ですね」

「秋になってもまだ凌ぎにくい今年の暑さには欠かせないと、大名家間で評判の薄荷油だが、これを作る器械を入手して作ろうとしても、清々しく、鮮烈な香りが得られず、瑞千院様のところのもの、実はお涼の庭の薄荷でできる油が一番だそうだ。そういうわけでこれは相当な高額で売り買いされている」

「江戸留守居役の川村総左衛門様は薄荷油をもとめたがっている方々をご存じのはずですね」

季蔵は瑞千院にもとめられているのは人脈だと聞いたことを思い出した。

「当初は薄荷油をよろづ天神から買っていただけの総左衛門殿は、他の大名家の知り合いを紹介してほしいと言われて応えるようになり、いつしか仲介の仲介をしてしまっていた。総左衛門殿をよろづ天神に紹介したのは、案外、総左衛門殿の人の良さと迂闊さを知っていた留守居役仲間だったかもしれぬが、今はもうそこまで突き止めたくはない。総左衛門殿とて、よろづ天神から驚くほど高額な仲介料を得るまでは、さほどのことをしているとは思ってはいなかったはずだ。そしてそれからは公儀の意向に反することだとわかっていても、もう止められなかった」

「榮姫様のお輿入れのお支度に金子が入り用だったのですね」

「左様。総左衛門殿は忠臣の鑑すぎた」

「それでお奉行様はこたびのことをあのように始末されたのですね」

「国北藩が大名商いをしていたと公になって詮議が進めば、国北藩に限らず弱小の外様大名の半数は厳しいお咎めを受けるであろうし、わしが親しくつきあっている江戸留守居役たちの多くが腹を切る羽目になる。わしはどうしてもこの沙汰に何の意味も見いだせぬのだ。わかるか？」

二

季蔵はそれには応えず、

「楽屋で斬り殺された中村舞之丞の元にも瑞千院様ゆかりの薄荷油がありました。この件をどのように始末されたのか、わたしはまだ伺っておりません」

気になっていた一件を追及した。

「そちとて瓦版の大騒ぎぶりは知っておろうが」

「男女身分を問わずの淫行が祟って、痴情のもつれで殺されたのだろうとされていました。刀が使われたのだから男だろうとか、あれだけの滅多刺しは刀を持ちだした女だろうとか。一切薄荷油やよろづ天神は名指しされておりません」

「そのようにわしがはからった」

烏谷のこの言葉に、

「なぜ、そこまで真実を隠そうとなさるのです？」

季蔵は鼻白んだ。

「あれも公になっては大事（おおごと）になるからだ。よろづ天神と商いしていた舞之丞の罪過が中村座にまで及んだらどうなる？　中村座は解散させられ、役者たちは食っていけなくなる。何より市中の連中の楽しみが奪われるではないか。わしは人を不幸にする真実などない方がいいと思っている」

「では鳥屋（とりや）六人衆をよろづ天神に惨殺（ざんさつ）されたと信じている鳥あずま講の連中が、よろづ天神への報復を続けるのを黙って見ているのですか？　あと四人、鳥あずま講たちは市中のよろづ天神に関わる人たちを殺し続けるかもしれないのですよ」

「それはこの二件の殺しが鳥あずま講の仕業と見做（みな）してのことだろう」

「ええ、たとえ鳥あずま講が手を下さずとも、金で殺しを頼めば容易に行われてしまいましょう」

「なるほど。鳥あずま講とよろづ天神との血で血を洗う抗争というわけだな」

そこで烏谷はにっと意味ありげに笑った。

「商いと関わっての政（まつりごと）はそれほど単純ではあり得ない」

言い切った鳥谷は、

「ところでよろづ天神の長である鞍馬屋伊平とはどうであったか？」

話の流れを変えた。

「見た目もさることながら人柄も申し分なく、商いへの真摯な信念に感じ入りました」

「そうであろう、あれよ、あれ」

「男が男に惚れるというやつでございましょう」

「そう、その通りだ」

「伊平さんとのお話でお父様が息災であることを知りました」

「ほう、隠居したとは聞いていたがまだ生きていたのか」

鳥谷は声だけ驚いていた。

――またお奉行一流のお惚けだな。息災を知っていたはずだ――

「お父様というお方はこの江戸におられた頃、いったいどのようであったのでしょうか？」

季蔵は訊いた。

「それはもう時の寵児よ」

鳥谷は懐かしむように言った。

「大関、千両役者、と言われたほどだ。わしも真似て養家を飛び出し、飲む、打つ、買うの暮らしぶりをしてみたことさえあった」

「ようは俠客ですか？」

「そういうことになろうな。その上、強きをくじき弱気を助ける、良き俠客ぶりでたいそうな人気だった。男ぶりは倅以上だったが、錦絵に描かれるのだけはきっぱりと断っていた。垣根のないつきあいが好きで、賭け事や女、大小の商いから夫婦喧嘩まで、誰かれかまわず、それはそれは懇切丁寧に話を聞いて世話をしてやっていた。川魚と水鳥を一度に捕える便利な方法を編み出して、猟をする連中に教えたり、買い上げたそれらを仲介する魚鳥屋として大成功していた。その上賭博の大胴元だったのだが、天災が起きた時など剛気な振る舞いで皆助かった。流れた橋を架ける折には大枚をはたいてくれたのだからな。その時の橋はまだ便利に使われていて、今ある江戸の恩人とも言える」

「そこまで市中に尽力していたというのに、上方へ再び追われるというのは理不尽ではありませんか？」

「理由は伊平の父の伊三郎がほとぼりが冷めたとはいえ、目立ち過ぎ、密漁の咎がかかったとされている。讒言したのは殺された鳥屋六人衆の肝煎、日本橋屋と、後の五人の父親たちだったとされている」

「それゆえに今、江戸にて味楽里開業を前にして、伊三郎さんの一件の報復があのような惨事で成し遂げられたというのですか？　そしてそれを指示したのは鞍馬屋伊平さんだと？　わたしは伊平さんにお会いしましたが、とてもそのようなお方だとは思えませんでした。過去に拘らずひたすら前を向いているようなお方でしたので」

「とはいえ、そちも鳥柴のことでは難儀したであろう」

烏谷は顔を顰めた。

「ええ。如何に古式ゆかしき宴に欠かせないものであっても、今、この江戸で鳥の骸を宴に飾るのはいかがなものかと――」

「わしもそう思って止めたのだがそれが伊三郎の長きに渉る悲願で、伊平はどうしても叶えてやりたいと言っている。伊平とよろづ天神には常に見えない目が光っている。これを行えば必ずお上の知るところとなる。何とか思い留まらせる法はないものなのか？」

珍しく烏谷は頭を抱えた。

「わたしも伺った時はそのように考えましたが、やはり鳥柴は伊三郎さんの宴にのみならず、鳥商いをする者たちには欠かせないものだと思い到りました。なぜならこれは鳥商いにおける原点である狩猟の首尾を讃えることであり、食する前に奪った命に向き合うのは供養につながると感じたからです」

そこで季蔵は捕獲した雀を見つめていた虎吉の話をした。

「ほう、猫は捕らえた物を弄んで殺すというが、あの虎吉ならばそのようであってもおかしくはないかもしれぬな。猫の虎吉に人の道を教えられるとは思わなんだ」

烏谷はため息をつき、

「それと先代から聞いた話では、蝦夷地の民には熊祭りなるものがあって、熊を囲んで感謝の言葉や舞を捧げた後、食するとのことです。鳥にもそれに似た形があるべきなのかもしれません」

季蔵は言い添えた。

「しかし、鳥の死骸を木の枝に飾るのだけは困る。我らまでこれものになりかねない」

烏谷は揃えた手指を首筋に当てた。

「嘉月屋のご主人の嘉助さんに相談して、菓子にて鳥を拵えてみてはと考えています。これなら宴にて食することも、お土産にお持ち帰りいただくこともできましょう」

「なるほど菓子の鳥を飾ったとて罪にはなるまいからな。ただし――」

「まだ、何か危惧がおありなのですか?」

「この宴を伊三郎の正式な隠居の儀式と見做す者もおる。伊平が二代目伊三郎を襲名するのだと――」

「父親の伊三郎さんはすでに息子の伊平さんに鞍馬屋を譲られているはずではありませんか」

「上方の連中はそれをわかっておろうが、こちらでは、表向きはそうだが、裏では父親の伊三郎が陰然と牛耳っていると見做す向きがある。あちらでならいざ知らず、こちらでのこの手の宴はまず狙われる」

「鳥あずま講の一派にですか?」

「それもあり得るが、上方にて鳥商いを行っていて、鞍馬屋に取って代わりたい奴らもいるだろう。そんな奴らに上方の伊三郎も見張られていて、襲名前か、間に合わなければその席で親子が殺されてもおかしくない」

「上方のその手合いが鳥屋六人衆をはじめ、よろづ天神と商いをしていた役者の中村舞之丞さん、川村総左衛門様を手に掛けたとしてもおかしくはありませんね」

季蔵は思いつくままを口にした。

「あり得ないことではない」

烏谷は首肯した。

「お奉行様は前からそのようにお思いだったのではありませんか？」

「思っていたとしても証のないものをとやかくは言えぬ。それに相手は遠い上方だ」

「長崎屋五平さんの話では、鞍馬屋さんは上方で絶大な力と信任を仲間内から受けていると聞いていたので、わたしは今の今まで、伊平さん親子を取り巻く上方の鳥商人たちと、このような血なまぐささを結びつけて考えてもみませんでした」

「絶大な力は厖大な富と直結している。信任は時に羨望と化する。人は鳥や他の生きものと異なりかくも欲深いものなのだ。所詮仕様もない地獄へしか行けぬとわかっているので、やたら極楽浄土など願うのかもしれぬな」

烏谷は言い切ると、

「菓子の極楽を是非とも鳥で作ってくれ。宴の後、しばらく眺めていたいものだ。小鳥が木の枝に群がっている様子がわしは好きだ。今まで言わなんだがわしは大きな鳥が、たとえ姿のいい鶴や白鳥でも苦手だ。これらを食することもあるのかと思うと、綺麗すぎる女の恨みをかっているようで、存外怖い」

片目を瞑って見せた。

三

――ともあれ、まずは烏柴の目途をつけなければならない――

季蔵が烏谷と別れて塩梅屋へ戻ると、

「美味しいっ」

三吉が歓声を上げていて、

「お邪魔してますよ」

嘉月屋の主、嘉助が訪れていた。

「いかがです？　お一つ」

嘉助は寒天に黄粉と黒蜜を絡めて宇治抹茶をふりかけた、如何にも涼し気な菓子を勧めてきた。匙を渡された季蔵は、

「瞬時に身体の熱気が消し飛ぶようですよ」

珍しく一気に食した。

「大奥のお出入りがなくなった後は菓子作りは気の向くまま、気楽に拵えてるんですよ。お出入り禁止になった時は念願だっただけに応えましたが、今では悠々自適な菓子作りを楽しんでいます」

嘉助は季蔵の食いっぷりに目を細めてから、

「何かとお忙しいのでしょうね。実は〝市中料理屋十傑〟に選ばれたこの店と季蔵さんのことが気になって仕様がなくて、夢にまで出てくる始末です。それが夏だというのにここが火事になる夢でして――」

案じる表情になった。

「実は折り入って、ご相談とお願いがあるのです。多少話が込み入っているので」

季蔵は嘉助を離れへと案内した。

昼寝中の虎吉は起き上がると嘉助の傍へ来て、突き出した嘉助の顔をぺろりと舐めてにゃあと機嫌よく鳴いた。

「こんな顔ですがどうやら嫌われずに済みました」

「実は――」

季蔵は菓子の鳥柴に至る経緯を話した。

「そうでしたか。やはり〝市中料理屋十傑〟にまで選ばれると、途方もない話に巻き込まれるものなのですね。大奥お出入りを賭けた勝負の時は、あれこれと季蔵さんにお力やお知恵をいただきました。あの御恩は一生忘れません。それにしても今回、お役に立てそうでよかった。わたしが習得している菓子作りの手法を使えば、菓子で鳥はできると思いますから。ただ、模して拵える際に厄介なのは注文主がこれこれと指定なさることです。鳥柴なるものの場合、鳥を載せる木の枝の指定まであると材料の費えが相当かかります。でもできないことではありません。けれども、菓子ではなく自然にある木々や枝のご指定となると、夏に春の花は咲かせられないので金を積んでも無理です。四季の花々が咲き乱れるという天竺へでも行って入手してこない限り——」

「それは注文主の意向を汲んで一幅の画にするのが大変ということですね」

「そうです。自然のものならどんな木にどんな鳥が止まっていても画になり、それなりに美しい。しかしこれも鳥が生きていればこそで、わたしも季蔵さん同様、如何に古くからの宴の決まり事でも、鳥の死骸を吊るして愛でるのは悪趣味以外の何物でもないと思います」

「どんなものなら宴にふさわしい一幅の画菓子になりましょうか?」

「木々は花の咲いている梅か桃、常緑の松でしょう。今の時季なら鮮やかな橙色のノウゼンカズラがいいですね。木に蔓が巻き付いて花を咲かせている様子は華麗です。羽を休めている鳥たちは白一色が綺麗だと思います。これはさぞかしいい画になると思います」

「ノウゼンカズラはわたしも一押しでした。ただこの花の鮮やかさに負けない鳥が思いつかなくて――。白い雲の間を縫って空を飛ぶ水鳥であれば白いものは多いのですが、陸では白は目立って捕獲されやすいのでどうしてもこれというものが思いつきませんでした」

「まだ向こう様、鞍馬屋さんの細かな注文や意向を伺ってはいないのでしょう？　ここはざっくばらんに伺ってみてはいかがです？　ここをしっかり詰めないと後になって揉(も)める因(もと)です。たしかに商人任侠(にんきょう)とでも称すべき鞍馬屋さん親子さんは、男でも憧(あこが)れる方々ですが、この鳥柴は逆鱗(げきりん)に触れるかもしれない重大事です。用心にも用心を重ねるべきです」

話を聞いた嘉助は季蔵の身が一層案じられてならない様子で、年のやや離れた兄のような手とり足とりの親切さであった。

「そういたします」

そこで季蔵は烏谷を介して鞍馬屋伊平に文(ふみ)を書いた。以下はその往復書簡である。

　鳥柴の件、木と鳥の種類のお好みをお知らせいただきたくお願い申し上げます。
　こちらはお奉行様の案で橙の花のノウゼンカズラに、天女のような白く小さな野鳥たちを止まらせたいと考えております。どちらも全て菓子にてお作りさせていただきます旨、ご了解くださいますよう。

塩梅屋季蔵

鞍馬屋伊平様

鳥柴のこと、いろいろご無理をいただき申しわけございません。菓子にしてお作りいただく旨は父伊三郎も得心しております。ただし、天女のような白い小さな野鳥というのは本意ではないとのことです。父には是非とも菓子で模してほしい鳥があるので、それについては父から直にそちらへ文を届けるそうです。

鞍馬屋伊平

塩梅屋季蔵様

これと一緒に烏谷より以下の文が添えられていた。

目にも愛らしい白い小鳥菓子が堪能できそうになく残念しごく。かくなる上は鞍馬屋伊三郎の意に適うよう頼む。

季蔵へ

ほどなく鞍馬屋伊三郎よりのものと思われる達筆で以下の注文が届いた。

烏谷

五葉松に黒鶫（くろつぐみ）の群れ、田に白鷺（しらさぎ）を一羽。五葉松はこちらより運ばせる。

早速、季蔵は嘉助のところへ伊三郎の意を伝えに行った。

「なるほどこれはこちらの案とは大きく違いますなあ」

嘉助はため息をついた。

「それにこれには目立つ色がほとんどありません。花鳥を模した上生菓子は茶席で使われることが多く、茶の湯の侘（わ）びた雰囲気の中にあって唯一の華やぎです。松の木の茶と深緑、水が張られている土色の田で餌（えさ）をついばむ白鷺。まあ、白鷺の白さだけが目立ちますが、それは空が青いと想定しての鮮明さで、部屋の壁や天井ではぼやけた印象になってしまいます。でも、まあ一つ、おっしゃっていらしたように画だけ描いてみましょう」

画才もある嘉助はすぐにさらさらとこの情景を画に描いて着彩した。

「たしかに暗いですね」

田は重い焦げ茶色で、天井や壁の代わりに塗られている薄鼠色の背景は曇天を想わせた。

「水鳥屋から財を起こした伊三郎さんは鳥にくわしく、白鷺が清々しい渓流を好まず、田のタニシや泥鰌を食うことを知っておいでなのでしょう。けれどもここは思い切って、青空が映り込んでいる清々しい渓流にしてほしいものです。わたしが引き出物の落雁をこの構図でつくるならそうせずにはいられません」

嘉助は言い切り、

「それでは清流に白鷺が佇んでいる画も描いてください」

季蔵は頼んで、出来上がった二枚に文を添えて伊三郎に届くようにした。

白鷺は本来田で餌をついばむ鳥ですが、宴にはやはり明るさと華やぎが必要と考えまして、青々とした清流に白鷺が佇む様子も案に加えさせていただきました。どうか、どちらかをお選びください。

塩梅屋季蔵

鞍馬屋伊三郎様

伊三郎からではなく伊平から返事が届いた。

松に黒鶫たちが止まる鳥柴の念願が叶えば、白鷺の方は田でも清流でもどちらでもかまわないが、松には川辺の方が自然なのではないかと父は申しております。それから黒鶫、白鷺ともありのままの実寸で仕上げてほしいと父が申しております。我儘ばかりでお世話をおかけして申し訳ございません。

鞍馬屋伊平

塩梅屋季蔵様

こうして嘉助の指導の下に鳥柴作りの試作がはじまった。すでに味楽里は九分通り改築を終えている。元が旗本屋敷だっただけあって、門から玄関まで苔むして情緒豊かな石畳が続き、左右の眺めは今が盛りの白と薄桃色の萩の花であった。

「手入れの行き届いた庭木や謂れのある岩や石は他所へ移しました。味は高級料理屋であっても、市中の皆さんに口福とともに、自然な花を愛でつつ、堅苦しくない一時の喜びを味わっていただきたいからです」

と伊平は味楽里の改築について語っていた。

四

季蔵は味楽里の門の前で豪助とおしんの夫婦に行き会った。

「時も手間もかかる仕事の手伝いを快くお引き受けいただきありがとうございました」

季蔵が丁寧に礼を言うと、

「そんなことないわよ。まさか味楽里からお呼びがかかるなんて思ってもみなかったんだから。味楽里は、あたしたちがちょっとこづかいを貯めれば、たまには出入りできる高級料理屋っていう触れ込みなもんだから、皆の噂で持ち切り。開業前後のお手伝いができる上に、たいそうなお給金もいただけるってことで、あたし羨ましがられて大変」

おしんは相好を崩しかけて、

「いけないいっ。あたしただでさえ不器量なのに笑い顔はもっと酷いんだった」

緩みかけた頰や口元を引き締めた。

——この通り、もう、いろんな人たちに吹聴しちまってるんだよ——

豪助はおしんに悟られないように目を伏せて詫びた。

「漬物茶屋みよしの方はいいのですか？」

塩梅屋も続ける気でいる季蔵が案じると、

「とりあえずは善太は、今までの小女がいるから大丈夫。それとわかっちゃってるでしょうけど、うちの店、今、そんなに忙しくないから心配しないで」

おしんは屈託なく応えた。

建物の中へと入ると改築された味楽里の広い厨には竈が幾つも並び、大きな石窯も備えられていて申し分がなかった。

嘉助は折りたたんだ紙を手にして季蔵たちを待っていた。

「あら、宴に飾る、鳥に似せたお菓子を試しに作るんじゃなかったんですか？」

やや強気な物言いで、おしんは巻いた紙しか手にしていない嘉助と、どこに菓子の材料になるものがあるのだろうかと周囲を交互に見た。

「今のところはとてもそこまで進んでないんですよ。すみませんね」

おしんの気性を洩れ聞いて知っている嘉助はあっさりと頭を垂れた。

「一緒に季蔵さんの下で仕事をさせていただく嘉月屋嘉助です」

「あたし、遅いなんて言ったつもりじゃあ――」

慌てたおしんは、

「あたしは漬物茶屋の女将のおしん、こっちは船頭をしてる亭主の豪助です」

豪助の分まで述べて、

「よろしくお願いします」

深く頭を下げたのは豪助の方だった。

「あちらの注文ではこのような鳥で菓子をということなのです」

嘉助は折りたたんでいた紙を広げた。黒鶫の方は二種描かれていて、一種はほぼ全身の羽が黒く、腹側の白地にぽつぽつと黒い斑点がある。嘴と目の周りの色は黄色であった。もう一種はほぼ褐色で白地の胸から脇腹にかけて黒い斑点がある。

白鷺はその名の通り羽は全て白く嘴と頸、足が長い。鶴と白鳥を足して割ったような独特の美しい姿であった。

黒鶫と白鷺、こうして並べて描いてみると落ち着きのある静かな雰囲気を醸し出してはいた。しかし、

「宴だっていうのにずいぶん地味なんですね。いろいろな色が羽を彩ってて、皆さん、

こぞって飼ったり、見たりしたがってるインコなんてお好みじゃないんですか？」

　とおしんは洩らし、

「注文主様のご意向ですのでこの鳥たちでいきます」

　嘉助ははっきりと言い切り、

「それはもうそのように話してあったぞ、そもそもこれは漬物とは違うんだ」

　豪助が窘めると、

「あたしはただ、豪華な宴らしい飾りであってほしいと思っただけよ。それと飾り菓子と漬物を比べて漬物を下に見ないでちょうだい」

　おしんは反論し、

「その通りですよ。うちの三吉によれば、甘いお菓子を食べた後の美味しい漬物は何よりだそうですから」

　季蔵がとりなして、

「嘉助さん、この鳥の画を菓子にするにつけて、何か気掛かりなことがおありなのではありませんか？」

　と訊いた。

「はい、実は今悩みに悩んでいることがございまして」

「二種の黒鶫のことですか？」

「一つはそれです。黒鶫の雄は羽が黒、雌は褐色です。そして黒鶫といえば雌雄両方を指します。松の木に止まらせるのは雄の黒鶫だけでよろしいのか、どうか――」

「それは早速、伊三郎さんにお訊きしましょう」

結局この日は顔合わせと鳥の画を見ただけで終わり、季蔵は烏谷経由で伊三郎に嘉助からの問いを投げかける文をしたためた。すぐに返事が来た。

雌雄で雛を育てるという黒鶫は雌雄とも同数を止まらせてほしいとのことです。試作がはじまり次第、鳥柴の台になる五葉松を味楽里までお届けいたしますのでお報せください。それと黒鶫は四寸（約十二センチ）と小さいのですが数が多く、一羽だけの白鷺は三尺（約九十センチ）ではありますが、菓子でできた渓流に佇ませなければなりません。多量の黒白砂糖と粉類が要りましょう。この文と一緒に金子を届けますのでどうか、よろしくお願いいたします。

鞍馬屋伊平

塩梅屋季蔵様

これを聞いた嘉助は、

「材料の費えまでご配慮いただき、これでやっと心置きなく励めます。鳥たちはともかく、薄い藍色で染める渓流は飴で拵えますので、たいそうな砂糖の量なのですよ」

心から安堵した様子で、

「見ていてくださいね。嘉月屋嘉助、何ものにもとらわれず、空を飛ぶ鳥のような自由な心意気で、一世一代の腕を奮ってみせますから」

と気炎を上げた。

こうして渓流を背景とする鳥柴作りは嘉助に一任することができた。

「だったら、あたしたち、何の仕事をしたらいいんです？」

毎日味楽里を訪れるおしんは屋敷の中の掃除に余念がなかった。

「生来の働き者で何かしてないと落ち着かないんだよ」

豪助は船頭を続けながら、味楽里の庭の草むしりをする日々であった。

季蔵は鳥柴の一件が片付いても落ち着かなかった。

――宴の料理はいったいどうするつもりなのだろうか？――

味楽里を託されはしたものの、そこで供される料理についての指示はまだない。

――あと一月と少しで紅葉が色づいたら開業だというのに――

季蔵は自分が鞍馬屋父子に試されているのかもしれないとも思っている。

――伊三郎さんがこれほど鳥柴に拘っているというのに、鳥料理の指示がない。鳥料理は冬場が主なのでまだこれは先でいいということなのか。そうだとしたら、渡り鳥が多い水鳥は開業時にはまだ渡って来ていない。水鳥料理が主ならもう少し先に開業を延ばすべきだ。どうにも真意がわからない――

そんなある日、季蔵は八ツ時に鳥谷の来訪を受けた。鳥屋の包みを手にしている。

「これで何か作ってくれ。今日はそれほど暑くないから鍋がいい」

「わかりました」

季蔵は鳥谷を離れへ案内して七輪に火を熾した。

鳥谷がもとめた鶏はもも肉と胸肉であった。このうち胸肉をおろし生姜入りのつくねに叩いて団子にまとめ、もも肉はぶつ切りにし、昆布出汁、醤油、味醂、少々の砂糖のつゆで椎茸、白葱、小松菜と共に煮て供する。どうということのない秋から冬にかけての鳥鍋だったが、

――この拵え方を書いて配った時、瓦版に載ったほど好評だった。家で作ってみるとつくねはお年寄りや女子ども、もも肉のぶつ切りは働き盛りの男たちと、一つの菜が美味しく食べ分けられてこの上ないというものだった。古式ゆかしき鳥料理では、

鳥の胸肉は女、もも肉は男と厳しく決められていた。その目的は男女の和であるとあった。してみるとこのわたしの思いつきの鳥鍋、家族全員で楽しめて、案外、捨てたものではないかも――

そう思った季蔵の方へ、にゃにゃにゃと気弱に低く呻きながら縁側から虎吉が寄ってきた。虎吉が人の食べている物をねだるのは珍しいことだった。

「どうしたのかの？」

烏谷も案じた。

「このところ、虎吉はそちらのお涼さんのところへ戻ろうとしているのです。気になって後を尾行てわかりました。でも途中で引き返してきてしまい、ほとんど餌を食べようとはしません。真夏ほどではなくとも、そちらの家の庭にはまだ薄荷が茂っていて、香りが風で運ばれてくるのでしょう。ですので今は、どんな物でも食べようとしてくれてほっとします」

季蔵は鳥鍋のもも肉を小皿に取り分けて虎吉の前に置いた。しかし虎吉は匂いを嗅いだだけで食べようとはしない。

「虎吉よ、食うてよいのだぞ」

烏谷も勧めたが虎吉はよろよろと縁先まで戻って蹲ってしまった。

五

「鳥柴の件は嘉月屋嘉助が鳥を模してくれるという、菓子で首尾よくおさまってよかった。めでたし、めでたし」

鳥谷は温めの酒を楽しみながら、

「そちも気にかけていると思うが、鳥柴は何とか形がついたものの、味楽里で供する料理は何の目途もついていない」

と切り出した。

「そうなのです。案じる日々でした」

季蔵がため息をつくと、

「これで心配なくなった」

鳥谷は懐から一通の書状を取り出して渡してきた。

「いつもわしが仲立ちして行き来させている鞍馬屋伊平からの文だ。これにくわしいことが書いてある」

――また文か――

「鳥柴も難関でしたがさらに料理ともなると、文だけでは微妙にわかり合いにくいことも多いのではないかと思われます。伊平さんに会って直にお話は聞けぬものでしょうか？　いったいどこにおいでなのです？」

季蔵は会って、話がしたかった。

「うーむ」

腕組みした鳥谷は、

「たしかにもっともな言い分ではあるが、鳥柴を飾っての宴の当日になるまで明かすことはできぬのだ。その理由は文にも多少は触れられているはずだ。それゆえ、わしはこのように前触れもなくここへすっ飛んで来ているのではないか。問いたいことがあるならばこの場で申せ。こう見えてもわしの特技は地獄耳と千里眼だけではない。これという大事は一度聞いたら決して忘れない。間違いなく伊平に伝えるので安心しろ」

開き直り気味に相手を見据えた。

――これはもう仕方ないな――

諦めた季蔵は文を開いてまず読んだ。文は以前のものより長かった。

鳥柴の件、当方の我儘をお聞き届けいただき感謝いたします。

鳥柴が調いましたので次はいよいよ味楽里で供する料理を決めていかねばなりません。

ここでまず、申し上げておくことがございます。水鳥屋のわたくしどもの出店ですので料理は当然、野鳥、鳥料理とお思いなのではありませんか。野鳥料理は吉原近くで鷺料理を供し、泊まることもできる豪華な料亭〝さぎ〟等、高級料理屋が多々ございます。今更、わたくしどもが同様の料理を供しても面白くありません。わたくしは市中の皆様が喜ぶ、そのうえ値の張らない料理を沢山、召し上がっていただきたいと思っています。ですので普段の品書きは四季折々の山海の珍味を活かした、とはいえ、例えば塩梅屋の品書きに、皆様のお財布や舌に合う野鳥、鳥料理を加えていただくことでかまいません。

ただし、これは江戸を追われつつも、上方で頭と仰がれた水鳥屋鞍馬屋伊三郎の意地でもあるのですが、鳥柴を愛でる鞍馬屋伊三郎の宴の日の献立、開店日、大勢の客を招いての大宴についてだけは、古式ゆかしき秘伝の鳥料理、開府以後は上方から江戸に伝わり、版元がついて版も重ね、多くの鳥料理人たちによって磨きをかけられた、この国ならではの鳥料理の逸品をお作りいただきたいのです。

これらは前にお渡ししたものにも記されておりますが、料理名だけのものが多いので、今回、こちらの要望と合わせて、この文にて、まずは鳥柴の宴に供する料理を伝えさせていただきます。

鳥柴の宴　古典鳥料理十種

鎌倉鳥料理書より

・干し鳥　鳥肉の干物。

・生鳥　刺身　酢、酒、塩、鳥醤（魚醤と同じく塩と鳥の内臓を発酵させて作った調味料）、色利等がつけタレ。

・鳥足　鳥の脚焼き。

室町鳥料理書より

・鳥皮煎　鳥皮を鉄鍋で焼いて味付けしてキノコ類と合わせて仕上げる。

・鳥の引垂焼き　鳥胸肉の塩焼き。

・鳥の串焼き　引垂にした鳥の胸肉を炙りつつ、脂を押し出しながら酒、砂糖と合わせたねばねばのクルミダレを塗って仕上げる。

・鳥の荒巻　荒巻は塩漬けの鳥で、これを湯引きにして冷まし、薄く切って〝フクサ盛〟に供す。山葵酢、蓼酢でいただく。お湯漬けに載せて食しても絶妙。

・鳥の羽節和え　鳥の羽の羽元を細かく叩き、胸肉を細身にして焼く。これと煮たてた酢、山葵で和える。
・鳥の鴫壺　漬物の茄子をくりぬき、調理した鳥を入れ、柿の葉で蓋をして藁の芯で結び留め、鍋に酒を入れて煎る。これは茄子を香ばしく焼いて甘味噌をかけて食する味噌田楽、鴫焼の元祖と思われる。
・鳥の醤煎　鳥と塩、酒で塩辛の一種、鳥摺醤を作っておく。鳥を捌いて骨を含むすべてを煮出して汁にする。鳥摺醤と味噌、擂った山芋、柚子の皮で調味する。

鳥醤、干し鳥、鳥の荒巻、鳥摺醤は調理に時がかかる上に、かなりコツが要るので、すでに出来上がっているものをこちらからお届けいたします。どれも日持ちがするのでご安心ください。

何かございましたら、どうぞ何なりとお尋ねくださいますよう。

追伸

うっかりいたしました。鳥醤、干し鳥、鳥の荒巻、鳥摺醤と一緒に黒鶫と白鷺の味噌漬けもお届けいたします。どちらも夏鳥なのですが父伊三郎の好物で、お届けするのは昨年の夏に漬け込んだものです。黒鶫は揚げて、白鷺は焼いて召し上がっていただくのが美味です。また、生鳥はぼんじりの部分も平造りにお願いできると幸いです。これは生鳥ならではの伝統の味です。

追追伸

わたくしどもの野鳥に対する商いについて述べさせていただきます。黒鶫や白鷺は夏に渡ってくる夏鳥なのだから、夏場は塩漬けや味噌漬けを食さなくてもよいのではとお考えになる方もおいでです。正確には雀や鶫のような陸鳥も含む、水鳥屋の商いには一年中、欠かさずに新鮮な野鳥を食せるようにするやり方もあります。これは秋から冬に捕獲した渡り鳥たちの飼育です。狭い檻(おり)に詰め込んで餌を与え続け、その時が来たら客たちの膳(ぜん)に載せるわけです。

ご覧になったこともおありでしょうが、春になっても捕らえられて渡りが出来ない鳥たちは、逃げたり、暴れて肉が落ちたりしないよう、目を針と糸で縫われていて魚の生け簀(す)よりも悲惨な印象です。鳥に託した人への想いを詠(よ)むことの多かった小林一茶(こばやしいっさ)の句に以下のようなものがあります。

春雨や喰われ残りの鴨が鳴
花さくや目を縫れたる鳥の鳴

父、伊三郎は一茶のこの句に共感しておりまして、自然の命の一部をいただく稼業の水鳥屋は自然に逆らった商いや、鳥の飼い方をするべきではないと主張してきました。あくまでも水鳥たちが渡りで訪れる頃に限って捕獲し、すぐに使わない分の肉は古来のやり方で塩漬け、味噌漬けにして春、夏、初秋までの鳥料理を供するべきだというのです。

もちろんこの考えに上方の全ての同業者が従っているわけでもないのですが、上方で水鳥屋を束ねる役目は父一人なので、一茶が詠んだような悲しい様子はあまり見かけません。とはいえ、陰では密かにこれに似た商いはされていて、その者たちの筆頭が次期水鳥屋の頭の座を狙っているのも事実です。

父とわたくしが揃い、わたくしが伊三郎の襲名を兼ねる鳥柴の宴を前に、わたくし共の居所を告げられず、烏谷様にあなた様との仲介をお頼みするのもそれが理由です。

わたくしどもの商いを廻船問屋にまでのしあがった上に、よろづ天神まで指揮していると妬み、嫉む輩は少なくないのですが、水鳥屋に足を踏み入れてしまうと、基本は密売ゆえに利幅も大きいこの稼業は、欲得の限りない地獄に堕ちていきかねないのです。これは上方での話ですが、お上のお役人様方の中に何人も裏で水鳥をさばいている方々がいます。しかもかなり高位です。もちろん仲立ちしているのは残念ながら見知った同業者たちです。

そんな魑魅魍魎の跋扈の中、わたくしたち父子はこう叫びたいのです。「同業者たちよ、もうご公儀に振り回されるな。もっと視野を広く持って、世のため人のためにもなる商いを、心がけてほしい」と。

江戸での高級料理屋の開業はそんなわたしたち父子の商いの狼煙でもあるのです。どうか、諸々ご理解の上よろしくよろしくお願いいたします。

鞍馬屋伊平

塩梅屋季蔵様

「これはなかなか――」

大変だという言葉を季蔵は飲み込んだ。

――お奉行が知らぬはずはない――

季蔵は鳥谷の応えを待った。しばらく置いて、

「そちが申すのは、鳥柴の宴、古典鳥料理十種を供することか、それとも鞍馬屋父子のいささか熱すぎて危ない心意気のことか?」

鳥谷はぎょろりと大きな目を剝いた。

――危惧はどちらもだが――

「このような高きお志の方々に、わたしのような鳥料理人でもない、不慣れな者がつくる鳥柴の宴、古典鳥料理十種がお口に合うものかどうか、とても不安になっております」

季蔵は率直に応えた。

六

「鞍馬屋父子は味楽里開店に際して、江戸の鳥屋六人衆による鳥あずま講から、反対の嘆願書が出されていただけではなく、息子伊平の伊三郎襲名に反意を抱く上方の同業者の一部にも敵視されている。まさに四面楚歌と言っていい」

鳥谷はふふふと含み笑って、

「四面楚歌の謂れとなった、項羽と劉邦の最後に雌雄を決する垓下の戦いでは劉邦の

勝利となるが、はて、今の水鳥屋戦争どうなることかのう」

と洩らした。

——お奉行らしい物言いだが——

「志のために窮地に陥った鞍馬屋父子のために、上方、江戸を超えて手を貸されたのでしょう？」

季蔵は言い当てたつもりだったが、

「わしはただ欲張りたちが己の欲だけのためにほくそえんだり、上手くいったと大笑いするのが面白くないだけだ。わしなどご公儀から町奉行所へ下げ渡される雀の涙ほどの金では到底間に合わない、橋や堤防の補修等のために、大目付様の代行までお引き受けして、こづかい銭を稼いでいるのだからな。まあ、いわば町奉行ならではの矜持よ。それゆえ鞍馬屋父子の想いわからぬでもない」

真顔で言った。

——お奉行はお奉行なりに、行方を報せることのできない鞍馬屋父子を守り抜こうとされているのだろうが、味楽里の改築が終わって開業が近づくにつれて、父子だけではなく、開業に関わるわたしたちにも魔の手が伸びるのでは？——

季蔵は豪助とおしんを巻き込んでしまったことを後悔していた。

するときしたのか、

「ここはわしを信じよ。そしてそちたちは味楽里の開業に向けて精進せよ。わかったな」

そう言い渡すと鳥谷はぴたりと口を閉じた。

季蔵は伊平が寄越(よこ)してきた文のうち、鳥柴の宴、古典鳥料理十種の箇所だけを書き写して豪助とおしんに見せた。鳥醤、干し鳥、鳥の荒巻、鳥摺醤は文を読んだ翌日味楽里に届けられている。まずはこれらの味見をしてみようということになった。

「ただ書いているように使うだけじゃ、こんなものかと思われるわよね」

おしんが真っ先に鳥醤を試した。

「あら、すごいコクの旨(うま)み。あたし、鳥醤つくってみたことあるんだけど、もっとあっさりしててこれに比べれば物足りなかった。小松菜なんかの葉物の和え物に合うじゃない。葱の青いとこ、匂いが強いんで普段は捨ててるんだけど、さっと茹(ゆ)でてから鳥醤と合わせるといい感じ。何の鳥の肝、使ってるんだろ？」

「そこは秘伝だろうよ」

豪助が言い、

「それでは鳥醤は生鳥と呼ばれていた刺身のタレで供するだけではなく、葱の和え物に使ってお出ししましょう」

　季蔵が決めた。

　干し鳥は雉肉と思われる塊の干し肉で、書かれているように薄く削って試食してみた。

「これ、干す時に塩をすり込んでねえな。だからちょっと臭い」

　豪助の感想に、

「塩つけて食べたけど、やっぱり臭いが気になる」

　おしんが頷き、

「最古の料理の一つとありましたから、きっと塩がとてつもなく貴重だった頃の名残りでしょう。それではこれをつけてみてください」

　季蔵はヒロハラワンデルの紫色の花を細かくして混ぜた塩を勧めた。

「ああ、まあまあか――」

　豪助は曖昧に頷き、

「マンネンロウもいいかと思ったのですが、この方が色どりが綺麗かと」

　季蔵の説明に、

「なるほど納得」

おしんは笑みを洩らした。

鳥の荒巻は雉と真鴨の二種あった。

「フクサ盛ですからね」

フクサ盛とは二種の盛り合わせを意味する。謂れは贈答品を包む布のフクサにあり、一種だけではない贅沢な盛り付け法である。雉と真鴨を記されているように湯引きして、大皿にフクサ盛にして山葵酢、蓼酢で食してみた。

「塩漬けになってただけあって、悪くないお味だけどあたしはタレ、山葵酢、蓼酢よか煎り酒の方がいいっ」

「俺もだ」

「たしかに煎り酒には奥ゆかしくも強烈な酸味があって、山葵酢、蓼酢に負けていません。それでは酒と梅干、鰹節を煮たてたてつくる江戸の伝統タレ、煎り酒もお勧めしましょう。これを載せた湯漬けにもその方が美味そうです」

季蔵は鳥の荒巻のタレの数を増やした。

「あと一つは鳥摺醬の使い方ですが、これは鳥の醬煎を拵える時に試すことにして、大きな問題は他の料理八品に用いる鳥です。今はまだ渡り鳥が来る時季ではないので、野鳥を使うのであれば、鳥屋で捕られて飼われている鳥か、もしくは塩漬けのものをもとめるほかはないのですが、味楽里の開業をわたしたちに任せてくれるお方は、食用のために捕らえて飼っておいたものを売る商いに反対なさっておいでです。どうしたものか――、お二人はどう思います？」

季蔵の問いに、

「そんなら鶏でいいじゃない。鶏だってそう安くはないけど鳥の比じゃないし」

「捕まって食われるために生かされてる鳥は恨みが溜ってるって聞くぜ。たしか献立に生鳥、刺身もあるんだったよね。それなら猶更だ。俺も鶏でよしっ」

豪助、おしんの二人は同意見だった。

そこで季蔵は鳥谷を介してその旨の許しを得ることにした。

するとすぐに以下の返しが届いた。


仰せの通り今は鳥は時季外れですので鶏で結構です。そもそも鶏とて、遠く南の異国から大陸を渡って、仏教の伝来などよりも遥か昔にこの国に伝えられたものです。たとえ卵や肉のためでも、飛ぶことはないので籠や檻に入れられることもなく、伸び伸びと地を走って餌をついばんでいる姿は生き生きとしています。

父と時折、こうも鳥に拘り続けずとも、多くの鳥料理を鶏料理に置き換えることも、この先あり得るのではないかと話しております。

どうかよろしく。

鞍馬屋伊平

塩梅屋季蔵様

これを読んだ季蔵は、

「お許しが出ました」

安堵して三吉の知り合いの鳥屋に鶏を何羽か頼むと、あと八種の料理の試作に取りかかった。

頭と羽を取り除いた鶏は身体の外側に付いている、もも肉、胸肉、手羽の部位から順番に外していく。こうすると内臓を傷つけずに解体できる。こうして捌いた部位のうち、内臓、ガラと呼ばれる骨は鳥の醤煎用に取り分けておく。

「何といっても大舞台は刺身なんだろうね」

刺身好きの豪助はごくりと唾を飲み込んで、

「タレは酢、酒、塩、鳥醤、それに色利。何だいこの色利ってえの？」

首をかしげたが、

「色利は鰹節、するめ、大豆でとった出汁のことよ。うちじゃ、浅漬けの隠し味にしてるっていうのに知らなかったの？　さらっとしてるのにそりゃあ、いいお味なんだから」

おしんは半ば呆れた。

「もも肉、胸肉、ささみはそぎ切りにして、好みで酢、酒、塩、色利、鳥醬をつけて召し上がっていただきましょう。実は先方の意向でぼんじりの刺身を供さなければなりません」

季蔵は伊平が書き加えてきた伊三郎のぼんじり刺身好きを二人に伝えた。

「ぼんじりを生で食べるなんて信じられない。あの油壺の臭みが許せないっ」

おしんは眉を寄せた。

ぼんじりは脂肪の多い尻の部分の肉であった。皮の下には油壺と呼ばれる薄黄色の部分があって、ここから出る油のおかげで羽に水が浸み込みにくくなる。うっかり取り忘れたり、潰してしまうとすぐに臭いだす。くせの少ないもも肉や、胸肉、ささみとは全く異なるのがぼんじりであった。

「俺は塩で焼いたぼんじりは好物なものだから、知り合いの鳥屋でよく食べるよ。けど刺身はなあ――薄黄色の油壺を思うとちょっと箸が出ない。昔は食べ物にありつけるだけでよかったわけだから、ぼんじり刺身もありだったろうってのはわかるけど」

意外にも豪助はぼんじり好きであった。

「ぼんじりはたとえ油壺を取っても、骨や周りの羽を完璧に除かないと臭いが残ります」

季蔵は下拵えをしたぼんじりをごく薄く平たく切り分けると、

「そしてこれに合うタレはこれしかないでしょう」

生姜をすって醬油と合わせた。

「早速食べてみましょう」

率先して季蔵が箸をぼんじり刺身の載った皿と生姜醬油の小皿に伸ばした。気圧されて抗えずに二人も従う。

七

ぼんじりの刺身は口の中で甘く心地よい舌ざわりである。

「わ、食べたことのないぷりぷり感」

「焼きぼんじりなんか目じゃねえな」

――ここへ来て生姜醬油タレが一押しというのも悪くないな。江戸の醬油は、江戸で育った伊三郎さんだってなつかしいはずだ――

季蔵はしみじみした心持になった。

しかし、おしんは、

「生姜醤油を勧めるのだから、ぼんじり入りの納豆鶏汁(とりじる)だってありじゃない？　これはね、漬物茶屋みよし流の納豆汁が基本。まずは野沢菜漬けをさっと洗って塩気をとり、絞って適当な長さに切っておく。納豆汁は納豆をよくすりつぶして濃い目の味噌出汁に加える。ここまでが漬物茶屋みよし流の納豆汁。そこにぼんじりをよく叩いて小さな平たい団子にして入れると、あら不思議、納豆鶏汁の出来上がり。吸い口は唐辛子、柚子の皮、極め付きはどんな脂も美味に変えてしまうおろしニンニク。どうでしょう？」

とやや紅潮した顔で言い、

「ぼんじりの刺身生姜醤油タレに納豆鶏汁、まさにご自身の好きな鶏肉の部位で、江戸の匂いを満喫していただけそうです」

季蔵は満足そうに頷いた。

「次は鶏の脚焼きですね。京に将軍がいて、世が穏やかだった頃、吉兆として鳥足は尊ばれていたということなので、ただ焼いただけではなく何か工夫したいものです」

そう告げた季蔵はすでに鶏の脚焼きに取り組んでいた。

「それならちょいと俺にいい案がある」

豪助は鋏に晒の布を探し出した。

「鶏の脚焼きって案外コツがいるのよね」

おしんが覗き込んだ。

「へーえ、そんなもんかい？」

豪助はさくさくと晒を幅広の紐に切り始めている。

「いったい何してんのよ？」

おしんの言葉に、

「それはできてのお楽しみだよ。えーっと食紅はあるのかな、あった、あった」

豪助は食紅が入っている袋を見つけた。

季蔵は骨付きもも肉の骨に添って包丁を入れて開くように切り、これに塩を振った。

平たい鉄鍋を火にかけて骨付きもも肉を焼く。みるみる骨付きもも肉の皮の脂が溶けていく。

「手伝いますよ」

おしんは近くにあった紙で鉄鍋の底から湧き出ているもも肉の皮の脂を丁寧に拭い

取った。

「これが肝心だって聞いてますよ。この脂をそのままにしとくと臭みが肉に付いちまうって」

「その通りです。そしてこの後は蓋をして七百数える間そのままにします」

そう告げた季蔵は鉄鍋を持ち上げて火の勢いを調整した。

「三百数えたらあたしが代わりますよ」

おしんは買って出た。

「重いですよ、鉄鍋は」

「漬物石よりゃ、軽いでしょうから大丈夫ですよ」

おしんは力自慢ぶりを口にして、

「焼くのも肝心のうちって聞きましたよ。そうしないと皮がぱりっぱりっで肉がじわーっと柔らかく仕上がらないって」

「たしかに」

季蔵は感心した。

――この分だとかなりの鶏料理を任せられる――

この間、豪助は幅広に切った晒木綿の半分を食紅で赤く染めようとしていた。

「あんたのいい案っていうの、わかったわよ」

おしんは鉄鍋を持ち上げて火にかけつつ、

「骨付き鶏ももの脚に紅白のその紐を結ぶつもりでしょ。いいわよ、その案。でも、これが焼きあがるまでに赤くは染まらない。だから赤いのはこれで」

おしんは襷(たすき)がけの赤い紐を外して、

「これの糸を外せば白いのとほぼ同じ幅になるはず。やってみて」

豪助に指示した。

こうして足を紅白の紐で飾られた鶏の脚焼きが出来上がった。

「おめでたい宴なのですから恰好(かっこう)の趣向です」

季蔵が告げると、

「晴れの日には味楽里の紅白鶏ってことで流行(はや)るといいな」

商売熱心なおしんはふと洩らした。

「さていよいよ濃厚な味わいの鶏皮煎です」

季蔵は鉄鍋に刻んだ鶏皮を入れて焼いていく。鶏は皮が一番脂が豊富である。じゅうじゅうと脂が滴(したた)って焼ける音が続く。皮煎では足焼きのように脂を取り除いたりしない。脂を水気と見做して水気がなくなり、こんがりと色づくまで炒(い)りつける。八割方水気がなくなったところで、しめじ等のキノコ類を入れて最後の炒りつけをする。

「問題なのは調味です。この皮煎同様、濃厚な鳥醬も悪くはないのでしょうが当たり前すぎる。少し目先を変えたい気もするのです」

「たれ味噌はどうかしら?」

しばらく考えていたおしんの案だった。

たれ味噌は味噌と水を合わせて煮詰め、袋に入れて吊るし、垂れて出る汁を集めたものである。ちょうど作り置いたものがあった。

「味噌そのものを使うよりくどくなくていいと思うよ。さらっと味噌って感じでさ」

即座に豪助が応えた。

「是非そうしましょう」

季蔵も賛成した。

「あと皮の脂の匂いに負けない薬味も要ります。どんなものがいいでしょう? 葱、茗荷(みょうが)などでは弱い気がしませんか?」

季蔵の問いかけに、

「そりゃあ、きっと柚子の皮だよ。柚子の皮ってどういうわけか、臭み消しっていうよりも臭みを美味(うま)くさせてくれるんだよね。味楽里特製の柚子風味の鶏皮煎は、鶏皮使いは安くできるってこともあって、きっと大人気になるぜ」

豪助が自信ありげに応えて、ふりかける薬味は柚子の皮に決まった。

こうして三人は出来上がったたれ味噌で調味した柚子風味の鶏皮煎を食した。

「思ったほど脂っぽくも重くもないわね。脂が出ちゃってからからになった皮が、出た脂でから揚になってる。肉がついてない皮だけだと、臭みって案外ないもんなのね」

おしんの箸は伸びた。

「これを肴にすりゃあ、どんだけ酒が進むことか──」

豪助はため息をついた。

──たしかにこれは意外にいける。鶏の新しい魅力でもあり美味さだ──

「鶏の引垂焼きと串焼きはともに胸肉を用いるので、同時に拵えて食べ比べてみましょう」

季蔵は鶏の引垂焼きを引き受けた。ようはこれは鶏胸肉の塩焼きである。胸肉はもも肉ほど脂が出ないので鉄鍋の底にたまるほどではない。余分に脂を除く手間はないが、ともすれば肉がぱさぱさになって風味が失われやすいので、もも肉にも増して火加減に留意しなければならない。皮側をこんがりさせた後は火からの離し方に季蔵は注意した。

おしんと豪助は鶏の串焼きに取りかかっていた。これは鶏胸肉を鉄串に刺して、七輪で炙りつつ、皮に竹串の先で穴をぽつぽつと開けて脂を押し出し、クルミダレを押し込むように塗って焼き上げる。

——何と互いの間がいいのだろう——

季蔵は穴を開ける豪助とクルミダレを塗り込むおしんの息の合い方に見惚れた。

「さすが夫婦ですね」

思わず洩らすと、

「嫌ですよ、ねえ」

真っ赤になったおしんは豪助に相づちをもとめ、

「いいじゃねえか、俺たち夫婦なんだからさ」

豪助はせっせと穴を開け続けた。

肝心の味の方は、

「串焼きの鶏がクルミと醸す風味が絶品です」

季蔵が白旗を挙げると、

「でも塩焼きは文句なしよ。たいていのものを美味しくしちゃう塩ってすごいわね。

これ嫌いな人はきっと鶏嫌いよね」

おしんは奥の深い物言いをし、

「これは引き分けだよ」

豪助が笑って、

「最後の二品も同じようにしてみないか。鶏の鳴壺ってのが、面白れえと俺は思ってた。だって漬物の茄子をくり抜くんだぜ。あ、でも漬物の茄子なんてあるのかな」

季蔵の方を見た。

「ここでもぬか床は用意してあって、すでに茄子は漬けてあります」

「それじゃ、早速。やろうぜ、おしん」

「そうですね。鶏鳴壺の方よろしく」

季蔵は力強く応えたが、

「そうねえ、でもねえ」

おしんは今一つ乗り気ではなかった。

とはいえ、流れもあって豪助とおしんは鶏の鳴壺を、季蔵は鶏の醬煎を拵えることになった。

季蔵の方は取り置いてあった鶏の内臓、鶏ガラ、ひざ軟骨、やげん軟骨を大きな深鍋で煮出しつつ、鳥摺醬、擂った山芋と柚子の皮を用意した。その間に豪助とおしんの鶏の鳴壺づくりを興味津々で見守っている。

八

「漬かりすぎるとくり抜きにくいので茄子は一日漬けただけです」

季蔵の声かけに、

「よっしゃ」

豪助は茄子をぬか床から出して中を匙でくり抜いた。

「鳴壺っていうからにはこりゃあ、もともとは鴫で拵えたんだろうな」

鴫は水辺でタニシ等の水中の生きものを食している鳥の総称で、羽毛は褐色で嘴が長く肉質は美味とされてきている。

「糠漬けの茄子に鶏を詰めて煎るなんて料理、思いもしなかったわ。あ、でも、鳥醬があって、しょっつるの魚醬があるんだから、醬油を穀醬と見做せば、青物の漬物はさしずめ草醬ってことになるわよね」

おしんが両手を合わせて叩くと、

「そりゃあ、また、おしん流だけど言えてるよ。これ、草醬壺って名で呼びてえぐらい。第一今じゃ、こいつ味噌田楽になっちまってんだろ？　絶対鶏の草醤壺がいいっ、おしん壺でもいいぞ、これで決まり」

　豪助は愉快そうに笑った。

「そうとなれば任しといて」

　おしんは豪助の励ましに背中を押されるようにして、叩いた胸肉をくり抜いた茄子に詰め、季蔵が用意した柿の葉で蓋をして藁の芯で結び留めると、平鍋に酒を入れて煎って仕上げた。

　鶏の草醤壺こと鶏の鴫壺を食した季蔵は、

「ふわりと漬物、草醤の匂いがして単調になりがちな胸肉に旨味をもたらしています」

　と言った。

　季蔵のつくった鶏の醤煎の方は、すでに臓物やガラは煮出されて除かれ、汁は漉（こ）されて、鳥摺醤と味噌、擂った山芋、柚子の皮で調味されている。

　この汁を供する前に季蔵は鳥摺醤を小皿に入れて二人に味見させた。

「さすが鳥の塩辛だわ、強い味っ」

「でも病みつくぜ、これは。皮煎とこいつは味楽里に通ってきてくれる酒飲み連中の定番になること間違いなし」

二人は個性的な鳥摺醤に魅せられていたが、これが入っているはずの鶏の醤煎を一口啜（すす）ると、

「えっ、どこに入ってんだい？」

「ほんとに入ってるの？」

しきりに首を傾（かし）げた。

「もう一口、二口召し上がってみてください」

季蔵の言葉に従った二人は、

「ほんのりと独特の味がするわ」

「そう言われてみれば――入ってる」

二人は顔を見合わせて頷いた。

「保存が今よりむずかしかった昔は、野鳥の場合、鶏以上に臭いがきつく、その臭いを何とかして旨味に変えるのが、鳥料理の基本だったと思います。肉や脂のついた骨、内臓までぶち込んで作るこの鶏の醤煎は、その集大成のような汁物でしょう。この汁を粥（かゆ）や雑炊（ぞうすい）に使えばこれほど滋養に富んだ一食はないはずです」

「あんまりいいお味なもんだから、あたし、うっかり、これに肝が入ってること忘れ

てた」

おしんが呟くと、

「鳥摺醤は肝使いだろ。こいつが汁の肝味と相俟って最高の味になるんじゃねえかな」

豪助は思いついて、

「あんた、案外、料理わかってるじゃない」

「馬鹿言うな、兄貴の前だぞ」

照れ臭そうに頭を掻いた。

おしんの方は動じる様子もなく、

「あの季蔵さん、一品、忘れてませんか?」

と訊いた。

「忘れてはいません。ただし鶏の羽節和えというのはどうにも拵え方がわかりません。わかりますか?」

季蔵はおしんに訊き返した。

「たしかに、煮たてた酢、山葵で和えるというのはわかって美味しそうだけど、羽の羽元を細かく叩き、か。これはどうやら骨よね。でもその後、胸肉を細身にして焼くというのとの関わりがわからないわ」

　おしんは頭を抱えた。

「それなのでこれです」

　季蔵は鶏の醬煎にぶち込まずにおいた鶏の腹身を取り出した。もものの付け根近くにあって、内臓を守っているのが鶏の腹身である。見た目は肉質だがコリコリ感があって嚙み切れる上、脂とコク、甘さが絶妙なのである。

　季蔵はこれを一口大に切ってさっと焼き、煮たてた酢、山葵で和えて供してみた。

「酢と山葵に合うものってこれのほかにないんじゃない」

　おしんは言い切り、

「ずいぶんと贅沢な箸休めだよな」

　豪助は箸を置かずにいた。

　こうして鳥柴の宴、古典鳥料理十種の試食が終わったところで、

「鶏干し肉や調味料以外鳥は鶏になったことですし、わたしたちの工夫も加味した品書きに書き直しておきましょう」

　季蔵は伊平の書いてきた品書きを横に置いて、味楽里が供する鳥柴の宴当日の品書きを記していった。白鷺と黒鶫の味噌漬けの焼きと揚げを加えて、以下のようなもの

となった。

鳥柴の宴お品書き

口取り　小松菜の鳥醤和え　雉の干し鳥、ヒロハラワンデル塩添え　雉と鴨の荒巻、フクサ盛

刺身　鶏の胸、もも、ささみ、ぼんじりの大フクサ盛　酢、酒、塩、鳥醤、色利、生姜醤油添え

焼き物　紅白鶏　鶏胸肉の塩焼き、クルミダレ焼き　白鷺の味噌漬け焼き

揚げ物　黒鶇の味噌漬け揚げ　鶏皮煎たれ味噌柚子風味

酢の物　鶏の腹身の和え物

煮物　鶏の草醤壺

汁物　鶏の醤煎　鶏ぼんじりの納豆汁

季蔵はこの品書きに以下の文を添えて烏谷を介して伊平に送った。

早速お届けいただいた鳥醬、鳥摺醬、干し鳥、鳥の荒巻を用いさせていただきつつ、創意工夫も多少して、宴当日の品書きをお作りしてみました。何かお気づきの点などございましたらご指摘ください。

塩梅屋季蔵

鞍馬屋伊平様

宴に向けてとりあえずは一息つけたとこの日、季蔵は久々に熟睡できた。どんどんと油障子を叩く音だけでは目覚めず、

「季蔵、俺だぞ、俺、起きてくれ」

聞き覚えのある声が遠くから聞こえてきて、やがてすぐ近くで聞こえているとわかって、目を覚ました季蔵は起き上がった。

「これは蔵之進様」

油障子の向こうに伊沢蔵之進が緊張した面持ちで立っている。

「お急ぎなのですね」

季蔵はすぐに身支度した。

「お奉行のお呼びだ」

蔵之進の足は八丁堀へと向かっている。

「例のところへ行く」

例のところとは蔵之進の養父で南町奉行所にこの男ありと言われ、年番与力まで務めた伊沢真右衛門の旧役宅であった。真右衛門亡き後、蔵之進がおき玖と所帯を持ってこの役宅を出た後も、ここはなぜか、そのままになっていた。

――おそらくあれだろう――

あれというのは役宅の納屋のことである。この場所で真右衛門は、不審死と見做した骸について、おざなりの番屋扱いではない独自の検めを行っていた。

「父上亡き後は番屋に直行させては都合の悪い骸を一時、据え置く場所になっている。差配は上に顔がきく北町のお奉行、烏谷様だ。やれやれ、あの一件では俺も手伝わされた」

何やら蔵之進は物言いたげである。

そこで季蔵は、

「今回もでしょう」

ずばりと切り出して、

「そして、おそらく前回のことと関わりがあるのでは？」

訊かずにはいられなかった。

「神田屋三郎兵衛という知られた水鳥屋がいた」

「鳥屋六人衆の一人ですね」

「ついこの間、囲っていた妾に子ができず、諦めていた妻に子ができて大喜びしていたところ、嫉妬に狂って思い詰めた妾に無理な相対死を仕掛けられて死んだとされている」

「そのようですね」

「今回はこの神田屋三郎兵衛と関わっての事件のようだ」

「なるほど」

季蔵はどんな事件かとまでは訊かなかった。

――どうせ、例の納屋で待っている骸が教えてくれるのだろうから――

第六話　鉄火飯

一

「ご苦労」

故伊沢真右衛門の役宅の納屋の前に立っていた烏谷は短く労った。

戸口を開けると死臭がどっと襲い掛かってきた。暦の上ではとっくに秋なのだがまだまだ夜間も蒸し暑い。

「ここにある骸はそちの知らぬ者たちであろう」

烏谷は季蔵に向かって常と変わらぬ表情でさらりと言った。

——凄まじい死臭の元はこれだったのだな——

季蔵は二体の骸を見下ろしていた。二体は男女で手と手を赤い紐で結んで果てている。

「よろしく頼む」

烏谷の指示で季蔵は男女の骸に屈み込んだ。

「検めさせていただきます」

骸二体に向けて頭を垂れてから、死装束となった着物を各々脱がせていく。

「手伝おう」

季蔵の隣に屈んだ蔵之進も手を貸してくれた。

「二体とも身体に斬られたり、刺されたりした傷や殴られた痕は全くありません」

とまず告げて、男女の唇に顔を近づけて、

「どちらからも甘酒の匂いがしています」

言い添えた。

「外に傷もなく赤い紐で手と手を結びあって死んでいたのを、泊まっていた出合茶屋の女将が見つけて報せてきた。相対死（心中）と見做すのが妥当であろうな。湯呑に残っていた甘酒はこちらで預かってあるゆえ、いずれ鼠か金魚で毒とわかるだろう」

そう烏谷が呟いた時、

「連れてまいりました」

定町廻り同心の田端宗太郎が、年の頃は三十歳ほどの丸髷に結った女に肩を貸して入ってきた。青ざめきったその女は今にも崩れ落ちそうに心身が弱り切っているようだった。

それでも、

「鳥屋六人衆の一人だった神田屋三郎兵衛の妻の瑠衣でございます」

田端に支えられつつ烏谷に向かって頭を垂れた。

「あそこまでお奉行様に段取りの御慈悲をいただいていたにもかかわらず、このたびの不始末、真に申しわけございませんでした」

「詫びるには及ばぬ。そもそもが、亭主の三郎兵衛とそちが申し合わせて、後継ぎを得るべく、奉公人の女に白羽の矢を立てた。飢饉の折、一粒の米も口に入らぬほど窮した女の在所の世話をする見返りに、その女に三郎兵衛との間の子を生してもらうという取り引きだった。身籠った女が子を産むまで妾宅を手配するという念の入れようだった」

「わたしたち夫婦はその女のお腹にできた子を我が子と思い定めて、慈しみ育てて立派な後継ぎにするつもりでした」

「何もかも承知した女が身籠り、臨月に入って三郎兵衛にあのようなことが起きた時、事情を聞いたわしは、妾の悋気ゆえの不始末とするよう勧め、身二つになったその女には相応の金子をつけて在所へ帰すように言った。それがあの時はこちらにもそちたちにとっても、最良の策だと思ったのだが、いったい何が起こったのだ？」

烏谷は相手を見据えた。

「お葉さん、夫の子を身籠った奉公人の名です、お葉さんは夫三郎兵衛があんな風に突然亡くなってしまうと、臨月に入る前に産気づいて男の子を産み落としましたが死産でした。わたしはずっとお腹に巻く布を増やして妊婦のふりをしてきましたが、もはやその必要がなくなっただけではなく、自分が死産したとして死んで生まれた子の弔いをしなければならなかったんです」

「もしやお葉とやらは気を確かに持っていられなかったのか？」

ここぞとばかりに烏谷は訊いた。

「いいえ。お葉はただただわたしたちの役に立てなかったことを詫びていました。気が落ち着くまで今の家にいてもいいと言っても、四十九日の法要が済んだらその日のうちに実家へ戻ると言って、役に立たなかったという理由で、持たしてやろうとした金子の半分を返してきました。四十九日も過ぎましたので、わたしはてっきりお葉が実家へ帰ったとばかり思っていたんです。こんな姿になっていようとは――」

瑠衣は手と手が結びつけられている赤い紐から目を逸らせた。

「この男のことは知っておろうな」

「はい。女道楽も甲斐性のうちと豪語されていて、働き盛りで信望も厚い室町屋吉兵衛さんの息子さんです。亡くなられた肝煎、日本橋屋さんの後を任せることができるのはこの方と言われていただけに、亡くなられたのはさぞかし無念であったでしょう。後を継いだ息子さんの名はたしか千代吉さん。何度かお祭りや縁日でお目にかかり挨拶をしたことがありました。でも、どうして千代吉さんがお葉とこんな姿に――。わけがわかりません。すみません、何だか眩暈がしてきて――」

崩れ落ちかける瑠衣を田端が支えて、

「神田屋が駕籠を待たしてあります」

と告げると、

「神田屋のお内儀の話はもうそのくらいでいいだろう。帰っていい」

烏谷の言葉で神田屋の内儀は帰って行った。

入れ替わりに入ってきたのは、松次と白髪交じりの薄い髷が目立つ初老の奉公人であった。

「急ぐからってお奉行のお指図でこっちが駕籠まで用意したっていうのに、この白ねずみときたら中々乗っちゃあ、くれなくてね。あっし一人が乗るわけにもいかねえし、いやはや手こずりましたよ」

松次がぼやいた。白ねずみとは一生独り身で商家に忠義を尽くす者のことである。

「鳥屋六人衆の次期肝煎にとの声が高かった室町屋吉兵衛に、十一歳の頃から仕えてきた大番頭の兼吉と申します。とにかく、お駕籠は主の乗り物でございますから、どんな時でもてまえなんぞが乗っていいものではございません。白ねずみは頑固な忠義が取り得なのでございますよ」

兼吉はそう言ってちらと松次を皮肉な目で見た。

——これは手強い。白ねずみではなく古狸だ——

季蔵と目が合った烏谷の目も頷いた。

「そうか、そうか。それは立派な心がけだ。ここだけの話だが当世、武家をも凌ぐ忠義の心をそちは持ち合わせているようだ。頭が下がる」

烏谷は言葉だけではなくうつむく程度ではあったが頭を垂れた。

「お奉行様がそのような——勿体ない」

さすがの兼吉も焦った様子で額に噴き出た冷や汗を手拭いで拭った。

「ずばり訊こう。この骸は、そちの奉公する室町屋の主、千代吉であるな」

兼吉は無言である。入ってきた時から骸の方は一切見ようとしない。

「もう一度訊く。そして近づいて屈んでよく見ろ。亡くなった吉兵衛の倅千代吉であるというそちの言葉が聞きたい。これも忠義だぞ。なぜならそちが認めぬのなら、室町屋のお内儀を今すぐこの場に呼んで認めさせることになる。母親ならば、このような姿になってしまった事実を見るのはさぞかし辛かろうからな。相対死は罪ゆえ、本来ならば弔いは許せぬのだが、そちさえさらなる忠義を見せてくれればお上にも慈悲はある」

烏谷は口元だけで微笑んで見せた。

「赤い紐と切り離して、若旦那、いえ旦那様だけをこちらに引き取らせていただけるのであれば、どうか存分にお訊きください」

そう言った兼吉はまずは言われた通りに屈んで千代吉の骸を確かめた。

「千代吉様に間違いありません」

「そうか、ではこの赤紐を結び合った女に心当たりはないのか?」

「ありません」

兼吉は言い切った。

「真だろうな」

「こう見えても奉公している室町屋のことは根から葉まで知ってるつもりです。亡くなられた旦那様やお内儀さんが知らない千代吉様のこともです。旦那様はいくら勧めても遊里には足を向けない千代吉様を、優しすぎて不甲斐ないと思っておいででした。てまえがお尋ねしたところ、〝野鳥や鶏の命を商っているこの稼業もあまり好きでないが、女を商いのように売り買いするのは耐えられない〟とのお返事でした。それでも他の仕事を始めるとか、蘭学なんぞに入れ込んでしまわれることもなく、旦那様の勧める須田屋さんのお嬢さんと近く祝言を挙げることになっていたんです。酒豪だった須田屋喜兵衛さんは年齢から申し上げてもうちの旦那様の後に肝煎に就かれるお方ですし、〝女の室町屋〟、〝酒の須田屋〟などと呼び合っていて、とにかくお親しかったんです。須田屋の二番目のお嬢さんは父親譲りでたいそう商い好きだとも聞いています。きっと千代吉様をお助けして余りあると思われました。願ってもないご縁でしたよ。それになにより、千代吉様ときたら、許嫁のそのお嬢さんにぞっこんでした。器量だって母親譲りであの辺りの小町娘と評判をとっていた方だからです。どう見ても——」

兼吉はお葉の骸の方を見て、

「この女とは月とすっぽんですよ。許嫁にぞっこんの千代吉様に限って、こんなどこの誰ともわからない女と、赤い紐でつながるようなことをするわけがないんです」

吐き捨てるように言った後、

「たしかにこんなこと、旦那様の次は一人息子の千代吉様の早すぎる死なんてこと、しばらく経ってからでなければお内儀さんには申し上げられません。旦那様の無残なお姿を拝見したのは若旦那様とてまえだけでした。ただでさえお身体がお丈夫ではないお内儀さんにはとてもお見せできなかったんです。そして今、頼りの千代吉様にまで先立たれたともなれば猶更です。お奉行様、千代吉様の死は突然の心の臓の発作ということにしていただけませんか？　往来ででも突然倒れたことに――そうすれば仕方ない、寿命だったんだと、お内儀さんも諦めがつきやすいかも――お願いです」

座り込んだ土間に頭を擦り付けた。

二

鳥谷は、

「まあ、病弱の家族に度重なる悲しみを重く背負わせるのは酷だろうな。それゆえ考えてやってもよいのだが、その前に、室町屋千代吉は昨夜は店にいなかったと思うが、そのことはどうなのか？　心配ではなかったのか？　仕えるて家族を二人も失ったそちとてその気持ちは強かろう」

座り込んでいる兼吉に問うと、

「はい。さっきも申し上げました通り、千代吉様、いえ旦那様は須田屋のお嬢さんにぞっこんでしたので、祝言の前ではありませんでしたが、その――」

相手が応えると、

「どんな様子だった？」

「様子とおっしゃられてもいつもの千代吉さん、いえ、旦那様で――」

「何か言ってはいなかったか？」

「旦那様ご自身は何も――」

「誰かに何か言っていたようなことは？　店の者に行先を告げていたとか――」

「まだまだ一人前ではないとご自分を知っておいでの新しい旦那様は、若旦那様だった頃から奉公人に対して寡黙なお方でした。腹の裡を多少話すのはてまえぐらいのものだったでしょう」

そう言い切った後で、

「そういえば――でもこれはこの時のことか、どうかはわかりませんが」

と前置きして、

「この日、千代吉旦那様のお帰りが遅いのでわたくしが案じますと、いつも誰よりも遅い帰りを案じるお内儀さんが、〝大丈夫ですよ、きっと寄合が終わった後、楽しいことでも待っているんでしょうから〟と微笑んでおられました。もしや――」

「許嫁の須田屋喜兵衛の娘と会う約束なら、心配性の母親も案じることはないな」

「しかし、てまえには何も――」

「母親は息子のことに敏感なものだ。息子の方でも隠せないと知っているから、あえて言わないまでもうきうきした表情までは隠さない。須田屋の娘に昨日、千代吉と逢瀬の約束をしていたかどうか、訊きただすこととする。さあ、もう帰っていいぞ」

烏谷は兼吉の肩に両手を置いて立たせた。

「あの、先ほどのてまえとのお約束の方は？」

「出来得る限り、守る」

「ありがとうございます」

こうして兼吉も納屋を出て行った。

「それではお奉行、須田屋へ調べにまいります」

田端が松次を促して須田屋へと向かおうとした時、

「奉行所の者です」

戸板で骸を運ぶ役目の者たちの一人が納屋の戸を叩いた。

「何用か？」

　田端が一度外に出てしばらくして戻ってくると、

「身元が全くわからない上、余りに酷い様子なので、人の出入りもある番屋には運んではしくないと番太の爺さんに嫌がられた骸が今、ここに運ばれてきています。関わった者たちが困っています。骸が見つかった時の様子は聞きました。松林で遊ぶのが好きな飼い犬が、地面の土を掘り起こして見つかったとのことでした。どういたしましょう？」

「そんな事情ではここで引き取るしかあるまい」

　烏谷は渋い顔で頷いた。

　奉行所小者たちは戸板ごと土まみれの骸を納屋の土間へと運び込んで去って行った。

「まずは骸を清めませんと」

　季蔵が言い出し、

「その通りだ」

　蔵之進が相づちを打って二人は井戸端へと納屋を出た。大盥は家の納戸から田端と松次が探してきた。

「仕方がなかろう」

　手拭い三枚は烏谷が持ち合わせを差し出した。皆で骸に手を合わせた後、大盥の汚れた水を取り替えつつ、井戸水に浸した手拭いを使って土まみれだった骸を、すっかり清めるまでに半刻（約一時間）はかかった。土中の虫たちに食われた痕や身体中のそこかしこに見受けられる痣が鮮明になった。もっとも顔の方は土を完全に取り除いても目鼻口は潰れた皮と赤い肉のままだった。

「これではたしかに誰かはわからぬな。しかし顔を潰して埋めるなど、下手人はよほどこの者の素性を隠したかったものと思われる」

烏谷は腕組みをしていた。

「検めさせていただきます」

季蔵は三体目の骸に屈み込んだ。

「この骸は首を絞められて殺されています。絞めた痕と身体についている殴った痕とは色が違っています。色の濃い絞めた痕は生きている時についたもの、薄めの色の身体の痕は死んでから殴ってつけたものです。これに使われたのはおそらく棒のようなものでしょう」

「ということは折檻の末、殺してしまったのではないのだな」

「そうです。顔を潰し土に埋めたのと同様、もし骨にならないうちに掘り起こされたとしても、素性も殺された理由もわからぬようにしたかったのだと思います。顔だけではなく身体にも殴り痕があれば仲間内の仕置き、折檻ということも考えられますが」

「ってえことはこりゃあもう、仲間内の揉め事の末ってことじゃあなさそうだな。ねえ、季蔵さん、そうなんだろう？」

唐突に松次が思い詰めた様子で口を挟んだ。

「その可能性は低いということです」

季蔵が応えると、

「そうなのかい」

松次はむっとした顔になった。

「一つ気がついたことがあるのだが」

田端が切り出して、

「この土まみれの骸は隣にある先ほどの二体ほど死臭が酷くなかった。お葉と千代吉の骸は死んで二日して見つかった。起こさないように、誰も近寄らないようにと先に金を払っていたとかで、見つけるのが遅れたのだ。ということはこの骸は昨日殺されたことになるのだろうか？」

季蔵の方を見た。

――そこまではわたしにはわかりかねる――

困惑していると、蔵之進が、

「以前、このような骸に出遭ったことがありました。今時分は外より土の中の方が冷たいので腐敗がゆっくりだったのですよ。といっても骸を好む虫たちにはかなりやられています。その程度から推して、死んですぐに埋められたとして、殺されたのは二日前だと思います」

さすが養父との骸検めの経験に基づく見解を示した。

「となると、あの若い二体とほぼ同時に、骸になり果てたということではないか。せめて虫喰い骸がそう若くないといいのだがな。この頃、若い者たちの死が応えていかん」

烏谷がふと洩らすと、

「若いとか、年寄りだとかは骸になったら、わからなくなるもんなんですかい？」

松次が季蔵を射るような目で見た。

「幾つ幾つとは断じ得ませんが、若いか、四十歳過ぎか、もう少し年配かぐらいはわかります」

応えた季蔵は土まみれだった骸の顔を見据えると、赤い肉に埋もれている口のあった場所を両手で開き、口中を見た。

「これは擦り減りが少ない、しかも、むしば一つない、八重歯が一本ある若者の歯です」

「やっぱり、やっぱりな、やっぱりだ」

松次が呪文のように洩らし続けて、

「こいつを見てくださいよ」

清めた骸の両手を指して、

「こいつは生まれつき右手の親指がねえんですよ。こいつは下っ引きの丁太。間違げえありやせん」

と言い切ると、

「丁太、丁太坊よお、俺はおまえを倅みてえにずっと見守ってきたっていうのに、どうしてこんなになっちまったんだい。どうしてだよぉ」

泣き声になった。

「えっ丁太さん？」

季蔵は驚きを隠せなかった。

「この骸は下っ引きだったのか」

烏谷はめまぐるしく思案する時の癖で目を閉じると、

「悪いことをしたな、松次。この通りだ」

あろうことか、その場に坐して詫びると、

「わたしも同様だ、取返しのつかないことをしてしまった、すまぬ、松次」

田端も倣った。

丁太の骸を抱いてしばらく泣いていた松次だったが、

「どうか、お奉行様も田端の旦那も頭を上げてお立ちになってください。悪いのはお奉行様や田端の旦那のせいなんかじゃないんです。この俺が仰せのお役目を軽く見て、妾がどうしているか、家の見張りぐらいなら丁太の初仕事にいいだろうなんて思って、やらせたのが間違げえだったたんでさ。本をただせば丁太が死んだのは俺のせいだ」

そこでまた松次は涙に負けた後、

「言っとくけどこいつは悔し涙ですからね。俺は何が何でもあんな酷いことをされた丁太の仇を討ちまさあ、季蔵さんも見ててください。絶対やってのけますから」

大声で大見得を切った。

——どうしたものか？——

鳥谷が季蔵を見た。

——ここはわたしにお任せください——

季蔵は目で伝えて、

「ところで松次さん、丁太さんの仇を取る前にしなければならないのはご供養です。丁太さんにお身内はおられますか？」

「いや、そんなもんいねえ。だから俺がやる」

「ならばわたしに丁太さんの旅立ちを手伝わせてください。お願いします」

季蔵が頭を下げると、

「いいのかい？」

「これも何かの縁。何かせずにはいられません」

「なるほどそうかい。ありがてぇよ」

松次は赤い目を向けてきた。

三

「存分な旅立ちをさせてやってくれ」

鳥谷が費えを持つと言い出し、丁太の通夜、葬儀は長次郎の存命中からつきあいのある、芝の光徳寺で行われることになった。光徳寺の住職安徳は大徳寺納豆作りの名手でもある。

「俺も手伝いたい」

田端は丁太の骸が光徳寺まで運ばれるのに付添い、白装束一式をつけさせ、祭壇の手配をし、池のない光徳寺には咲いていない遅咲きの蓮の花の調達に奔走した。

「蓮の花は夏場の葬儀には欠かせないもんだと丁太は言ってたよ。何せ、夏の流行病でおっとうの他は、おっかあや兄弟姉妹たちが残らず死んじまって、家族の葬式が続いて、おっとうと二人で丁太は飾りの蓮の花ばかし見てたっていうから。その花を見てると、皆こんなに綺麗な花が咲いてるとこへ、極楽へ行けるんだって思えてきてどんだけ、慰められたかしれねえって言ってた――」

と松次が呟いたのを田端は聞き逃さなかったのだ。

季蔵と松次は供養の品を用意するために、塩梅屋へ向かった。

季蔵は手下浦(千葉県手賀沼)生まれだという丁太のためにまず、死者に供える枕団子を拵えた。これは新粉(米粉)を練って団子に丸めて蒸籠で蒸してつくる。飯茶碗に大きな握り飯を重ねて箸を立てた枕飯には味噌汁と沢庵を添える。出来上がった団子と枕飯はすぐに光徳寺へと届けられた。

　この団子について松次は、

「枕団子の分だけでいいからな。皿に山盛りにしてやってくれ。丁太の田舎じゃ、これを葬式に来てくれた人たちにも振舞うんだそうだが、丁太にはいい思い出にはなってねえみてえだった。人が死んだ家にはおくやみ米とか新粉が届けられるんだが、通夜振舞いの握り飯や、持ち帰ってもらう団子をつくれば使い果たしちまう。引き出物はお茶とか干しうどんとかで結構な費えになる。丁太のところみたいに続けて家族が死ぬとそのたびに銭がいった。代りに葬式饅頭(まんじゅう)でもよかったんだが、女手のなくなった丁太の家じゃ、拵えるのは無理だったろう。それでとうとう、父子(おやこ)で江戸に出てくることにしたんだとさ」

　と話し、

「そうそう、枕団子の数は四個が丁太の田舎のしきたりだって聞いてた。皿に山盛りにして光徳寺に届けてもらったのは、〝四個を後で生きてる家族で分け合って食べた。あんなに沢山あるのに、来てくれた人が持ち帰っちゃうことになるんで残らない。もっと食べたかったよ。美味(うま)いんだよ、枕団子〟って丁太が言ってたからなんだよ」

　言い添えた。

次はいよいよ通夜振舞いである。

「丁太のとこじゃ、団子だけで精一杯で通夜振舞いは塩握りがせいぜいだったと思うがな」

松次が洩らすと、

「だからこそ、丁太さんが喜びそうなとっておきの好物で供養なさるべきでは？」

「実をいうと俺は丁太のおっとうを知らねえんだよ。知り合ったのは丁太が紙屑(かみくず)拾いや髪の毛拾いをしてる時で、そうさね、年の頃は十三歳かそこらだったろう、この手の商いには縄張りってもんがあってね。丁太はそれに構わず拾い続けてたもんだから、同業の連中は〝何度言って追い出しても、すぐまた姿を見かける、許せねえ〟ってことで、殴る、蹴(け)るされてた。そこを通りかかった俺が助けたのさ。以後、丁太には所場代を払うようにさせた。田舎から一緒に出てきた猟師だったおっとうは、江戸で暮らし始めて一年も経たないで死んだという。慣れない普請場仕事の折、大雨に見舞われての土砂崩れに呑(の)まれたんだそうだ。俺はね、天涯孤独な丁太のためには、知ってる店に口をきいてやって、小僧で雇ってもらうのが一番だと思って勧めたんだが、一人でやっていけると言ってきかなかったのさ」

「それだからこそ、親分は放(ほう)っておけなかったのでしょう？」

「まあ、うちは娘だけで倅はいないことだしね。ずっと気にかけてたよ。長屋を追い出されちゃ気の毒なんで、丁太の住む長屋の大家とも碁を打ちあう仲になってね。丁太を連れてよく食べ歩いてた。美味い、美味いって言って食べてる時のあいつの顔、底抜けに無邪気でうれしそうで明るくて——駄目だな、思い出しちまった」

目を瞬いた松次の声が震えた。

「また、それは初耳です」

季蔵は松次の方を見ないで、

「どんなものを召し上がったのか、一番喜んだのは何だったのか、是非とも知りたいです」

先を促した。

「何でも美味いって言ってたけど一番は鳥屋だったかな。鍋は汁一滴残さず、焼いた鳥は惜しみ惜しみ嚙み切ってた。丁太はさ、こう言ってたな。〝親分、俺が生まれ育った手下浦は、江戸へ魚や鴨、鶏卵や青物なんかを運ぶ鮮魚街道の荷揚場なんですよ。沼からは鰻とかの魚の他に、冬には渡ってくるいろんな水鳥が獲れるんです。鴨の中でも一等値のいい真鴨だってどっさり獲れる。けど、なかなか俺たちの口には入んねえ。猟で獲った鳥だってお上に納めたり、水鳥屋が買い上げてくれて銭になることもあるけど、毎日食べる米と交換だったりする。だからさ、今ここでこうして鳥食わしてもらってるのは極楽ですよ。それとね、江戸で暮らし始めて紙屑拾いで銭稼いで、はじめて買った鶏肉で田舎じゃ食べたくても食べられなかった、鳥肉類を人参や牛蒡なんかと一緒に炊き込む憧れの鉄火飯、作って食べた時、世の中にも極楽があるんだって知ったんだよね。よくわかんないけどぱっと何かが開けたような気、俺、したんです〟と。その時からかな、あっしが商家奉公を勧めなくなったのは。どんなに大きな商家でも奉公人の三度の飯は米飯に味噌汁、漬物と決まってるからね。これじゃ、ぱっとは開けそうにねえでしょ」

松次は苦笑した。

「それではその鉄火飯を沢山、拵えて通夜振舞いの華にしましょう」

季蔵が言い切ると、

「いいのかい？　通夜振舞いは白和えやがんもどき、人参、牛蒡なんかの煮付けってえのが普通だぜ」

松次はやや慌てた。

「けれども丁太さんの場合は――」

季蔵は思わせぶりな表情を相手に向けた。

「そうだな。まずはここは丁太が好きだった鳥か鶏を食って、どっぷり丁太の無念に浸かってやんねえとな」

「そうです、そうです。さすがに鴨は使いきれませんから鶏はもも肉にします。たっぷり使いましょう」

言い切った季蔵は三吉を鳥屋に走らせることにした。

「え、そんなに買うの？　鶏肉だって高いのに。それも一番高いもも肉を？」

「いいから早くしろ。それから帰りに損料屋に寄って飯炊き釜を二釜、借りてきてほしい。塩梅屋にあるだけではとても足りない」

「わ、わかった」

三吉は目を白黒させて駆け出して行った。

「通夜振舞いの目玉は鉄火飯と決まりましたが、あと二品ほどあった方が賑やかでしょう。他に丁太さんの好物はありませんか？　思い出してください」

「田舎を嫌ってたけど青物は好きだったたね。食べ慣れてたせいだろうけど。特に好きだったのはそう、西瓜と枝豆かな。どっちも家で育てて作るんだそうだけど、人気があって売れる西瓜は食いたいだけ食えないし、枝豆の方はほら、そのまま枝に付いたさやを放っておくと冬場を凌ぐ大豆になるだろう？　そんなわけでやっぱり、好きなだけ塩茹でにして食えるわけじゃなかったって。枝豆の話は丁太がうちに来て、俺はもっぱら麦湯、いける口のあいつには庭の枝豆の茹でたてを酒の肴に出してやった時、聞いた。こんな風味があって美味い枝豆ははじめて食べるって」

「なるほど。それでは西瓜と枝豆の料理を加えましょう。西瓜は後で三吉に青物屋まで走ってもらうことにして、枝豆の方は庭に生っていてそろそろ食べ頃なんです。ちょっと待っていてくださいね」

季蔵は目笊を手にして勝手口から裏庭へ出ると、食べ頃の枝豆のさやを山盛りにもいで戻ってきた。

「いいねえ。枝豆は枝からさやを外したばかりが最高に美味いから、自分で育てて食べるに限る。ところがうちは残念ながら今年は種を蒔き損ねちまってね。湯を沸かすのを手伝うよ。塩の加減には自信があるんだよ。塩は強すぎるとせっかくの風味が壊れる」

松次は立ち上がって大鍋に湯を沸かすと、手際よく枝豆を塩茹でにした。

「さあ、出来上がった」

一つ摘まんでさやの中身を口に吸いこんだ松次は、

「美味いっ、最高っ。もう一度丁太にも食べさせてやりてえ」

涙ぐみかけたが、

「実はこれ、この塩茹でのままにはしないのです」

季蔵のこの言葉に、

「ええっ？　いったいどうするっていうんだい？　あんた、枝豆は塩茹でが一番って決まってるっていうのに――」

驚き呆れた。

「まあ、ご覧になっていてください」

季蔵は軽く塩茹でした枝豆十さやほどの水気をしっかりと切った後、平たい鉄鍋にごま油をひいて、茹で枝豆のさやに少し焦げ目がつくまで炒めた。仕上げに醬油をまわしかけ少なめの塩と胡椒で調味して松次に供した。

「さやごといけるのかい？　それとも中身の豆だけ？」

困惑している松次に、

「それはお好きに」

季蔵自身はさやごと食した。

――そういえば、鷲尾家に仕えていた侍だった頃、瑠璃の家では枝豆を作っていた。枝豆のさやを捨てるのは勿体ないと瑠璃が言い出し、枝豆をさやのまま煮て食べたら、どんなだろうということになって、醤油と生姜、唐辛子で煮付けて、一緒に食べたことがあったな。もぎたての枝豆のさやは柔らかであれもそう悪くはなかった。そのことを思い出してふと、さやごと焼いてみようと思ったのだ——

四

「それじゃあ、俺も」

季蔵に倣った松次は、

「旨めえ。さやごとだと豆の味が濃くて甘味が増す。さやは固くて食いにくいもんだと思い込んでたがこいつは違う。焼き枝豆と名づけたぜ」

残りを一気に胃の腑に送り込んで、

「醤油味の後はやっぱりあれかねえ、甘いの——」

好物の甘酒の振舞いを匂わせた。

「甘酒もいいのでしょうが、これも案外悪くありません。実は丁太さんが好きだったという西瓜を、生姜砂糖汁漬けにしたものが井戸で冷えてるんです。松次親分が今、召し上がる分はこれで間に合いそうです」

季蔵はそう言い置いて、井戸から西瓜の生姜砂糖汁漬けの入った器を持ってきた。

これはまず切った西瓜の皮を剝いて一口大に切る。鍋に水と砂糖、薄切りの生姜適量を入れて火にかけ、沸騰したら切った西瓜を入れて火を止める。粗熱がとれたら井戸で冷やして供する。

「おっ、西瓜の青臭さが消えてる。すっきりした甘さがいい。俺みたいな下戸は飯の後、酒飲みは茶漬けの後でもこれならすいすい食べられる。いける口だった丁太なら酒の途中でもこれで一休みして、また飲むんじゃねえかな」

松次は器にあった西瓜の生姜砂糖汁漬けも全て食してしまった。

「只今ーっ」

三吉がふうふう言いながら鶏のもも肉と釜を背負って抱えて帰ってきた。生姜砂糖汁漬けが入っていた器が空なのを横目で見ると、

「えーっ、もうないのぉ？　おいら、楽しみにしてたんだよ」

悲鳴に似たぼやきが口から洩れた。

「これからその西瓜の生姜砂糖汁漬けをどっさり作ってやるから、がっかりしなくていい。その代わり、青物屋へ行って西瓜五個と人参、牛蒡を五束ずつ、足りない枝豆も、朝採りのものをあるだけもとめてきてほしい」

季蔵の指図に、

「また行くの？　おいら、喉渇いたし疲れたよ。甘酒飲んでちょっと休ませて」

三吉が渋ると、

「まあ、いいだろう。ご苦労さん」

季蔵はまた井戸へと冷やした甘酒を取りに行って、

「ついでになってしまいましたが親分もいかがです？」

まずは松次には温かい甘酒を勧め、

「元気をつけてもうひと頑張りしてくれ」

三吉には冷やした甘酒で労った。

「こいつは別腹でするするっと入っちまうんだから摩訶不思議だよ」

松次はすぐにお代わりをして、

「あーあ、これに西瓜の生姜砂糖汁漬けがあったら言うことなしなのにな」

などとまたぼやきつつ、三吉も三杯お代わりをした後、

「行ってきまーす」

元気な声を挙げて再び店を出て行った。

松次の方は、

「それにしても丁太がどうして下っ引きになろうとしたのか、まだあんたに話してな

かったな」

感慨深そうに丁太の話を継いだ。

「親分や田端様は市中の治安を守る尊いお役目をされています。しかしとても労苦の多い重いお仕事です。紙屑拾いの日銭で日々を凌いでいて、人に使われる商家の奉公人には決してなりたくない丁太さんなら、どうして、もっと実入りのいい職を選ばなかったのかと不思議です」

季蔵は疑問を口にした。

「そいつは俺が止めたんだよ。いいように見えてたいていの仕事は皆命がけで、同じ命がけなら世のため、人のためにちっとはなる仕事をしたかったんだと、俺は自分が岡っ引きになった理由を話したのさ。丁太に〝どうしてそんな金にならないことに血道をあげて、奉行所や同心にこき使われてるのか？〟って訊かれたんで応えたんだ。まあ、長い間この仕事をしてきて、世のため、人のためだなんてこっ恥ずかしくて口にしたなんて一度もなかったんだけどね。そうしたら、丁太の奴ときたら、真剣な顔で〝俺もそれやりたいです。親分みたいになりたいです〟って言った。俺が〝まあ、自分も必死に努力して、仕えるの旦那の当たりがよけりゃ、時々は鉄火飯とやらの鶏飯も食えるぜ〟なんて茶化したんだけどな」

松次はそこで一度話を切ってから、

「気になったのは岡っ引きから同心にはなれねえのかっていう丁太の問いで、〝そいつは同心株ってやつを買えばなれねえこともねえが、買うのもそれなりに蛇の道は蛇ってえのがあって、こいつを知ってねえとなかなかむずかしい。金もかかって人脈も要る、そんな面倒なこと、俺ならしたくないね〟と応えたのを覚えてる。その時の丁太の目、今まで見たことがないほどぎらついてな。お縄になる押し込みなんかにもこの手の目をしてる奴がいるんで、ほんの一瞬心配になった」

と続けた。

さらに松次は甘酒の代りを重ねて、

「駄目だねえ、年齢(とし)なんだろうけど、甘酒でも飲み過ぎると眠くなっちまう――」

目を指でこすり始め、

「お疲れなのですよ。ゆっくりなさっていてください」

片腕に頭をもたせかけてうとうとしている松次を店に残して季蔵は離れへと行った。

「虎吉(とらきち)、元気か？」

このところ季蔵が持ち帰る鶏料理の余りが功を奏して、虎吉も多少は食を取り戻してきていた。

「ものの本によればおまえと海を越えた国にいるという大きな虎とやらは、元は同じ種らしいな。虎は魚ではない生きものを捕らえて長らえているというから、おまえも本当は魚などより鳥類の方が好みなのだろう」

などと話しかけると、そうだといわんばかりに虎吉は小さくにゃあと鳴いた。

しかし、季蔵が離れへ来たのは虎吉の様子を見るためではなかった。納戸の引き戸を開けて、どうしても読まなければならない本を探すためである。『四方八方料理大全』である。そこには鉄火飯について以下のように記されていた。

鉄火飯

我が国津々浦々で食されている鳥、あるいは鶏飯の手下浦流が鉄火飯である。手下浦では鴨等の水鳥が豊富に捕獲される。こうした水鳥が地元で食されることは少ないが、猟師たちが高額で売れる真鴨猟の成功を願い、縁起を担いで食することがある。鉄火という言葉は文字通り火で焼いた鉄という意味で、これに場がついて鉄火場となると、賭場師占有の賭場という意味である。ゆえに鉄火とは金のためなら、火で真っ赤になって触れれば手が溶けかねない、熱く危険な鉄を握る覚悟と同じと考えてもいいように思う。

ここでの金は賭場ならば一攫千金の強欲であるが、手下浦の猟師たちにとってはぎりぎりの生活の糧であろう。

なお、鉄火飯は鳥類の肉を細かく切り、同様に細かく切った人参、牛蒡等、戻した干し椎茸と一緒に醬油味で調味する炊き込み飯である。これには心の臓、肝の臓までも炊き込まれることがある。傷みやすい内臓まで使われるのは、鳥類の捕獲地である手下浦では、常に新鮮な鳥類を料理に用いることができたゆえであろうか。それとも窮乏と隣り合わせの暮らしの中で、内臓さえ無駄にしない節約ぶりの表れなのか？

猟師たちの景気づけとして鉄火飯はあか飯と言われていて、とりわけ赤い種の人参が入っている。これは真鴨の足が赤いことに縁起づけていて、真鴨が沢山獲れるようにと商いの神のえびす様に供えられる。

我が国全域で多く食されている鶏飯の全てが、鉄火飯のような謂れによるものとは思いがたいものの、その広がり、普及ぶりには鳥または鶏食いへのあくなき憧れが、長きにわたる熟成をもたらしてきたことは間違いない。

『四方八方料理大全』に記されている鉄火飯の説明はここで終わっている。

季蔵が早急に知りたいのは鉄火飯の美味しい作り方であった。

――どうしたものか？――

――鳥または鶏の肉や内臓を青物と一緒に炊き込むのには無理がある。鯛を焼いて炊き込む鯛飯とて、焼いた身をほぐしておいて炊いた飯に炊き込む方が、なぜか洗練された味に仕上がる。鳥類の肉ならば鶏であっても独特の臭みはあるので猶更だろう。これは炊き込みではなく、調味して炊いた飯に煮て味付けした鶏肉と青物、戻した干し椎茸を合わせる、混ぜずしのやり方をした方がいい。その場合気をつけなければならないのは、飯と混ぜる具の調味だ。混ざった時の味を念頭に置いて調味料を多すぎず、少なすぎずに使いこなさねばならない――

拵え方を決めて立ち上がった時、

「季蔵さあん、おいら」

三吉が青物屋から帰ってきて離れの戸口に立った。

「店では松次親分が寝ちゃってるもんだから、たぶんこっちかと思って。あ、親分ときたら、頬杖ついてぶつぶつ言いながら舟漕いでたから、小上がりまで抱えてって、座布団枕にしてちゃんと寝てもらったよ。親分、眠りながら泣いてたし、これから拵える料理、親分の大事な人の通夜振舞いだよね。親分が喪主だっていうから今、休んどかないと」

「いろいろありがとう。これから始める。常より多く同じものを拵えるから気合を入れて頑張ろう」

季蔵の言葉に、

「合点承知」

三吉は元気に応えた。

五

飯は水加減した米に昆布と酒、薄口醤油を加えて炊き上げる。混ぜ合わせる具の方は戻し汁をとっておく干し椎茸は千切り、鶏もも肉は小指の先ほどの角切り、人参は銀杏切り、牛蒡は細かいささがきにして、鍋に油をひいて鶏肉を炒め、干し椎茸、人参、牛蒡、湯通しして一口短冊に切った油揚げを合わせ、とっておいた椎茸の戻し汁とだし汁、砂糖、塩、薄口醤油、味醂、酒を加えて焦げ付かないようにゆっくりとほぼ煮汁がなくなるまで煮含めていく。具は笊に上げて煮汁と分けておく。

炊きあがった味付きの飯は大きな飯台に取り、煮汁を切っておいた具と混ぜて仕上げる。煮汁は極力加えない。味が薄すぎると感じた時は濃い煮汁を少量加えて調整する。

いい匂いが漂ってきたところで、

「寝ちまってたようだ」

松次が目を覚ました。

季蔵流の鉄火飯が出来上がった後は焼き枝豆、西瓜の生姜砂糖汁漬けと続けてつくりあげて夕刻までに間に合わせ、なにぶん大量なので大八車に載せて光徳寺へと向かった。

丁太が住んでいた長屋の人たちには報せたので結構な人数が集まった。

「越してきたばかりはとっつきにくかったし、おとっつぁんが土砂に呑まれちまった時は沈んでたけど、松次親分があれこれ気にかけてここへも来るようになってからは変わったね」

「子どもの喧嘩(けんか)に親が出てくとそりゃあ、筋が違うって仲裁してくれたりしてね」

「読み書きも独学で遅くまで頑張ってた」

「これからだっていうのに惜しいねえ。機嫌が悪かったんで仕様がなかったという話だけど馬を恨むよ」

丁太の死は長屋の人たちには馬に蹴られたことにして伝えられていた。

安徳和尚の丁寧な読経と焼香が済むと通夜振舞いとなり、

「久々の大ご馳走じゃないか」

「酒もいい」

「悪いような勿体ないような――」

「前から決めて葬式代、貯えてたっていう話だよ」

「丁太さん、家族皆なくして一人ぼっちだったから、若くても覚悟はあったのさ」

「墓は松次親分のとこだって」

「松次親分には仏様のご加護がきっとあるよ」

「それにしてもどれも美味しいねえ。ここに来なかった家族にも食べさせてやりたいよ」

人々はよく食べてよく飲み、残ったものは用意した折に詰めて持ち帰って行った。

松次は一晩ここで死者と一緒に過ごすこととなった。

「これを」

通夜の途中から席に加わっていた蔵之進が文を渡してきた。

遅くなっても塩梅屋へ行く。待たれよ。
　　　　　　　　　　　　　　　　　　烏谷
季蔵へ

光徳寺を引き上げた季蔵は家ではなく店に戻った。四ツ半（夜十一時頃）を過ぎて烏谷が訪れた。

「通夜振舞いを頼む」

取り置かれているのが当然のことのような口ぶりであった。

「はい、只今」

季蔵は重箱に詰めた鉄火飯と焼き枝豆、井戸で冷やしている西瓜の生姜砂糖汁漬けを供した。

「こういう日は飲むに限る」

烏谷は酒豪の田端にでもなったかのようにぐいぐいと冷や酒の入った湯呑を空けていく。

「そちも飲め」

「たしかにきつい一日でした」

季蔵も烏谷に倣って湯呑の冷酒を半分ほど一気に飲み干した。

「ところで鳥屋六人衆が殺された後、すぐに後を継がれた室町屋千代吉さんは、同じく六人衆の須田屋喜兵衛さんの二番目の娘さんと近く夫婦になる約束をしていました。大番頭の兼吉さんやお内儀さんは、うきうきした調子で出かけた千代吉さんが、その娘さんと逢瀬を楽しんでいるとばかり思い込んでいたとのことでした。須田屋さんの娘さんの話は聞けたのでしょうか？」

これは本来、丁太のあのような骸さえ見つかってあの納屋に運び込まれなければは、田端と松次が須田屋を訪れて訊き糺すことになっていた。

「ことの流れが流れゆえ、今月は当番ではないが蔵之進にその役目を果たしてもらった。まさかと思ったが須田屋の娘は、約束の日本橋は堀江町の船宿で千代吉を一刻半（約三時間）も待ち続けていたという。娘の名は艶。美人との評判のお艶だが千代吉がいなくなって骸になったことよりも、自分が長く待たされたことに立腹していて、蔵之進は神田屋三郎兵衛の妾お葉と相対死したことはおろか、お葉との仲に心当たりがないかどうかさえも聞くことができなかったという。これはやはり二人を結んでいた赤い紐を解いて、素知らぬふりで骸を引き渡すしかないな。神田屋のお内儀は引き取ったお葉の骸を骨にして、故郷へ帰してやるつもりだと申し出ているそうだ。無縁仏にならずにこれはよかった」

烏谷はことの次第を淡々と語った。

「となると千代吉さんはどこでいなくなったのでしょうか？」

季蔵は訊かずにはいられなかった。

「当日の昼、粋な鴫料理の店として知られている吉原遊郭近くの伊勢屋で、鳥屋六人衆の寄合があった。あんなことがあってからというもの、鳥屋六人衆の係累たちは深刻な後継ぎ問題に直面している。直系に恵まれなかった肝煎の日本橋屋七兵衛、長老の上野屋次郎兵衛の二人は親戚間での泥沼の後継ぎ争いとなり、一番若くして殺された瀬戸屋甚兵衛の長男はまだ五つ、妾が死産して後継ぎを遺せなかった神田屋同様、初老の大番頭の仕切りとなっている。須田屋は女子ばかりで次女こそ美女だが、痘痕が目立つ長女は滅多に顔を外に見せず、婿取りが難航しているそうだ。そのような中で直ちに後が継げたのは室町屋千代吉だけだったので、この日千代吉に肝煎になってもらうほかはないとの提案がされたという」

「千代吉さんは困られたのでは？」

「寄合に出ていた者たちの話では満更でもない様子で、あまり普段は嗜まない酒もつきあったそうだ。人というものは遠いところにある、口に入らないとわかっている旨いもののことは、あれは不味いんだと決めつけて、くさしたり、けなしたりするものだが、いざ、箸を添えて勧められると臆面もなくかぶりつく。それとまあ、この場合、肝煎という地位が千代吉を成長させたかもしれない」

「たしかにそれもわからない話ではありませんね。ただし、肝煎のお役目を千代吉さんが喜んでいたとしたら、すぐにも待ち合わせていた須田屋の娘さん、お艶さんのところへ報せに行きそうなものです。このあたりが得心が行きません」

「千代吉はお艶のところへ飛んで行こうとして、何らかの理由で、死地となってしまったあの出合茶屋まで連れて行かれたことになる」

「連れて行った者を見た者は？　出合茶屋の女将や女中は？」

「それなんだ」

烏谷はいつになく暗い表情をしている。

「その出合茶屋の女将と女中は千代吉だけではなく、先に着いていたお葉も同じ男が連れてきていたと言っている」

「どんな男なのです？」

思わず季蔵は身を乗り出した。

烏谷は懐から二つに折った紙を取り出して広げた。

やや細面の若い男の顔で鼻筋は高いが大きすぎていて、それでも分厚い唇とは相俟っている。きりっと上がった切れ長の目は役者ばりである。

「わしは会ったことがないが、皆が言うにはこれはあの骸の主、丁太だそうだ」

「丁太さんが千代吉さんとお葉さんを各々出合茶屋まで連れて行き、自身はあのように殺されて埋められたということですね」

季蔵には信じられない思いであった。

「残っていた二人の湯呑の甘酒で鼠が死んだ。砒素毒だと牢医は言っている。二人の部屋に出入りしていた女中は丁太に〝お茶代りにこれを出すように。その際、――これで全て上手くいきます――と必ず言い添えて〟と言われて心づけを貰ったので、忘れず言われた通り、注いで出して勧めたという。何も知らない女中を使って毒を盛り、丁太は千代吉とお葉を殺したのだ」

「丁太さんはどう言って千代吉さんやお葉さんを出合茶屋に連れて行ったのでしょう？」

季蔵はまだ信じられなかった。

「わしから田端、田端から松次と指示して、お葉の家を丁太に見張らせていた。その間に丁太はお葉とまずは挨拶から、そのうち各々の故郷の話などするようになったのだろう。お葉はお上の役目を果たしているという丁太を信じていた。だから、神田屋のお内儀が神田屋三郎兵衛の死の真相の完璧な隠蔽と共に死産して役立たずだった妾の命を狙っている、急いで身を隠す必要があると丁太に知らされると従ったのであろう。千代吉の場合は、〝これは鳥屋六人衆の肝煎襲名に課せられた、秘されている儀式なんですよ〟とでも言われれば、死んだ父親と違って女遊びには疎いこともあって、仕方がないと思い定めていう通りにした」

「といっても場所が場所ですよ」

「場所が出合茶屋だなどとは知らされていなかったはずで、神社か稲荷での儀式なら、約束をすっぽかす許嫁の須田屋のお艶にも、後でよくよく話せばわかってもらえるだろうと思ったのだろう」

六

「出合茶屋の部屋で顔を合わせた後の二人は？　なぜあのようになったのです？」

「お葉の方は自分と同じで何かの理由で身を隠す必要のある男だと千代吉を見做し、この場に至ってやっと千代吉は儀式の何たるかを知った。緊張したはずだ。そこへ女中が丁太に言われた通り、甘酒を運んできた。その際、丁太に言われた通りの言葉を口にした。その言葉をお葉は〝この男はこれからあたしの護り役だ〟と思い込み、千代吉の方は〝これで儀式が済むのなら〟と安堵してしまった。そして二人にとっては思いもかけないあの惨事が起きた」

「赤い紐はいつ結ばれたのでしょう？」

「頃合いを見計らって丁太が戻ってきて、二人の部屋へと行ったと女将が覚えていた」

「それでは丁太さんが下手人だとすぐわかってしまう。この悪事は当初から丁太さんの口封じも兼ねて仕上げにと練られたものだった――」

「そういうことになる」

烏谷はやや重々しく相づちを打った。

「そして誰かが丁太さんにお葉さんと千代吉さんを誘い出して、毒で二人を殺すよう命じた。しかし、どうして悪を挫く役目を担いたい下っ引きの丁太さんがそのような殺しを引き受けたのでしょうか？　わたしにはわかりかねます」

「お葉は神田屋夫婦を、千代吉は須田屋の小町娘を欺いている。そして二人は深く情を交わし合っている仲であるだけではなく、実は赤子や子どもを含む何件もの殺しを手がけている凄腕の殺し屋で、お白州では沙汰を申し渡すことができぬほどの大物を後ろ盾にしていると吹き込む。ここまで極悪人の男女であれば今まで闇に葬られてきた少なくない人たちに代わって、息の根を止めるのはむしろ世のためと丁太が信じ込まされても不思議はなかろう」

「とはいえ、そんなもっともらしい戯言を丁太さんに信じ込ませる相手の見当がつきません」

「あの松次でないことは事実だ」

言い切った烏谷は、

「だがまだ、松次にこのことは隠さねばならぬ。知ればやみくもに動いて、丁太を操って人を殺させ口封じした真の下手人を探そうとするだろう。真の下手人を捕らえるにはこちらの動きを決して読まれぬことだ。それでいてあちらにこちらが何か握っているのではないかと焦らせる」

と続けた。

「それでお奉行はあえて光徳寺で目立つ通夜、葬儀を思いつかれたのですね」

「骸検めで同じ日ほぼ同じ頃、場所や様子は違えども、三体ものおかしな骸が揃うのは偶然とは思えなかった。これはつながっているかもしれないとぴんと来たのだ」

烏谷は呟いた。

——さすがだな——

季蔵は感心する一方、

——険しい顔だ——

にこりともしない烏谷の寄っている眉間の皺に見入った。常の烏谷はこんな時、どうだといわんばかりに目こそ笑ってはいないが、大口を開いて笑ってみせる。

——もしや、お奉行は真から深く悩まれているのでは？——

「何か、ご所望のものはございませんか？　ここにあるもので間に合えば、拵えます」

「腹はそこそこくちいが何か物足りない」

「それでは鶏の唐揚げなどいかがです？」

鉄火飯用の鶏もも肉が少し残っていた。

「それは何よりだ」

応えた烏谷は、

「光徳寺での通夜、葬儀は真の下手人のあぶり出しの意味もある。だがそれだけではないぞ。松次と丁太の絆の哀れさが、手厚い供養でもしてやらなければ堪らなかった」

と洩らした。

その鳥谷は鞍馬屋伊平から託された文を置いて帰った。見送った季蔵が文を開くと以下のようにあった。

鳥柴の宴の品書き、高級料理屋のものに引けをとらず、〝市中料理屋十傑〟会心の見事なものと感無量に拝見いたしました。

まだ、何かあるのかとお思いになることを覚悟でさらなるお願いがございます。

鶏を使った飯物と、鶏が多く使われているがゆえの卵菓子を追加させていただきたいのです。

働く人たちの腹の足しになる飯物は味楽里の昼時には欠かせない、安くて旨い人気の逸品であるべきです。

また、鶏は味の深さでは水鳥や陸鳥の野鳥に敵いませんが、その卵は他の鳥類よりはるかに重宝されていますので、是非ともご工夫いただければと思っています。

八ツ時にほうじ茶と共にこれを供して、庭のあちこちに縁台を置き、四季の花の眺めと甘味の両方を味わっていただく趣向もよろしいように思います。

よろしくお願いいたします。

鞍馬屋伊平

塩梅屋季蔵様

これを読んだ季蔵は翌日、丁太の野辺送りが終わった後、豪助とおしんがいる味楽里へと向かった。

「まだあるんだ、注文。それにしても敵はしつこいねえ、粘るよね」

豪助は歯嚙みし、

「季蔵さんはもう思いついてるんじゃない？　あ、卵菓子の方は明かさないで。あたしも楽しみにしたいから」

などと言った。

「何、勝手なこと言ってんだよ」

苦虫を嚙み潰したような顔になった豪助に、

「相談したいことがあるのです」

縁あって鉄火飯なるものを通夜振舞いで拵えたことを話した。

「へえ、どこの田舎でもたいてい食べられてて、ご馳走だっていう鶏飯のこと、手下浦じゃ、鉄火飯っていうのね」

おしんの言葉に、

「茶化すな」

ついに豪助が雷を落として、

「まあまあ、仲が良すぎて喧嘩するのはわかるけど、そのくらいにしておいてくれ。相談というのは、今、話した拵え方では今一つ、鳥柴の宴の他の品書きに比べて、洗練を欠いているような気がしているのだ。これぞという鉄火飯は思いつかないか？」

季蔵は本題に立ち戻った。

「うーん、洗練と言われてもねえ。ようは鶏飯の鉄火飯でしょ、人参だけはどれにも入ってるけど、後の青物は戻した干し椎茸と根菜の牛蒡、蓮根のどっちかってことぐらいで、あんまり代わり映えはしないわよ。ああ、でも、昔はいざ知らず、今じゃ、季蔵さんが工夫したようにお米と具は別々に煮炊きして、後で合わせるっていうやり方がほとんどね。青物と油揚げだけのかやくご飯は、今でもお米と一緒に出汁で炊き込むんだから、これってせっかくの鶏肉、時に鴨肉なんかがぱさぱさにならないようにしてるんだと思う」

おしんのこの言葉に、

「俺、おやじにもおふくろにも縁がなかったんだけど、一度だけつくってくれたおふくろの料理、まだ覚えている。青物の他に鶏肉が入ってたってことと、とにかく人参なんかも鶏肉やお米までふっくらつやつやしてた。赤飯は何度か食べてたから飯はあれと同じだって思った。おふくろが珍しく拵えてくれた最初で最後の飯だった。やけに美味くて美味くて、もう涙が出るくらいで――」

　豪助は目を瞬かせ、

「やだなあ、俺、何、言ってんだろう、こんな話、しちまって、どうしたのかな？」

どうやら子どもの頃の話に誘われてしまった様子であった。

「うちの人がおっかさんにつくってもらったの、たぶん、鶏おこわよ」

「そうですね」

おしんと季蔵は頷き合った。

「そして、それっ」

「その通りです」

　さらに頷き合った後、

「米を、一晩水に浸したもち米に変えて、出汁、調味料で炒めた具を合わせて蒸籠で蒸すと鶏おこわ、一工夫して鶏肉と青味、もち米の美味さが相俟(あいま)った最高の鉄火飯になります」

季蔵はやや興奮気味に告げた。

「豪助のおかげで最大の難関を突破できた。この鉄火飯は味楽里の最大の売りになりそうだ」

「兄貴の役に立つために俺、思い出せてよかった。ほんとは、もう俺を捨ててった、おふくろのことなんて思い出したくなかったんだよ」

おしんも、

「あら、人って絶対思い出したくないことは、心に蓋(ふた)をして思い出せないっていうわよ。思い出せるのは幸せでその蓋が開いちゃうからだって。あんた、今があたしと坊やの暮らし、満更でもないんでしょ。ね、ね、そうでしょ。そうだと言ってよ」

頬(ほお)を紅潮させている。

「何を自惚(うぬぼ)れてやがる、べらぼうめ。誰が言うもんか」

大声を上げた豪助は真っ赤になり、

――またしても御馳走様――

告げる代わりに季蔵は微笑んだ。

第七話　玉子とろとろ

一

——味楽里流鉄火飯が決まったところで後は卵菓子——

店に戻ってこの日の客たちを見送り、三吉を帰らせた季蔵は、薄荷ようかんに想を得た玉子ようかんの試作を始めた。

このところ白玉や寒天にかける黒蜜は作り置きしてある。これを薄荷ようかんを作ったのと同じ白い筒型の陶器の小鉢の底に敷く。鍋に味醂を入れて沸騰させて酒精を飛ばし、百八十数えて、煮詰める。これに豆乳を加える。火に近づけすぎると豆乳が分離するので注意する。小鍋で砂糖を溶かして焦がさないように白蜜をつくる。鉢に卵を溶き豆乳と白蜜を入れてよく混ぜる。この時人肌よりぬるめにしないと卵が煮えてしまう。これを笊で漉して黒蜜を敷いた器に入れて蒸籠で蒸して竹串が適度な抵抗ですっと通れば仕上がっている。粗熱を取り井戸で冷やして供する。

冷やした玉子ようかんを食してみた季蔵は、

——黒蜜、白蜜の甘味の他に味醂の深みのある甘味が何とも奥深い味わいになっている。これなら鳥柴の宴の日本古来の鳥類料理ともしっくりくる——。

及第とした。

一方、何やらおさまりの悪い気持ちを、鳥柴の宴の品書きに対して抱いている自分に気がついた。それは、

——味楽里流鉄火飯を大看板にして、味楽里はこのまま鳥類料理の専門店になってしまうのだろうか。時季の鳥類を使うので、他の高級鳥料理店に比べれば安価な上、見事な庭まで鑑賞できるとなればお客さんたちは押し寄せるだろうが、鳥類の値でも跳ね上がれば料理の値は上げねばならず、他店と変わらない高嶺の花の店になってしまう。それでいいのだろうか——

という先行きへの危惧であった。

翌日、季蔵は冷えた玉子ようかんを味楽里へと持参した。

「味醂のお菓子使いって凄いっ。これは止まらないわね。それとこのとろとろ感、たまらないわよ」

おしんはあっという間に二個、三個と匙を使い、豪助は、

「正月のお屠蘇の味醂だってようは酒。これなら相当の酒飲みでもさらっとぺろりだよ。それと玉子ようかんって呼び名じゃ、地味すぎる。ほんとは味醂ようかんなんだけど、これじゃ、あんまり美味そうじゃない」

うーんと唸った。するとおしんが、

「そりゃあ、もう、玉子とろとろに決まりでしょ」

満面の笑みで言った。

そして、三人は味楽里の品書きについての話を始めた。季蔵が危惧していたようなことは豪助やおしんも案じていたのである。

「元々、鳥類って安くないでしょ。鳥類は鶴が一番高値だけどこれは堂々とは食べられないから別格としても、野鳥食いが好きな人って、いろんな鴨の種類の中でもどれでもいいっていうわけじゃなく、絶対真鴨じゃなきゃ駄目だ、食べないなんて言う人もいる。いくら大物の水鳥屋さんが後ろ盾でも、鳥類の仕入れって大変だと思う。時季の鳥類を出すっていうのも、時季じゃなくても、食べられるために飼われてる鴨とかは結構多いでしょ。いいか悪いかは別にして、そういう鳥の肉、高値を出せば手に入るんだから、時季の鳥類料理っていう触れ込みも、そのうち気がきかないってことにされそう。だから――」

その先を言いにくそうなおしんを、

「くだくだ続けなくていいよ。俺はずばり鳥類料理だけでやってくのは無理があると思う。仕入れも値付けも客の入りも心配だ」

庇うように豪助が言い切った。

「そうか。実は俺も同じことを考えていた」

季蔵は受けた。

「兄貴は俺たちを雇ってくれた相手に義理とか約束があるんじゃないのかい？」

「義理や約束に今後の味楽里の品書きまでは入っていない。今回はあくまでも一度きりの鳥柴の宴のためのものだ」

「だったら、鳥柴以後の品書きは俺たちで考えてもいいってこと？」

「相手はわからないお人ではない。そのことはこれから交渉するつもりだ」

そう告げた季蔵はいつもの経由で鞍馬屋伊平に宛てて文を書いた。


飯物はご存じの鉄火飯を味楽里流で拵えさせていただきます。なお卵菓子の方は玉子とろとろと名づけました。お味の方はどうかお楽しみに。

それと味楽里が四季を通してお客様方に供する品書きは、勝手ながら、高額な鳥類料理に拘ることなく、安価な塩梅屋の品書きと重なる、四季折々の品々もあり得るとのお許しをいただきたくお願い申し上げます。

塩梅屋季蔵

鞍馬屋伊平様

するとほどなく以下の返事がもたらされた。

味楽里流鉄火飯、玉子とろとろ、大変楽しみです。

お申し越しの味楽里の品書きのことは許すも、許さないもございません。そもそもは〝市中料理屋十傑〟のあなた様の研鑽、旬の食材で拵える安くて旨い料理、そしてそれを記して市中に配る親切心と心意気、何より流行風邪禍の折、早朝から持ち帰りを用意する等、市中での卓越したお働きに打たれてのお願いでした。たとえば振り塩イサキとか、イサキ飯等おおいに結構です。そもそも日々を美味しく充たす糧に、川魚、海魚、水鳥、陸鳥、そして山菜等の別などあろうはずもないのです。

こちらはただただ、是非とも縦横無尽に様々な食べ物を駆使して、疲弊している今の江戸に新風を呼び起こし、活気を取り戻すお手伝いをさせていただければよろしいのです。それだけが願いです。

また、あなた様と御一緒に味楽里を盛り上げる豪助さん、おしんさんの活躍、ひいてはお子さんの健康、順風満帆な幸せをも願わずにはいられません。

鞍馬屋伊平

塩梅屋季蔵様

この返事を読んだ季蔵は今までにはなかった不思議な違和感を覚えた。それが終わりの一文にあるのだとわかると、

――なぜ、伊平さんは豪助一家のことをここまで知っているのか？　お奉行に聞いたのだろうか？　いや、違う。駄洒落(だじゃれ)こそ始終飛ばしているお奉行だが、人の家族等、何かで核心になりそうなことは、どんな相手でも、たとえこのわたしにも、伴侶(はんりょ)同然のお涼(りょう)さんであっても、決して明かさぬお方だ。だとしたら、いったいどこから？　そしてどうして豪助たちの子の幸せまで願うのか？　健康、順風満帆などという大袈(おおげ)裟(さ)な言葉使いで――

見当がつかないまま、午後の一時頬杖(ほおづえ)をついて夕方近くまで過ごし、いつものように暮れ六ツを過ぎて客の応対をし、見送ってもなお、このことは心の澱(おり)のように気に

かかった。

――わたしは鞍馬屋さん父子を怪しむ心など微塵もない。けれども仲間の輪は広がるにつれて反意を抱く者も出てくる。ましてや鞍馬屋伊平さんの父親、伊三郎さんは名の知れた侠客だった頃もある。その時の関わりや人のつながりもある。それがいつも吉と出るとは限らない。反鞍馬屋父子が侠客と結びついていたとしたら？――

そこで季蔵は、はっと気がついて自分を叱った。

――馬鹿なことを。もし仮にそんなことがあったとしても、敵視されるのは鳥柴の宴を請け負ったこの俺で豪助一家は関わりがないはず――

そう自分に言い聞かせ、長引かせた片付けを終わりにして帰ろうと前垂れを外した時、

「兄貴」

「大変、大変なの、善太が――」

豪助とおしんが戸口からなだれ込むように入ってきた。おしんは顔面蒼白で、上がっている豪助の太い眉が憤っている。不安が募り過ぎた時の豪助は眉を怒らせる癖があった。そして今、豪助の怒った眉は毛まで逆立って見えた。

「いったいこんな夜分にどうしたというのだ？　善太ちゃんの具合でも悪いのか？」

「違います」

おしんが泣き出した。

「うるさいっ、泣くな」

豪助は一喝して、

「善太がいなくなった。さんざん近所を探したんだが見つからない」

「おまえたちが味楽里にいる間、めんどうを見ててくれる女(ひと)がいたはずだろう」

「それが、善太が庭で遊んでて、その女がお八ツを用意してた少しの間にいなくなったんですって。あたしたちが味楽里から帰るまでずっと探してくれてたの。でも、まだ見つからなくて」

おしんは涙を振り払った。

――神隠しでないといいが――

ふらふらと家を出ての迷子ならば見つかることもあるが、攫(さら)われて売り飛ばされる闇(やみ)の人買いの仕業だとまず見つからない。

「そのうちお金と引き換えって言ってくるかも。お金ならあの家を何とかすれば――神様、そうしてください、お願いします」

おしんは目の前に神棚でもあるかのように手を合わせた。

豪助はおしんの方に顎をしゃくった後、

「俺んとこが借金だらけなことぐらい誰でも知ってる。とはいえ、今のおしんはああでも考えねえとおかしくなっちまうんだろう――」

そっと耳打ちしてきた。

二

この夜、季蔵は豪助たちの家へ行き、息詰まる緊張の時を朝まで共に過ごした。夜食にと拵えた叩き鶏の甘辛握りはとうとう誰も手をつけなかった。鉄火飯のためにもとめた鶏もも肉は烏谷のための唐揚げに使ってもまだ残っていて、よく叩いて酒、醤油、砂糖で味つけすると鶏のそぼろになった。これを芯にして握ると誰もが好む握り飯が出来る。

――思い詰め過ぎを弛めるのは食べ物なのだが、それが駄目ならこれしかない――

季蔵は頻繁に茶を淹れた。

「お茶は煎茶にしてね。ほうじ茶や麦湯じゃ目覚ましにならない。ちょっとでも寝ちまったら罰が当たってあの子がもう、戻らない気がする」

おしんが念を押した。

夜が白んでくると、

「ああ、もう駄目なのかも。夜の間に見つかったり、戻ってこなけりゃ、あたしたち、もう二度とあの子には会えない」

泣きながらおしんは言った。

「俺はそろそろ行かないと――」

豪助は握り飯に手を伸ばした。

豪助はまだ船頭の仕事を続けていて、

「代わりがいなくて困ってるみたいだから。川の渡しがいないと皆の仕事に差し障りが出るだろ。次が見つかるまではやるさ。こんな俺でも他人様(ひとさま)の役に立ってたんだな」

味楽里での品書き作りの折洩(も)らしていた。

「あんた、よくそんなことができるわね」

おしんの細い両目が吊(つ)り上がって斜め上がりの線二本になった。

「そうは言っても朝は来て人は皆、それぞれの事情で働くんだ。ねえ、兄貴」

豪助に相づちをもとめられてどう応(こた)えたものか、戸惑っていた時、とんとんと軽く戸口を叩く音がして、

「お邪魔いたします。こちらは漬物茶屋みよしさんでございましょうか」

細く滑らかな声が心地よく響いた。

「たしかにうちは漬物茶屋ですけど、まだ店は開けてません」

おしんはやや険のある声で応えたが、豪助は戸を開けようと立ち上がり季蔵も続いた。

「こちらの坊やをお連れいたしました」

いなくなった善太の手を引いているのは、お涼の家で瑠璃の世話をしつつ、薄荷油作りに励んでいるはずのお竹だった。あの時とはまた違った印象で年齢不詳の若々しさはそのままだったが、着物の身に着け方がお涼並に垢ぬけていた。

「善太ちゃん、さあお家に着きましたよ」

お竹が握っていた手を放すと、

「おっとう」

善太が豪助に飛びつこうとすると、間髪を容れず、おしんが走り出てきて豪助と並んだ。

「おっかあ」

善太は二人に抱きかかえられた。二人は善太、善太と子どもの名を呼んで、きつく抱きしめて、戻ってきたことを確かめつつ、仕舞いにはうれし涙を流した。

「さぞかしご案じなさったことでしょう」

お竹の言葉に、

「あんたね、あんたがうちの善太を攫(さら)ったんでしょ。おおかた、どっかへ売り飛ばそうとしたんでしょ。でもうちの善太がきかん気で暴れん坊だから言うことをきかせられなくて、上手(うま)いこと言いくるめて返しに来たってわけでしょ。何もかもお見通しよ。よくもあんた、しゃあしゃあと姿を見せられたわね」

おしんが罵声(ばせい)を浴びせると、

「馬鹿っ」

豪助は怒鳴り、

「この女(ひと)がそんな悪い人買いの手下なら、今頃、善太はぐるぐる巻きにされて船の中か、足手纏(まと)いってことで海にでも沈められてる。迷子になってうろうろしてた善太を見つけて世話をして、話を聞いてここまで連れてきてくれたに決まってるだろうが」

理詰めで窘(たしな)めた。

「あんたはいつもそんな風なんだから。ああ、もう一つこの女が善太を攫う理由、あったわ。その女、あんたの昔の女だったんじゃない？　あたしと夫婦やってんのが面白くなくて当てつけでさらったってことも考えられる。どっちにしろ、あたしはね、女の直感でそう思ったのよ」

ふんと鼻を鳴らしたおしんはこの後、俯いて黙り込んでしまい、その場は気まずいものになった。

「わたしは何も――」

お竹はやや青ざめた顔になって困惑している。

「お話は外でわたしが聞きましょう」

季蔵は表に出た。後ろでおしんが戸を閉める大きな音を聞きながら、

「ここへおかけください」

お竹に赤毛氈が敷かれていない縁台を勧めた。

「あなたはおそらく親切でなさったことだというのに――。おしんさんは心配が高じすぎているのです」

季蔵の言葉に、

「よくわかります」

お竹の表情に親切を踏みにじられ、罵られた怒りは微塵も無かった。

「おしんさんにわかってほしいので、なぜ、今朝、あなたが善太ちゃんをここへ連れ

てきてくださったかについて、話していただけませんか？」

「わかりました」

お竹は幾らかほっとした様子になった。

「わたしがお涼さんのところをお暇する時が来ていました。理由あって江戸を離れることになったからです。お涼さんの庭の薄荷は種をとる一部を残して刈り取りました。薄荷は放っておくと次の年も芽吹いて株が大きくなりますが、毎年、種まきをして新しく育てた株から摘み取った葉茎でないと、強い芳香の薄荷油は作れないからです。そちらのご用も済ませました。そのご報告をしようと昨日の夕刻、慈照寺の瑞千院様のところへ参りましたところ、門前に男の子がいました。何でも、お父さんに連れられて一度来たお寺のような気がするけれども、違うかもしれないというのです。一度来ているのならどなたかが覚えているはずだと思い、尼様方にお尋ねしてもなかなかわからず困っておりました。夜遅くやっとお戻りになった瑞千院様が、こちらのお子さんだとおっしゃいました。ところがその子、善太ちゃんは自分の名を言うのがやっとで、すぐに寝入ってしまいました。今戸から市ヶ谷までは子どもの足ではかなりの道のりなので疲れきってしまったのでしょう」

ここで季蔵は、

「それであなたが善太ちゃんを送り届けてくださったというわけですね」

先回りをした。

「はい。ただそれだけのことなので、親切とおっしゃっていただくのは大袈裟すぎます。ただ、昨今は将軍家のお膝元のこの江戸でさえ、子どもばかり狙う人買いも多くなったと聞いているので、お子さんを迷子にしないよう、親御さんたちは気をつけていただきたいものです。あら、わたしったら、嫌だ、まるで姑みたいな物言いをしてしまって。出すぎました、すみませんでした。もう行きます」

お竹は立ち上がった。

一方、帰ってきた善太はひとしきり、親の涙に釣られて自分も泣くと、

「お腹、空いた」

季蔵が持ってきた、叩き鶏の甘辛握りにかぶりついた。

「そうだな」

「そういえば」

豪助とおしんも善太に倣った。

「これで安心して、おまえにも叱り飛ばされずに舟を漕げる」

豪助が仕事に出て行くと、

「あたし、言い過ぎちゃって。あの女、どこの誰とか聞いといてくれた？　後でお礼に自慢の漬物届けたいのよね、是非、是非」

おしんはお竹への対応をしきりに後悔しているので、季蔵は先ほどお竹から聞いた一部始終を話した。

「あら、季蔵さんやお涼さん、瑠璃さんとも関わりがある女だったのね。そんならそうとあの時一言、言ってくれればいいのに」

――そうは言ってもおしんさんのあの時の剣幕は相当なものでしたよ――

言葉を見つけかねた季蔵は、

「この江戸を離れるとのことなのでお気持ちだけでよろしいかと思います。大丈夫、お竹さんも親の子を想う心は充分おわかりのようでしたから」

と言った後で、

――お竹さんは瑞千院様から聞いた限りでは独り身のはずなのだがな――

ふと縁台に腰を下ろして話していたお竹に違和感を覚えた。

――もしや、お竹さんには事情があって一緒にいられないお子さんがいるのでは？

――

「季蔵さん、あの女が江戸にいるうちに会うようなことがあったら、重々お礼を言っといてくださいよ、お願いしますよ」

おしんに念を押されて季蔵が戸口から出て歩き出すと、

「おじちゃん、おじちゃん」

善太が後をついてきた。

「善太、どこ行くの？　駄目でしょ、勝手に出て行っちゃ」

おしんの金切声が善太の足を止めた。

「大丈夫だよ、おっかさん。ちょっとだけ、季蔵おじさんと遊びたいだけだから」

「おじさんだって、忙しいんだから少しだけだよ、少しだけ、いいね」

「わかってるってば」

そう怒鳴り返してついてきた善太は、

「あのね、昨日のことなんだけど、表で遊んでたらあの小母さんが声かけてきたの。大好きな最中、箱ごと持ってて〝一緒にどう？〟って。優しくて綺麗で良さそうな人だったんで、おっかさんに内緒だけどついてっちゃった。最中を食べたのはおっとうが船頭してる船着場の近くの草むらだった。小母さん、腰を下ろす時に敷く手拭いまで持ってた。おっとうが舟を漕いで川岸に来た時、〝おーいっ〟っておいら、叫んだんだよね。時々おっかあとそうしてるから。そしたら、小母さん、おいらの口に最中放り込んできて、〝しっ〞って人差し指を自分の口に当てた。ちょっと怖くなったけど、小母さん、じぃーっとおっとうばかり見てて、目に涙溜めてるんだよね。それでおいら、何だか小母さんが可哀相な気もしてきて黙って最中食べてた」

と語りはじめた。

「それでおとっつぁんの方は気がついた？」

「ううん、全然。いつものように岸へ下りる人たちや、渡しを待ってて乗り込む人たちの世話してたから」

「その後は？」

「自分でもよくわかんないんだけど、何だが小母さん、しゃきっとしてなくて、よろよろ歩きするんで気になって一緒に歩いた」

「目当ては最中の残りだったのかな？」

「ううん、最中はとっくに一箱食い切っちまってたよ。とにかく放っておけなかったんだ、小母さんのこと――。なんていうか、おっかあとか、近所の小母さんたちとは違う、羽を傷めて飛べない鳥とか蝶々みたいなんだよ。あの小母さん」

「そしてついて行った先が慈照寺だった？」

「ん、あそこは何度かおっとうと一緒に漬物を届けに行ったことがある。小母さん、おいらに居てほしそうだったから、夜になっても帰らなかったんだ。お寺は幽霊が出そうだって言っておいらが怖がると、添い寝して子守歌うたってくれた。おっかあには内緒だけど、こんな人がおっかあだったらいいなってその時思った。でも一晩寝たらやっぱり、本物のおっかあや舟漕いでない時のおっとうに会いたくなった。それで、小母さん、お寺からうちまで手を引いて連れ帰ってくれたんだよ。また、会いたいな、小母さん。おっかあじゃなくても、ずっと一緒にいてくれるとうれしいんだけどな」

善太は声を詰まらせた。

「この話はおとっつぁんやおっかさんにはしない方がいいな」

「うん、だけどおっかあが小母さんのこと、悪人みたいに決めつけてたからさ、違うって言いたくて」

「よくわかった。これからは何も言わずに家を出て行ったら駄目だぞ」

「うん」

「よし、じゃあうちへ入れ。おっかさんが心配するぞ」

善太がみよしに入るのを確かめてから、季蔵は、

――お竹さんの話と善太のとでは話が食い違っている。おそらく善太の話の通りだろう。だとしたら、なにゆえお竹さんはあんなまことしやかな偽りを言って、豪助の

姿を遠目で見て、善太と一緒にいたかったのだろう。おしんさんの言うような昔の女だったとしたら豪助の方はともかく、善太の母親のように振舞いたいだろうか？ いや、そうでもない。何かの事情で子を亡くしていたとしたら、昔の男の子でもいいから——と思い詰めるかもしれない。ともあれ、これは、お竹さんについて知っている瑞千院様にお伺いするほかはない。お竹さんが言った江戸を離れるという話も偽りなら、また善太の前に現れないとも限らないからだ。一度目は無事に戻ってきたが二度目もそうだとは限らない。善太にもしものことがあったら、お竹さんとは先に知り合っていただけにわたしの責任になるばかりか、取返しがつかない——

慈照寺に足を向けた。

三

慈照寺を訪ねた季蔵を瑞千院は柔らかな笑顔で迎えた。

「葛花玉(くずはなたま)では世話をかけていますね。本当にありがとう」

まず礼の言葉を口にしてから、

「そなたがわたくしを訪ねてきたのはお竹のことではありませんか？」

季蔵の意図を見抜いていた。

「実は――」

「お話はあちらで」

瑞千院は自分の部屋へと季蔵を案内した。

向かい合って座ると、

「お涼さんのところに遣わして瑠璃さんの世話をしていたお竹は――」

事情あって、江戸を離れることになったと当人が言っていたのと同様の話を繰り返した。

「そのお話ならお竹さんからも聞いています。わたしが知りたいのはどうして、お竹さんが豪助の一人息子善太ちゃんに声を掛けて連れ出し、船頭をしている豪助を見て涙した上、ここへ連れてきてまるで母子のように接したのかということです」

季蔵は単刀直入に訊いた。

「そうですか。お竹はそこまでそなたに話しているのですね。でしたら申し上げましょう。豪助さんの息子の善太ちゃんはお竹さんのお孫さんなのです」

瑞千院は唇を噛み締めつつきっぱりと言い切った。

「お孫さん――」

季蔵には青天の霹靂であった。

「ということはお竹さんは豪助の幼い頃、水茶屋に勤めていて突然、男と逃げたらしく、行方知れずになったという母親なのですね」

瑞千院は無言で頷いた。あまりに重く深くそして意外すぎる事実であった。

「豪助はずっと水茶屋勤めが似合う少女のようだった母親の面影をもとめて、稼いだ金を全て水茶屋通いにつぎ込み、船頭の稼ぎでは足りずに浅蜊売りまでしていた時期があるのですよ。水茶屋通いは底なし沼のようなものですから、さらなる無理な借金が嵩めば博打に手を出す等、身を滅ぼしていたでしょう。母親に棄てられた事実をどうしても受け入れられず、おしんさんと夫婦になるまでの長い間、いい大人になっても自分で自分であることができずにいたのです。それを今になって――」

季蔵の言葉に憤懣が混じった。

「お竹の真の名は竹乃です。わたしが竹乃さんを知ったのは、あの鞍馬屋伊三郎さんから幼い豪助さんを頼まれたからです。当時鷲尾家当主だった影親様は長崎奉行で長崎に赴任されておいででした。阿蘭陀の方々が住まわれている出島では、日々の食膳に自国から持ち込まれて飼育していた豚や牛、鶏等の他に、当然この国の水鳥や陸鳥もありました。殿と水鳥業を廻船問屋に広げようとしていた鞍馬屋伊三郎さんとは、出島への鳥類調達を通して縁ができていました。伊三郎さんは当時、今のように上方の水鳥屋を制してはおらず、商いでどこへ行っても、商売敵の水鳥屋に命を狙われることがしばしばだったようです。そんな折、江戸へ逃れてきた伊三郎さんは、幼子を抱えて水茶屋勤めをしている竹乃さんに会い、伊平さんの母親である前妻を亡くしていたこともあって一目で恋に落ちたのです。とはいえ、上方での水鳥商いは命懸けです。殿の言を借りれば、公儀の目が江戸ほど届かないゆえに、商人たちの暗躍、競争、手段を選ばぬ蹴落としは凄まじかったそうです。竹乃さんはいつしか、伊三郎さんと同じ気持ちになっていて、たとえどんなことがあっても一生添おうと決められたのです。唯一深く案じたのは幼子だった豪助さんのことでした」

瑞千院はそこで言葉を止めた。

「伊三郎さんと共に居れば竹乃さんだけではなく、当然豪助も巻き添えになる可能性はありますね」

季蔵は冷静になっていた。

「それで伊三郎さんは殿に豪助さんの行く末を頼んだのです。そしてそれは長崎の殿からわたしへ伝えられました。伊三郎さんは豪助さんをどこかの養子にすることなく、親のない子らが育てられる尼寺に入れ、成長を見守ってほしいと願っているとのことでした。わたしは知り合いの尼寺のご住職にこの旨を伝えて、幼くいたいけな豪助さんを預かってもらい、陰ながらずっと豪助さんの成長を見守ってきたのです。こうした姿になる前のわたしは、時折、身を変えて、豪助さんの預けられている尼寺へ参っては、豪助さんを含む子どもたちの心の裡（うち）を聞いてきました。ですので正直、船頭になった豪助さんから、水茶屋通いに嵌（はま）ってしまっていると打ち明けられた時は、これで本当によかったのかと堪（たま）らない思いでした」

「豪助は母親の面影を水茶屋娘にもとめていたようですが、本当に覚えていたのでしょうか？」

――覚えているのなら、いくら歳月を経ているとはいえ、お竹さんを見て豪助が動じる様子は少しもなかったのはおかしい――

「豪助さんに知らされていたのは母親が水茶屋勤めをしていたという事実だけでした。なのに、男が時折通ってきていたとか、所払いになった父親から酷（ひど）い仕打ちを母子ともに受けたとか、若さゆえでしょうか、悪い方悪い方へと自分を追い詰めていたのです。でも、おしんさんと夫婦（めおと）になって善太ちゃんという子宝に恵まれてからは、前向きな生き方で懸命に家族を守ろうとしています。人の幸せをやっと悟ったかのようでわたしはうれしいです」

「その想（おも）いは竹乃さんも同じですか？」

「竹乃さんはそれを確かめたくておいでになったのだと思います」

「このことは伊三郎さんはご存じで？」

「もちろん。伊三郎さんと伊平さん父子はどうしても、この江戸に普通の人たちの手が届く高級料理屋を開くべきだとお思いになっていて、やっと機を得てそれが実る段取りになりました。そこで自分たちのもう一つの段取りを竹乃さんに明かしたのです。伊三郎さんは自分との人生のために息子を置き去りにするほかはなかった竹乃さんに、ここで、息子への償いと安堵の両方を贈りたかったのでしょう」

「それは味楽里のことですね」

「だと思います」

「伊平さんと竹乃さんは義理の母子です。伊平さんはこの案に賛成なのでしょうか？」

――血のつながらない弟に江戸における高級料理屋の拠点、味楽里を任す度量はあるのだろうか？――

「実は殿が長崎から戻られた後、おそらくあの悪鬼のような息子影守の手の者に襲われたことがありました。宴の帰り道に尾行られていたのです。そこに居合わせていたのが何と伊三郎さんの息子の鞍馬屋伊平さんでした。この時、伊平さんは父伊三郎さんの故郷である江戸の水鳥屋事情を探りたくて、単身上方から出てきていたのです。屈強の伊平さんが見事な立ち回りで相手方をさんざん痛めつけて蹴散らしたそうです。伊平さんは〝何、昔受けた御恩をほんの少しお返しできただけです〟とおっしゃいましたが、殿と鞍馬屋との縁はこれでさらに深くなりました。殿は鷲尾家の後継ぎの影守に対して、〝鞍馬屋伊平の爪の垢でも煎じて飲ませたいものだが、たとえ飲んでも腐った性根は治らぬだろう〟とため息を洩らしていたのを覚えています。ですので伊平さんは父親伊三郎さんと義母竹乃さんの出会いや、江戸に残されて育った豪助さんのことをご存じでした」

「何もかもお知りになった上での味楽里と豪助たちだったのですね」

「そうです。ですからそなたが案じることはありません。ああ、それと、竹乃さんについてです。年齢のわからないお方でしょう？　あれは伊賀美女ゆえだからです」

「伊賀美女？」

「竹乃さんは伊賀の出で忍びの修行をなさったこともあるのです。ご本人から聞きました。忍びの仲間内での恋はご法度だったので相手と一緒に逃げたものの、相手は捕まって殺されたそうです。その時に豪助さんがもう、竹乃さんのお腹に宿っていたのです」

――豪助の両親は忍びだったのか、道理で――

季蔵は今更ながら、しなやかな身体つきと機敏な動き、驚くほどの俊足を思い出していた。

――一緒に走った時、わざと遅れを取っていたふしもあったな。その証に走っていて息切れしていた豪助を見たことがない。そしておしんさんも愛でているあの若さ――

「伊平さんはこうもわたしに言っていました。〝わたしは義母の細やかな情愛を受けて育ちました。義母を大切に思っています。けれども、本来は義弟の豪助が受けるべきものをわたしが横取りしたという罪悪感はあります。このことは時を頼りに解決して、いつか豪助に名乗れる日がくればとも思いますが、今はただただ義母の気持ちを汲みつつ進むばかりです〟と。わたしは伊平さんの義母竹乃さんを想う気持ちにも打たれました。ああ、それと――」

最後に瑞千院は差し迫った話をした。

「味楽里が無事開業するまで竹乃さんはお涼さんのところにいます。薄荷油作りは仕舞いになりましたが、竹乃さんは一区切りつくまで、元忍びの意地にかけても、瑠璃さんの身を守り切るという使命を自分に課しているのです。味楽里、ひいては豪助さん一家に尽力している、そなたへの身体を張った配慮でしょうね。竹乃さんは上方の水鳥屋の長である鞍馬屋伊三郎の妻であり、後継ぎ伊平さんの母親です。けれども、多少の贅沢はおろか、決して表には顔を出さず、よろづ天神の商いを裏方で懸命に支えるなど、あくまで鞍馬屋の一奉公人のごとく勤めてきたのですよ」

と瑞千院は感慨深く語った。

四

慈照寺からの帰路、季蔵は興奮冷めやらぬ思いであった。

――たしかにお奉行から手伝いに豪助をとの指名があった時、奇異な感じはした。連れ合いのおしんさんを当てにしてのことだとしても、漬物職人ではあるものの鳥料理には疎い。そもそもが上方は四条流の秘伝中の秘伝で、調理方法が魚料理ほど知られていないのだ。全くもって意外だったのはあのお竹さん、いや竹乃さんが複雑な過去の持ち主で、鞍馬屋伊三郎の伴侶であったことだった。しかも豪助のいなくなってしまっていた実の母親だったというのだから――。そうなると、お奉行を通して豪助を指名したのは伊三郎さん父子ということなのだろうが――

季蔵は起きていることの裏側にさりげなく潜む、人と人との間の知られざる深さに触れたような気がした。

——これはわたしが奸計（かんけい）によって主家を追われ、武士から料理人となった身分で、引き離されていた許嫁（いいなずけ）の瑠璃と再び出会った経緯（いきさつ）にも増して長い歳月だ——

　季蔵は出来事と人の深淵を覗（のぞ）いてしまったとも思った。するとなぜか、あのような行いの上殺されてしまった丁太に対しても、湧（わ）き上がりかけていた疑問がむくむくと頭をもたげてきた。

——わたしは松次（まつじ）親分の話と蔵之進（くらのしん）様の調べの両方を聞いている。親分は丁太らは手下浦出身の猟師の息子ならではのいわば鉄火心、金のためなら命懸けで真っ赤に焼けた鉄を握りかねない、いちかばちかの賭（か）けを好む血が流れていて、これはどうにも仕様がないもののように言っていた。蔵之進様は丁太の似顔絵を元に徹底的にその動きを調べ、出合茶屋の女将（おかみ）や女中に聞き込んで、何の罪もないお葉（よう）、千代吉（ちよきち）に毒を盛った張本人ではあったが、操っていた何者かに口封じされたとほぼ断じた。お奉行もこれを支持していた。わたしも聞いた時はなるほどと思った。しかし、今は真にこれだけのことだったのかと思えてならない——

　この時、季蔵はどうして、松次の勧める商家奉公を嫌っていた丁太が、お上の御用を務めたいと思ったのかを考えてみた。

——松次親分ならおおかた、鉄火飯にありつくためだろうと言うのだろうが、下っ引きから岡っ引きへの格上げでさえも生易しいことではない。その上、岡っ引きは定町廻り同心からは小遣い程度の駄賃しかなく鉄火飯を食えるとは限らない。たしか丁太は同心になるにはどうしたらいいかと聞いていたと松次親分が言っていたな。たいした野心家だが、松次親分の話を聞いて実現させるのはほとんど不可能だとわかったはずだ。幼くして父親に死なれた後、紙屑拾いで生き延びることができた丁太は利口者だ。わからぬはずはない——

季蔵は丁太の身になっている。

——とするとこれはもしや——

あと少しと考えがある事に及んだ時、見えてきていた塩梅屋の戸口から田端が出てきた。

「すみません、留守にしておりました。お戻りになってお休みになりませんか」

暗に酒を勧めたが、

「いやいや、それどころではない」

田端は利き手を左右に振って、

「野辺送りからこっち、松次が寝込んでしまっている。ろくろく飯も食っていない様子だ。甘酒だけは喉を通るというのでうちのに作らせたが、知っての通りうちのお美代は料理下手だ。おそらく美味くないのだろう、喉を通るはずの甘酒の減りも鈍い。このような時は身内が何よりだろう。川越に嫁いだ娘に報せた方がよいのかもしれぬ。だが松次はうんと言わず、どうしたものかと、案じた挙句ここへ相談に立ち寄った」

真に心配そうな顔で告げた。

「それではわたしがこれから松次親分のところへ参ります」

季蔵は踵を返すと南八丁堀にある松次の家へと向かった。手狭ながら常は手入れのよく行き届いている庭に雑草が目立つ。そのせいでぽつぽつと咲き始めた松次の好きな野菊まで、独特の可憐な情緒が損なわれて見える。

――親分は相当まいってしまっているのだな――

季蔵は手ぶらである。早くに女房に死なれ、一人娘を一人前にした後も独り暮らしが長い松次は、掃除や庭仕事にも増して料理好きであった。松次の家の厨には米や塩、味噌、醤油、砂糖の他にも糠漬け等、たいていのものが揃っている。

「お邪魔いたします。塩梅屋です」

季蔵は戸口で声を掛けて上がった。

松次は座敷の布団に横たわっていた。甘酒の匂いがした。枕元にはなみなみと甘酒の入った鍋と湯呑が置かれている。

「季蔵さん、あんたか」

松次はやや小さくなった角顔を向けた。

「田端様にお加減が悪いと聞いてまいりました」

「いけねえなあ」

松次はふんと鼻を鳴らして、

「あの旦那は普段はあんなにだんまりだが言わなきゃなんねえお役目に関わることはぴしゃりと言う。なのに、どうして俺なんかのどうでもいいことをあんたにぺらぺらしゃべるのかね。ったくいけねえったらねえ」

まるでそこに田端がいるかのように金壺眼を宙に据えた。

「丁太さんの通夜、野辺送りでお疲れが出た親分のことを案じられているのですよ」

「そんな心配は無用に願いたいね。こちとら早く元気になって丁太の仇をとらなきゃなんねえんだから。俺は棺桶に入る丁太とそう約束したんだ。それまではあの世とやらに行くなってな。だから俺を放っておいてくれ。これは俺と丁太のことなんだからさ。さあ、あんたも帰った、帰った、帰ってくれ。人にとやかくかまわれてると出る元気も出ねえで、本物の病人になっちまう」

松次は自棄気味な物言いになっている。

「帰れ、帰れ」

と連発して起き上がったものの布団の縁を越えようとしてよろけた。季蔵が駆け寄っていなければ躓いて転んでいたところだった。

——これは何日も水しか飲んでいないな。親分ほどの年齢だとこれは応えるはず——

「お気持ちはお察しいたします。ですが、田端様を遠ざけることはできても、わたしにまで〝帰れ〟では親分流の義理を欠くのでは？　わたしは世更けて親分に〝季蔵さん〟と訪ねられてもお断りしたことは一度もないのですから——」

と畳み込んだ。

「あんた、言うねえ」

松次はふふっと笑って、

「たしかに毎度あれじゃ、あんたにだけは〝帰れ〟とは言えねえやね」

と呟いた。

「それではこれから親分の召し上がりものの支度をいたします。丁太さんの仇を討つにはまずはお元気にならないと。少しずつ無理のないものから召し上がっていただきます」

この季蔵の言葉に、

「粥が食べたい。ただし全粥にしてくれ」

松次は注文をつけたが、

「重湯からはじめたいところですが、まずは三分粥、五分粥からはじめて七分粥、そして全粥にします」

粥は全粥が米一に対して水五の割合で、七分粥で米一水七、五分粥で米一水十、三分粥が米一水二十となる。ちなみに重湯は五分粥から飯粒を取り除いた汁である。

「そして最初は塩気だけ、その次は梅干し、醬油をかけた鰹節が粥の菜です」

「炒り卵はいつ付けてもらえるのかい？」

「湯豆腐の後です」

「厳しいねえ」

「楽しみにしていてください。いずれお好きな魚の煮付けもお出しできますから」

食べ物の話が幸いしたのか、松次の顔色はぐんとよくなった。

「何だか、いろいろ食えそうな気がしてきた。飯には欠かせない沢庵なんかも」

「そうでしょうが、一度に常のような料理を詰め込んでは、ずっと空だった胃の腑が驚いて今よりもっと不調になります。いいですか、辛抱して楽しみは少しずつです。まずは塩味の三分粥をお待ちください」

諭すように言って、季蔵は松次の家の厨に立った。

何度か招かれて松次の料理を相伴したり、一緒に料理を試みたことのある、勝手知ったる場所である。

――まずは水汲(みずく)みだ――

井戸から水桶(みずおけ)に水をたっぷりと汲んで戻る。

――塩の在処(ありか)は知っている。後は米だな――

もちろん米櫃(こめびつ)とてすぐに探し当てられた。

米櫃の蓋(ふた)を開けた季蔵は、

――何だか――

奇異な感じを受けた。

米櫃にぎっしりと米が詰まっている。

――親分はこのところ水だけ飲んでいて、煮炊きする気力がなかったのだから、当然といえば当然なのだが――

季蔵は鼻を米櫃の縁に近づけた。

──これはうっすらと黴(かび)が付いてしまっている古米だ。松次親分に限ってこんなことがあるものなのか？──

地味な食通の松次は米にうるさかった。白米への拘(こだわ)りが高じて、

「あれは匂(にお)うから嫌だよ」

と洩らし、

「古米ばかし食ってるだろう、商家の奉公人たちには悪いが、身体を張ってるこちとら、いつお陀仏(だぶつ)になるかわからねえんだから、毎食の飯くれえ、いい匂いのするもんを食いたいんだよ」

古米を買わない言い訳にしていた。

五

──おかしい──

季蔵は米櫃をかき回し始めた。明らかに色と粒の膨らみが異なる米が下から出てくる。

──これは古米ではない──

季蔵は米と古米を選(よ)り分けるように米櫃の底に触れた。

――これは――

米でも底板でもない紙の感触があった。引き上げてみると畳まれている文だった。以下のようにあった。

これを親分が読んでるってことは俺はもうこの世にはいねえってことだな。そんならなるべく遅めに読んでほしい。俺みてえなもんでも骸(むくろ)でも上がりゃ、親分はきっと身体に障るほど、悲しんでくれるだろうから。

でもね、親分、これは俺が自分で決めたことでもうどうにもなんねえんだよ。これをやんなかったら一生後悔したと思うよ。

いつか親分みたいなお役目になって、いいことと、悪いことを糺(ただ)す手伝いをしたいって言ったろ。あの気持ちだんだん強くなったんだよね、俺。どうせなるなら、同心株を買って、刀を差して、市中を歩きたいとも思ったさ。親分みたいなこつこつ縁の下の力持ちを馬鹿にするんじゃなくて、そっちの方がほんとは偉いと思う。でもやっぱ鉄火の血が騒ぐんだよね。やるからには命を張るみてえなさ。

そんな気持ちでいた時、紙屑拾いしてた仲間の一人が見たっていうんだよ、刀を手にしたお侍たちが家を取り囲んで一斉に入ってって、断末魔の声が幾つも聞こえたっていうの――。あの家は日本橋屋七兵衛って人の別宅にちげえねえ、いつもは使われてねえが、時折集まるんでその時を狙うと、弁当や菓子の空き箱とか箸、運がいいと残ってる菜や上生菓子、酒瓶なんかを拾えるって。

日本橋屋七兵衛は心の臓の病で家で死んだことになってるけど、あれは嘘だって噂されてるよね。よりによって鳥屋六人衆が全員、同じ頃、死んじまうのはたしかにおかしい。それで俺、これは鳥屋六人衆皆殺し事件なんだと思った。

表沙汰にしないのは相応の理由があって、しない張本人か、その近くにいるのが真の下手人じゃないかって踏んだんだ。そもそも表沙汰にしないってことが皆殺しの証なんじゃないかってね？

そうは言っても、そいつが誰で何のためだかなんてまるでわかんない。そこで一つ閃いて俺は命懸けで網を張ることにした。俺が皆殺しを見たっていう噂を口の軽い連中たちにばらまかせたのさ。松次親分には言っちゃあいないけど、がきの頃から身体張って紙屑拾い続けて食ってたんだから、俺もそれ相応のちょいとした悪もやってて、その筋の仲間もいるんだよ。

考えてみりゃあ、そんな俺が親分みたいなお役目になろうってのはちょいと無理どころか、全然無理だったんだろうけど、そうはいってもその夢は諦められなかった。どでかい手柄をあげれば、さんざん世話になってきた松次親分に無理をさせなくても、認めてくれる旦那もいるんじゃないかってさ。

時は掛かったけど敵は引っかかったよ。それは俺が殺された神田屋三郎兵衛の妾お葉の家を見張れと、親分から言われる前のことだった。

俺は相手の顔を見て仰天したよ。向こうは俺のお役目を知ると恵比寿顔さ。〝これはいい〟〝これはいい、おまえは運がいい。俺の言う通りにすればきっと同心に引き上げてやる。おまえみたいな下っ引きや岡っ引き風情がいくら望んでもなれない同心にだぞ。だから俺の言うことに逆らうな、いいな〟ってその恵比寿顔は言ってた。

恵比寿顔が俺に命じたのはお葉と室町屋の主になったばかりの千代吉を出合茶屋に連れて行って、女将に甘酒の入った竹筒を渡すっていうもんなんだ。

俺はその甘酒には毒が仕込まれていると思う。恵比寿顔が〝お上にとやかく意見するような鳥屋六人衆は邪魔だ。その考えを継ぐ奴も要らない。それと日本橋七兵衛以下が死んだ理由に薄々気づいている女も要らない〟なんて言ってたのを盗み聞いてたから。

俺は甘酒を受け取ったらすぐ松次親分にこのことを伝えて、中身を調べてもらうつもりです。俺がことの次第を話して甘酒の中身と、罪もなく連れて来られたお葉と千代吉、それに俺の言うことが証になれば、この二人を殺そうとした恵比寿顔がお縄になって、鳥屋六人衆殺しの真相も吐かせられるんじゃないと思う。

でも、ま、俺は一本調子で単純にしか頭が働かないから、これじゃ駄目かもしんない。どっかに落とし穴があるのかも。なもんだから、この文をここに遺しとく。けど、もし、お葉と千代吉と俺が殺されちまって、俺のせいにされるとしたらあんまり癪すぎる。連中ならそんな工作、朝飯前だろう。悔しい。それと旦那だけじゃなく、息子まで殺されたら室町屋のお内儀さん、気の毒すぎるし、俺が下手人だなんて思われて恨まれるのは、ちょっとなあ――。

こんなことをした俺に野心が少しもなかった、清く正しいことのためだったとは言い切れない。けど、手下浦にいた頃から俺、ずる賢いのは、金のためには真っ赤に焼けた鉄さえ手で握りかねない、漁師の親方や水鳥屋たちの鉄火商いじゃなくて、そこまで漁師たちや水鳥屋にさせるお上の厳しい決まり事と、そいつを都合のいいように解する役人たちの勝手さじゃないかって思ってきた。

だから、俺、上手く立ち回ったつもりだったけど、土壇場でやられちまうような気がしてなんないんだ。漁師の倅の俺はそこまで狡くはなれないんだろう、敵は一枚も二枚も上手なんだろうってね

最後にとっつぁん、松次親分、一度はそう呼ばせてくれ、身体を大事に長生きしろよな。早く俺に会いたいなんて思っても俺は地獄にいて、親分の行き先は極楽なんだから、会えっこないんだから。

丁太

松次親分様

――そうだったのか――

季蔵は胸が詰まった。

――これは町奉行所の威信に関わること、すぐにもお奉行様にこれをお伝えしなければ。しかし、今、松次親分を不審がらせてはならない。これを知れば親分は這ってでも調べに加わろうとするだろうから――

そう判断して、炊き上げた三分粥にれんげを添えて松次に勧めた。

「おや、季蔵さん、塩気が命の塩加減が今一つだね、あんたともあろう人がいったい、

どうしたのかい？」

　松次は頭をかしげた。

「わたしも少々疲れ気味なのかもしれません」

「そりゃあ、いけないね、帰った、帰った、俺はあんたの粥で息をついたからあんたも帰って休んでくれ」

「ありがとうございます」

　こうして松次の家を辞した季蔵は北町奉行所へと向かった。途中、

「あら、いいお兄さん」

　声を掛けられて振り返ると自分そっくりな男が髪を島田（しまだ）に結って、あだっぽい芸者の形（なり）で立っている。

「あなたでしたか」

　素顔は季蔵そっくりの疾風（はやて）小僧であった。

「お久しぶりです」

「上方のいざこざの用心棒に仲間ごと雇われてたのよ」

「ずいぶん大がかりですね」

　話しながらも季蔵は走っている。疾風小僧も裾（すそ）を端折（はしょ）って芸者の形でついてきてい

る。

「護るのにたとえ敵でも一人も殺さず、傷つけずっていうのが条件だもんだからね。あ、でも相手は太っ腹なんで、皆にはいいお金あげられたし、のんびり東海道の宿場で羽も伸ばさせてあげられたってわけよ」

「その太っ腹というのは？」

「言わずと知れた鞍馬屋伊平さん。ご高齢のお父さん、伊三郎さんをずっと護るよう言われてたの、ほら、伊平さんは商いとか、江戸での高級料理屋開店で、上方と江戸を行き来してる忙しい身だから。鞍馬屋さんの本業は今や廻船問屋だけど、捕る鳥の量や仲介する量の多さから言っても、これからも水鳥屋の長であり続けることは変わりない。伊三郎さんが伊平さんに家業を正式に受け継がせる、鳥柴の宴を前に何しかしようっていう動きがあるのよ、上方でも。伊三郎さん、伊平さんは何度か命を狙われている。それもあって今回の江戸進出、江戸での鳥柴の宴の実現が密かに進められてきたってわけよ」

疾風小僧はやや高めの女の声と口調で話し続けた。

「ねえ、ほら、伊三郎さんのお内儀さんで竹乃さんって人は一足先に来てたでしょ。あれ、季蔵さんに無理を頼む代わりに自分が身を挺して瑠璃さんを護るってきかなかったからなのよ。竹乃さん、幾つか見当がつかないけど孫がいるなんて思えないほど、控えめなのに言うことは言って、ほんのり色気があって綺麗よね、あれじゃ、血のつながらない息子の伊平さんがずっと独り身なのもわかる気がするわ。ねえ、そうじゃない？」

　相づちをもとめる疾風小僧を尻目に、季蔵は、

「孫のことまで知っているとは――」

　驚嘆した。

――おそらく豪助との関わりも知っているのだろう――

「そりゃあ、うちの稼業は泥棒だけじゃありませんからね。今時、義賊だけっていうのは流行らないんだよ」

最後の一言は男の声音だった、

六

　季蔵たちは八丁堀へと向かっている。

「それにしても室町屋のお内儀は可哀想すぎるよ。旦那だけじゃなしに伜まであなっちまったんだから」

疾風小僧は常の言葉で話しかけている。

「そこまで知っているのですか」

「言っとくが地獄耳はお奉行だけの十八番じゃねえよ」

——たしかに今回、最も痛手を受けたのは室町屋のお内儀さんだ——

この時、季蔵は丁太が遺した文の言葉を思い出していた。

——けど、もし、お葉と千代吉と俺が殺されちまって、俺のせいにされるとしたらあんまり癪すぎる。連中ならそんな工作、朝飯前だろう。悔しい。それと旦那だけじゃなく、息子まで殺されたら室町屋のお内儀さん、気の毒すぎるし、俺が下手人だなんて思われて恨まれるのは、ちょっとなあ——

「あなたのことですから室町屋のお内儀さんのこともご存じですね」

「ああ、知ってる。名はお冴さん。綺麗好みで氏素性にうるさい室町屋吉兵衛が、財に飽かして見つけた、公家の血を遠く遠く引く娘だって話だ。江戸娘みてえな小股の切れ上がったいい女っていうんじゃないが、若い頃はお雛様みてえに綺麗だって評判だったとか。ま、身体が丈夫じゃないのは生まれつきだろう。よく一人とはいえ子が産めたもんだと皆言ってる。喜兵衛が女道楽に走ったのはお内儀さんに無理をさせないためだろうって話もある。その証に夫婦仲はよくて、湯治はお内儀さんと一緒と決めていて、女を連れて行くことはなかったそうだ。物静かなだけに優しくしてくれて嫌いじゃあなかった旦那、一粒種の目に入れても痛くない倅を次々に亡くしてさぞかし辛くて思いつめてると思うぜ」

「そんなお冴さんが出かけるようなことは？」

「ほとんどないけど、十日に一度は女按摩のところへ行ってる。続いてるんだから効き目があるんだろうよ」

「あなたならどこかも知ってますよね」

「まあ、何とか」

「急ぐんです、近道もご存じですね」

「当たりまえよ」

「でしたら今からわたしをそこへ連れて行ってください」

「承知の助。理由はどうせ後からのお楽しみなんだろう？」

こうして季蔵と疾風小僧は女按摩の住む長屋へと行き着いた。

ちょうど客足が切れたところで年老いたその女按摩は煙管を咥えて一服しているところだった。

室町屋のお内儀が常連客ではあることは認めたものの、

「何日か前、若い男があなたのところへ来ませんでした？」

季蔵が尋ねると、

「声の張りでわかる若い男の客は端(はな)っからお断りなんですよ。何をされるかわかんないからね。盲目の女按摩はよくよく用心しないとね」

見えない目を精一杯瞠(みは)って宙を睨(にら)むと、煙管の雁首(がんくび)を下にむけ、火鉢の端を、ぽんと火の入っていない火鉢にぶつけてふわふわと笑った。

「こんな盲目婆の金まで狙わなくてもいいのにね」

「それでは室町屋のお内儀さんに文を託した若い男は訪ねてきませんでしたか？」

季蔵はずばりと切り込んだ。

「何度も同じこと、言わせないでよ」

女按摩は苛立(いらだ)った声を上げた。

「いいですか。よく聞いてください。これは室町屋のお内儀さんの命に関わる大変なことなのです。嘘偽りではありません。ですから真のことを話してください。どうか、どうか、お願いいたします」

季蔵はとうとう土間に伏せて手をついた。

「あんた、まさか――」

察した女按摩は真顔で語り始めた。

「若い男は確かに来たよ。沼の匂いがしてた。それを言ったらもう大昔のことですよ、なんて返してきたよ。その男が次にここへ室町屋のお内儀さんが来たら渡してくれって言って、文を置いてった。あたしがこんなだから中を覗かれることもないと思ったのさ。恋文だろうとね。ところが治療が終わって、お内儀さんに、それを渡すと、ががたがた震えだしてね、旦那さんや息子さんがあんなことになって、しばらくがちがちだったお内儀さんの身体が少しずつほぐれてきたところだったんだ。ところがせっかくほぐした身体がまた石みたいにがっちがっちになっちまって、もう一度ほぐそうとしたけど指が入らない。どんなに頑張っても上っ面しかほぐせなかった。お内儀さんは一言〝今日もありがとう〟って言って、いつもの倍の払いをして帰ってったけど、その声は震えてて、必死に涙を押し殺してたのがわかった。そのお内儀さんの命に関わるって？　お願いだから、そんなことになんないようにしてくださいよ。あんな思いやりのあるお客さん、他にはもういないんだからさ」

女按摩は盲目の目をしきりに瞬いた。

季蔵たちは室町屋へ急いだ。

室町屋に着くと応対に出てきた大番頭の兼吉は、

「南町奉行所へおいでです。何でも市中取締諸色調（しょしきしらべ）掛の根本英一郎（ねもとえいいちろう）様にご挨拶（あいさつ）に行かれるとのことでした」

と告げた。

市中取締諸色調とは物価の不当な値上げを抑える役目であり、諸色とは諸種の商品または物価を意味した。実際には北町が米の、南町が魚、青物の適正価格を保つため、調査、監督を行ってきていた。

「南町奉行所へ急がねば」

「わかった」

二人はまた走った。

途中、

「いけねえ、この格好ではまずかった」

疾風小僧は着物の両袖（りょうそで）から草履を取り出して、

「ちょっと持っててくんな」

季蔵に渡すと、島田の鬘（かつら）と芸者の着物をいとも簡単に脱ぎ捨てた。つるりと顔を一撫（な）ですると、ほぼ伊沢蔵之進（いざわくらのしん）になった。

「たしかあの人は南町だったからね」

こうして二人は南町奉行所へ着いた。

「これは伊沢様」

門番は笑顔を向けた。

中へと入っていくと、

「伊沢か、疲れているのか、いつもより顔が細いぞ。痩せたのかな。定町廻りは大変だろうからな」

声を掛けてくる同心も居た。

「市中取締諸色調掛与力の根本英一郎殿にこの者がどうしてもお目通り願いたいと言ってな。おられるか」

蔵之進の振りをしている疾風小僧が片目を瞑ってみせると、

「まあ、こんな御時世ゆえ、根本殿のようなお役目に商人なら誰しもお目通りの挨拶をしたい気持ちはわかる。おかげで根本の部屋は高価な進物で溢れていて、時折、口に入るものは我らも相伴に与かれて、有難い」

相手はそう告げて手ぶらの季蔵を不審そうに一瞥した。

「そうそう、この者から預かっていたものを忘れた」

伊沢蔵之進の振りをしている疾風小僧は懐から葛花玉を取り出して、

「二日酔いにたいそう効き目のあるとびきり高い薬だそうだ」

恭しく渡した。

――そこまで知っていて手に入れていたとは――

季蔵が目で呆れると、

――俺は疾風小僧だぞ――

疾風小僧の目が笑った。

「これは有難い」

懐にしまったその同心は、

「根本殿は夕刻から商人たちに呼ばれてるとおっしゃっていたが、今はおられる。先ほど室町屋のお内儀が、やはりお目にかかりたいと言って、奉行所まで訪ねてきている。そろそろ用向きも終わる頃だろう。ま、根本殿が後家になっても色香の衰えぬお内儀を、すぐには帰したがらないのなら別だがな。根本殿の部屋はわかっておろう。この手の目通りの際の廊下は人払いしてある。まあ、よろしく頼む」

意味深な表情を浮かべた。

「奉行所は広い、いくら何でも根本英一郎の部屋まではわかっていないでしょう。どうするんです？」

季蔵が囁（ささや）くと、

「知らずしてどうする？　見くびるな、案内する」

疾風小僧に睨まれた。

二人は廊下を走るように歩いた。途中挨拶してくる同心に疾風小僧は笑顔を向け続ける。

――蔵之進様と出会わなければよいが――

季蔵は気が気ではなかった。

続いている廊下の先に根本英一郎の部屋が見えてきた。

「これは」

風に乗って生ぬるい臭（にお）いが鼻を掠（かす）めた。

季蔵が気がつくと、

「そうだな」

疾風小僧は頷いて、

「あんたが急だ、命が懸かってると言ってた理由がわかったよ」

ややもの悲しげに洩らした。

七

血は根本英一郎の部屋の襖にまで飛び散っていた。中の畳の中ほどには腹に二箇所二丁の包丁を突き立てられたまま死んでいる、長身の根本の姿があった。そして根本から離れた部屋の隅には、首を鋏で突いて夥しい血を流しながら事切れている室町屋内儀、冴の小柄な骸があった。

畳には嘔吐の痕と並んだ饅頭の間から小判が見えている菓子箱があった。根本は毒か眠り薬を仕込まれた饅頭を食べた後、吐き出してその難は逃れたものの、お冴が用意してきた二丁の出刃包丁によって刺し殺されたものと見受けられた。

「この始末がつくまで南町の門は閉ざしておくよう言ってくる。北町のお奉行に、このことを報せねばならないな」

という蔵之進に、

「少しお待ちください」

季蔵はお冴が握りしめていた血塗れの文を開いた。それは丁太からのもので以下のように書かれていた。

室町屋吉兵衛さん他五名の鳥屋六人衆を殺させたのは南町奉行所、市中取締諸色調掛の根本英一郎です。下っ引きのわたしは勝手ながら悪党たちの仲間になったふりをして探っていました。

息子の千代吉さんにもしものことがあったならおそらく、わたしの命もないものと思われるのでこの文を文太郎長屋の女按摩に託しておきます。

それから大番頭の兼吉は根本の仲間で吉原(よしわら)でさんざんいい思いをさせられる等、もう完全に操られています。

ですからこの文を読んでも決して兼吉に見せてはいけません。

命懸けでしたこととはいえ、悪事を世に知らしめて裁くことができなかったとしたら、わたしも悪人と同じだと思います。

申しわけありませんでした。

丁太

室町屋お内儀様

松次とお冴に宛てた丁太の文により、鳥屋六人衆惨殺、神田屋三郎兵衛の妾お葉と室町屋千代吉との相対死を装わせた殺した真の下手人が明らかになった。季蔵の世話の甲斐あってすっかり元の元気な食通に戻った松次は、

「あの丁太がよりによって俺みてえなもんに真から憧れてたなんてなあ――。その上、丁太の代わりにお奉行様からお褒めをいただくなんぞ、照れ臭いけどうれしいよ。丁太、成仏しろよ。おまえは絶対極楽へ行ける。俺も精一杯お役目に励んでいつか、極楽の仏様の掌の上で会おうな、約束だよ」

やはりまた涙した。

市中取締諸色調掛の根本英一郎に骨抜きにされて加担していた白ねずみの兼吉が千代吉とお葉を出合茶屋に連れていったこと、二人に毒入りの甘酒を手渡して、飲ませたのは出合茶屋の女将で、根本英一郎を介して知り合い、懇ろになっていたことも白状した。また、根本や兼吉を怪しんでいる丁太に罪を着せるため女将が嘘をついていたこともわかった。兼吉は打ち首、女将は遠島となった。

「わからないのは、よろづ天神の品物を売っていた役者中村舞之丞殺しです。国北藩江戸留守居役川村総左衛門の死の因についてもわたしは疑問を抱いています」

季蔵が告げると、

「まあ、上はそれも何もかも市中取締諸色調掛の根本英一郎の罪過とするだろう。商

いを取り仕切る者には不正すれすれの諸事情が絡むゆえな。中村舞之丞とて贔屓の女客に高く薄荷油を売りつけていて、それを見逃していた根本に脅され、脅し返して殺されたと言えなくもない。国北藩の江戸留守居役のことについては如何にそちが得心できずとも、もはや、町奉行所が蒸し返すことなど叶わぬ。公儀にとって、鳥あずま講の鳥屋六人衆もよろづ天神の鞍馬屋父子も共に、目の上のたん瘤ではあり続ける」

――それでは全ては公儀が仕掛けてきたというのか?――

季蔵が腑に落ちない気持ちでいると、

「出る杭は打たれるということだ。根本英一郎は市中取締諸色調掛というお役目を私欲に替えすぎた。それゆえ、公儀は根本英一郎の家族をも罰して江戸所払いとしたが、根本を殺した室町屋のお内儀にお咎めはなく、千代吉と共に菩提寺に葬ることを許し、室町屋も取り潰さずに親族が跡継ぎに名乗り出るよう勧めている。わしは今のところ、町奉行所の始末としてはこれで充分だと思っている」

と言った。

いよいよ味楽里開店の前祝いと、鞍馬屋父子の古式ゆかしき鳥料理の再現、伝統江戸回帰進出の想いを重ねた鳥柴の宴が明日と迫った。

季蔵は鉄火おこわに時季早くたまたま手に入った栗を加えることにした。具になる鶏や青物の含め煮に栗を加える場合、皮を剝いた栗を茹でて一緒に煮るものと考えがちだが、おこわの場合、皮を剝いて半分に切った生栗を他の煮付けた具と共に蒸籠で蒸しあげて仕上げる。

当日、味楽里の大広間には一応上座に烏谷が座り、横に鞍馬屋伊三郎と伊平、伊三郎のお内儀で伊平の義母竹乃、向かい合う形で鳥柴の鳥たちを菓子で拵えてくれた嘉月屋嘉助、豪助とおしん、芸者姿の疾風小僧が簡単に名乗り合って座った。

「まあ、いつ何時何が起きるかわかんねえから、味楽里の周りはぐるっと手下たちに取り囲ませてる。それでも心配は心配だから俺がいるんだ」

と疾風小僧は季蔵に囁いた。

本来この席には瑞千院も招き、鶏料理は無理としても、せめて鳥柴だけは観賞が望まれたが、危険が迫りかねない事情もあってあえて招待をしていなかった。

菓子屋の嘉助が作った鳥柴を目にした伊三郎は、

「おおっ」

感動の声を上げた。

伊達な俠客で鳴らしたという伊三郎は還暦はとうに過ぎている年齢ながら、ぴんと背筋が伸びた後ろ姿は四十歳ほどにしか見えない矍鑠ぶりであった。さすがに白髪髷と顔の皺は隠せなかったが、穏やかな表情とは裏腹にその目は鋭かった。

「これこそ積年のわたしの夢の光景でした」

　空の色を映したかのような澄み切った川に菓子の白鷺が佇んでいる。白飴で胴体、みかん飴で嘴を拵え、羽は長芋のきんとんの上に、ふわりと軽いじょうよ饅頭の皮やごく薄い白いようかんや白ういろうで、白鷺の羽ならではの優雅さを表している。

　片や鳥柴に止まっている数羽の黒鶫は雄が黒砂糖を用いた葛饅頭で、雌はどら焼きの生地を鶫型に流してわざとムラに焼いて羽の色を模している。こちらの方の羽は雄が黒砂糖餡を用いた練り切りで、雌は麦粉をまぶした麦粉餅で模されていた。羽の動きもさまざまで今にも動き出しそうな様子が楽しかった。

　鳥柴の宴の料理が供されていく。鞍馬屋伊三郎は次々に印象を口にした。

「小松菜に鳥醤和えは意外でした」

「雉の干し鳥にヒロハラワンデルの塩を添えるという趣向も素晴らしい」

「紅白の紐を焼いた鶏もも肉に結ぶのは上方でも流行りそうですよ」

「鶏の腹身を酢の物でいただけるとは思ってもみませんでした。病みつきそうです」

「実は漬物の茄子を用いた元祖鴫焼きを食したのははじめてなのです。感激ですよ」

「息子から聞いておられると思うのですが、実はわたしはぼんじり好きなので、刺身でも美味しくいただきましたが、鶏ぼんじりの納豆汁はこちらが生まれ故郷でも納豆に馴染みがあるだけに――」

そこで伊三郎は涙ぐみそうになり、

「これを考えられたのはどなたですか？」

一座を見廻した。

「あの、わたしです。先ほどご挨拶させていただいた豪助の妻のしんです」

「料理のよい勘をお持ちですね。今後季蔵さんを見習ってますます磨きをかけてください」

伊三郎の励ましに、

「ありがとうございます」

おしんは緊張のあまり平伏しようとして尻もちをついた。

「あ、あたしといたしましたこ、ことが」

慌てるおしんに、

「大丈夫ですよ」

助け起こした竹乃の目は温かかった。

最後に鉄火おこわと玉子とろとろの出番になった。

これについては今日をもって鞍馬屋の正式な後継ぎとなった鞍馬屋伊平が評した。

「飯物をとお願いしたのでたぶん鉄火飯、広く言われている鶏飯になるだろうと思っていましたが、鉄火おこわとは驚きですし素晴らしいと思いました。鉄火飯では普段すぎて面白くない、その点、鉄火おこわなら多少の手間と値が張るだけのことはあって、味楽里の看板料理にふさわしいと思いました。これを思いつかれたのは？」

豪助がなかなか応えようとしないので、

「ここにいる豪助です」

季蔵が代わって告げて、

「何でも幼くして別れた母親の思い出につながるもののようです」

と続けた。

「それはそれは――」

頷いた伊平は咄嗟(とっさ)に豪助ではなく竹乃を凝視した。伊三郎の方は妻の俯(うつむ)いた困惑顔を見ないようにしている。事情を知っている疾風小僧はこほんと一つ咳払(せきばら)いをした。

それがよかったのか、

「何ともよい思い出でございますね」

竹乃は見事に躱して笑顔を豪助に向けた。その笑みには思い入れの翳りは微塵もなかった。船着場で我が子を見て泣いていたという女と同じ人物とはとても思えなかった。

「ええ、わたしの宝物の一つですが、妻や子ほどではありません」

豪助がさらりと応えた時、食して紅の薄れた竹乃の唇が僅かに震えた。

——ああ、これだった——

季蔵はお竹と名乗っていた時の竹乃にお涼の家ではじめて会った時、その唇が誰かと似ていると感じた時のことを思い出していた。

——豪助に似ていたのだ——

「それはそうでございましょう。そうでなければ困りますよね、おしんさん」

竹乃の目はやはり優しく言葉には温かみがあり、伊三郎は目を伏せたままで、伊平は労りの眼差しを隠せなかった。

最後の玉子とろとろは伏せた目を上げた伊三郎が、

「まだ暑さが抜けない時季なのでこのとろとろに冷えた玉子菓子が美味すぎる。黒蜜と白蜜の味わいと卵の風味が絶妙だ。寒い時季は冷やすより、蒸したてをふうふう息を吹きながらいただきたい。なまじの風邪など吹き飛んでしまうことだろう。少なくとも卵酒より絶対美味いこと請け合い。これは鉄火おこわと並んで味楽里の看板甘味になるだろう」

と、評した。

こうして鳥柴の宴は無事終わり、鞍馬屋父子は竹乃と共に疾風小僧一味の手厚い護衛の下、上方へと帰って行った。

鳥谷がねぎらいの言葉をかけに訪れた時、

「この塩梅屋を〝市中料理屋十傑〟になるよう画策なさったのは、鞍馬屋父子と鳥柴の宴のためだったのではございませんか？」

季蔵は思い切って訊いた。

うやむやに躱されると思いきや、

「そうではない。わしの知らぬところで決まっていた。わしは鞍馬屋父子の鳥柴の宴と味楽里開店がつつがなくなされるようにとの命を受けただけだ。買いかぶってもらっては困る。町奉行など所詮、その程度のものだ」

と言い切り、

「江戸の闇はますます深くなったな」

呟いた後、

「それにしても、豪助の母親の竹乃という女子はとっくに四十歳は越えているはずなのに、男心をそそるのう。父親の伊三郎だけではなく伊平まで夢中のようだった。楚々とした佇まいとなよなよとした雰囲気で多くは決して語らない。といって馬鹿ではないし、献身的なところもあって、独特の哀しみを秘めている。それでこの女は守る男が必要だといつしか相手に想わせてしまう。ああいう女は当人が好むと好まざるとにかかわらず、男たちが放っておかないので母親にはなりきれない。それは不幸なことかもしれぬな。豪助は漬物石のようなおしんを妻にしてよかった。おしんが女房ならば豪助は喧嘩上等の日々で、そちたちの力を恃みつつ、共に味楽里を繁盛させていくことだろう」

と言った。

「お奉行も竹乃さんを守りたくなられたのでは？」

季蔵はふと聞いてみたくなった。

「いや、わしはお涼一筋だ。わしはたいていの男には強気でやり通していく男勝りで、いざという時、わしにだけは弱みを見せるというか、頼ってくれる女が好みでな」

烏谷は子どもが常は隠している大事な独楽等の玩具のあり場所を、こっそりと教えてくれる時のような悪戯じみた顔になった。

豪助とおしんは季蔵の右腕として味楽里を手伝う約束をした際に得た、少なくない金で借金を返し、漬物茶屋みよしを畳んだ。伊三郎ほどの大人物に料理の腕を褒められて、今後は漬物に拘らず料理全般を極めて行こうという決意ができたのだという。

豪助は味楽里が軌道に乗ったらまた、船頭をはじめるつもりのようだが、季蔵はその時が来たら主の座は豪助に譲って、塩梅屋だけを切り盛りしたいと考えている。

——おしんさんの舌は文句なく素晴らしいが、豪助とて料理だけに精進すればおしんさんに勝るとも劣らない料理人になれるだろう。二人が両輪になればきっとこの店は成功する。いずれわたしはわたしの味を追求し、二人には二人の味を追求してもらいたい——

そんな季蔵はふと寂しさを感じた。これは味楽里とも豪助たちとも関わりがない。夏の間ずっと塩梅屋の離れに居ついていた虎吉が、ふと気がつくとお涼の家の瑠璃のところへ戻っていたのであった。

——そういえば竹乃さんは庭の薄荷を始末したと言っていた。もう薄荷は香らないのだろう——

そんな折、お涼から次のような文が届いた。

戻ってきた虎吉は別の猫のように甘ったれになってしまい、瑠璃さんの膝と枕元をにゃあにゃあと鳴いて動きません。瑠璃さんも手仕事なぞそっちのけで虎吉と遊んでいます。あまりの変わりようなので旦那様が〝こいつはもう虎吉ではない、虎代か虎恵だ〟と大声で言ったところ、久々にあのにゃーおという勇ましい鳴き声を上げました。

これを読んだ季蔵は真から虎吉が羨ましくなった。

〈参考文献〉

『鷹将軍と鶴の味噌汁　江戸の鳥の美食学（ガストロノミー）』菅豊（講談社選書メチエ）
『江戸の庶民生活・行事事典』渡辺信一郎（東京堂出版）
『滑稽・人情・艶笑・怪談……古典落語100席』立川志の輔選・監修　PHP研究所編（PHP文庫）
『全集　伝え継ぐ日本の家庭料理　どんぶり・雑炊・おこわ』日本調理科学会企画・編集（農山漁村文化協会）
『うかたま　夏の塩手帖』2014年夏（農山漁村文化協会）
『うかたま　夏の草ノート』2018年夏（農山漁村文化協会）
『うかたま　もっとおいしい夏野菜』2022年夏（農山漁村文化協会）
『うかたま　夏のおやつ、果物のレシピ』2023年夏（農山漁村文化協会）
『聞き書　埼玉の食事』「日本の食生活全集11」（農山漁村文化協会）
『聞き書　千葉の食事』「日本の食生活全集12」（農山漁村文化協会）
『聞き書　長野の食事』「日本の食生活全集20」（農山漁村文化協会）
『しんぶん赤旗』日曜版　2024年2月4日号「手作り菜園　エダマメ」和田義弥

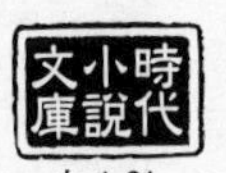

わ 1-61

至高の鳥膳 料理人季蔵捕物控

著者 和田はつ子

2024年7月18日第一刷発行

発行者 角川春樹

発行所 株式会社 角川春樹事務所

〒102-0074 東京都千代田区九段南2-1-30 イタリア文化会館

電話 03(3263)5247[編集] 03(3263)5881[営業]

印刷・製本 中央精版印刷株式会社

フォーマット・デザイン&シンボルマーク 芦澤泰偉

ISBN978-4-7584-4657-0 C0193 ©2024 Wada Hatsuko Printed in Japan
http://www.kadokawaharuki.co.jp/[営業]
fanmail@kadokawaharuki.co.jp[編集] ご意見・ご感想をお寄せください。

和田はつ子の本

ゆめ姫事件帖

将軍家の末娘“ゆめ姫”は、このところ一橋慶斉様への輿入れを周りから急かされていた。が、彼女には、その前に「慶斉様のわらわへの嘘偽りのないお気持ちと、生母上様の死の因だけは、どうしても突き止めたい」という強い気持ちがあったのだ……。市井に飛び出した美しき姫が、不思議な力で、難事件を次々と解決しながら成長していく姿を描く、傑作時代小説。「余々姫夢見帖」シリーズを全面改稿。装いも新たに、待望の刊行。

時代小説文庫